W0078917

JØRN PRECHT
Das Geheimnis
des Dr. Alzheimer

JØRN PRECHT

Das Geheimnis des Dr. Alzheimer

Roman

Dieses Buch wurde vermittelt von der
Literaturagentur Lesen & Hören, Anna Mechler, Berlin

Besuchen Sie uns im Internet:
www.gmeiner-verlag.de

© 2017 – Gmeiner-Verlag GmbH
Im Ehnried 5, 88605 Meßkirch
Telefon 0 75 75 / 20 95 - 0
info@gmeiner-verlag.de
Alle Rechte vorbehalten
1. Auflage 2017

Lektorat: Claudia Senghaas, Kirchardt
Herstellung: Julia Franze
Umschlaggestaltung: U.O.R.G. Lutz Eberle, Stuttgart
unter Verwendung von: © Fotografie und Compositing:
Marc Ferdinand Körner | emefka.bewegtbildmanufaktur
Bearbeitung: Marcel Krämer
Darsteller: Danijel Dedo, Thomas Goersch
Druck: GGP Media GmbH, Pößneck
Printed in Germany
ISBN 978-3-8392-2150-1

frei nach einem Drehbuch von
HARDY MARTINS, JØRN PRECHT
und BERND SCHWAMM

Fassung vom 19. Juli 2016

DRAMATIS PERSONAE:

KARL WALZ
* 1. Februar 1881 in Frankfurt Sachsenhausen
Assistent Dr. Alzheimers

DR. ALOIS ALZHEIMER
* 14. Juni 1864 in Marktbreit (Unterfranken)
Nervenarzt, Neurologe, Psychiater, Neuropathologe und
Oberarzt an der städtischen Irrenanstalt in Frankfurt

AUGUSTE DETER, geborene Höhmann
* 16. Mai 1850 in Kassel
Hausfrau, erste verbürgte Alzheimer-Patientin

WILHELMINE »MINA« GEHWEILER, geborene Kocher
* 31. Mai 1877 in Heidelberg
Hausfrau, vormals Krankenschwester

DR. HERMANN PAUL NITSCHE
* 25. November 1876 in Colditz, Sachsen
Assistenz- und Abteilungsarzt in der Irrenanstalt Frankfurt

DR. LEOPOLD LAQUER
* 9. März 1957 in Namslau (Schlesien)
Nervenarzt und Kinder-Psychiater

DR. ADOLF ALBRECHT FRIEDLÄNDER
* 8. August 1870 in Dornbach bei Wien
Assistenzarzt Professor Emil Siolis

PROF. EMIL SIOLI
* 29. Juli 1852 auf Gut Lieskau bei Halle an der Saale
Psychiater und Direktor der Anstalt für Irre und Epileptiker in Frankfurt am Main

OSKAR MÄDER
* 16. April 1865 in Bremen
Vagabund

GRETE QUILLING
* 1. April 1847 in Bad Nauheim
Prostituierte

MANFRED »FREDDY« WEIGERT
* 29. Dezember 1892 in Offenbach
Anstaltsinsasse mit Down-Syndrom

KARL DETER
* 27. November 1846 in Neustadt an der Dosse,
Kreis Ruppin
Eisenbahn-Kanzlist

EHRENTRAUD STADLBAUER
* 18. Oktober 1845 in Landau in der Pfalz
Schwester Oberin in der Anstalt für Irre und Epileptiker
in Frankfurt am Main

LUDO SINZHEIMER
* 12. Mai 1880 in Bad Nauheim
Oberwachtmeister, Karls einstiger Verbündeter im
Kinderheim

PROLOG

Die Irrenanstalt sah bedrohlich aus. Ungewöhnlich früh hatte an diesem nebligen Herbstabend des Jahres 1888 die Dunkelheit eingesetzt. Auf den siebenjährigen Jungen wirkten die leuchtenden Fenster des hohen Gebäudes, auf das er zuging, wie riesenhafte Augen. Dennoch zog der Knabe seine erwachsene Begleiterin aufgeregt an der linken Hand voran. Mit der rechten umklammerte er nicht minder fest eine Tüte mit Gebäck. Der Kleine hatte es eilig. Selbst als aus dem Inneren des Gebäudes furchterregende Schreie zu hören waren, zögerte er nur kurz. Er wusste, er durfte jetzt keiner Angst nachgeben, denn allein in den Mauern, die da vor ihm aufragten, konnte er sie endlich, endlich wiedersehen. Die Person, nach der er sich drei endlos wirkende Wochen lang so schrecklich gesehnt hatte.

»Geduld, Karl«, kam es von der Dame neben ihm, »deine Mutter kann dir von dort drinnen nicht fortlaufen.«

Da mochte sie wohl recht haben, es erwies sich jedenfalls bereits als äußerst schwierig, das Gebäude überhaupt zu betreten. Erst nach längerer Überzeugungsarbeit durch eine Sprechluke hindurch schloss ihnen ein alt und müde aussehender Wärter die Anstaltstüren auf und ließ sie ein.

Der greise Pfleger führte sie wortlos zu einer ungewöhnlich hoch gewachsenen Krankenschwester. Diese unterhielt sich gerade mit einer jüngeren Kollegin. »Nichts kann man diesem neuen Direktor recht machen«, lästerte sie.

»Jahrelang ging hier alles gut – und er will alles ändern. Sioli – was ist das überhaupt für ein Name?«

Da bemerkte sie die beiden Besucher und warf ihnen einen strengen Blick zu. »Was wollen Sie denn hier?«

»Mein Name ist Auguste Deter«, erklärte Karls Begleiterin mit selbstbewusster Stimme, »ich bin die Nachbarin von Frau Walz. Sie ist die Mutter des Knaben hier.«

Die Schwester blickte feindselig in das Gesicht der Dame vor ihr: Diese Auguste Deter mochte Ende 30 sein, hatte ihr kastanienbraunes Haar hochgesteckt und einen wachen Blick.

Der kleine Karl hatte in den letzten Monaten ein tiefes Vertrauen zu der neuen Nachbarin gefasst. Sein trunksüchtiger Vater hatte nach seinem Tod vor einem Jahr die Mutter und den Jungen völlig mittellos hinterlassen, Spielschulden, hieß es. Ihre Wohnung in der Wallstraße 18 im Frankfurter Stadtteil Sachsenhausen hatten sie Anfang des Jahres aufgeben müssen – und es war allein ihrer Nachmieterin Auguste Deter zu verdanken, dass sie nicht obdachlos geworden waren. Sie hatte den Vermieter, den Farbenhändler Georg Hagelauer, schon im Vorfeld ihres Einzugs überredet, Mutter und Sohn statt der zu teuren Wohnung im ersten Stock ein winziges Zimmer im Keller zur Verfügung zu stellen. Doch dann war Karls Mutter immer kranker und unheimlicher geworden, hatte trotz ihrer jungen Jahre immer öfter darüber geklagt, dass sie schlecht sehe, ihr alles vor Augen verschwimme – und am Ende nur noch geweint und getobt. Schließlich hatten zwei unheimliche Männer die rasende junge Frau abgeholt, und ihr kleiner Sohn war zunächst bei den Deters untergekommen. Herr Deter war aber alles andere als begeistert gewesen, dass der

Sohn eines Rauf- und Trunkenbolds mit ihrer 14-jährigen Tochter Thekla aufwachsen sollte. So war der kleine Karl Walz nach einer Woche ins Heim gekommen, nur noch am Wochenende holte Auguste ihn ab. Die schrecklichen Tage im Kinderheim, wo er sich gegen Schläge des brutalen Heimaufsehers wehren musste, überstand der Knabe in sehnender Erwartung der Sonntage bei den Deters. Und jedes Mal bettelte er Auguste an, mit ihm die Mutter im Irrenhaus zu besuchen.

Heute endlich war es so weit. Erwartungsvoll sah er die große Krankenschwester an. Da wurde ihre Aufmerksamkeit abgelenkt: Ein dürrer Mann in einem zerfledderten und verschmierten Leinennachthemd kam von einer Treppe aus dem Untergeschoss heraufgerannt und rüttelte hysterisch an der Klinke der Ausgangstür. Scheinbar aus dem Nichts tauchten zwei Pfleger auf und griffen ihn an. Vor Anstrengung keuchend, versuchten sie, dem tobenden Mann eine Zwangsjacke anzulegen. Der kleine Karl war sofort hellwach und aufmerksam – genau so, wie er es bei dem Wärter im Kinderheim immer war – und wie damals, wenn sein Vater wieder einmal zornig geworden war. Der Junge hatte gelernt, vorsichtig zu sein, ließ die Kämpfenden nicht aus den Augen. Ihm fiel auf, dass die beiden Wärter ähnliche Arbeitskleidung anhatten wie die Männer, die vor drei Wochen seine Mutter mitgenommen hatten. Schließlich wurde dem Tobsüchtigen die Zwangsjacke angelegt, dem Mann blieb nur noch hilfloses Zucken. Die Pfleger zerrten den winselnden Insassen wie ein erlegtes Tier die Treppe zum Untergeschoss hinunter.

»Das hier ist kein Ort für ein Kind«, zürnte derweil die Schwester mit Auguste. »Sehen es ja wohl selbst!«

»Er möchte doch nur einmal seine Mutter wiedersehen«, warf Karls Nachbarin ein. »Steht es denn so schlecht um sie?«

»Sie ist da, wo die Kollegen den Mann hinbringen. Und dort darf sie niemand besuchen«, erwiderte die Schwester zu Karls großem Entsetzen. »Gehen Sie jetzt!«

Auguste erklärte der Schwester, der Knabe habe seiner Mutter Plätzchen gebacken, fragte, ob sie ihr die nicht wenigstens zukommen lassen könne. Doch Karl hatte genug gehört. Nachdem die Schwester die von Auguste gereichte Gebäcktüte angesehen hatte wie einen Haufen Unrat und dann etwas auf einen Zettel kritzelte, schnappte sich der Junge heimlich seine Plätzchen vom Tisch und schlich davon. Er hörte die Schwester noch zu Auguste sagen »Unterschreiben Sie hier!«, da war er auch schon jene Treppe hinuntergelaufen, über welche die Pfleger mit dem Tobsüchtigen verschwunden waren.

Unten erwartete den kleinen Karl ein dunkler, modrig riechender Steingang, der rechts und links von schweren Eisentüren gesäumt war. Er erschrak, als plötzlich eine Hand nach seinem Hosenbein griff. Am Boden in der Ecke kauerte ein junger Mann mit zerzaustem Haar, das in alle Richtungen abstand. Er hatte verschmiertes Papier unter dem Arm und zeigte Karl irre kichernd eine offene Tasche. Im Zwielicht konnte der Junge nicht erkennen, was sich darin befand, es stank jedoch bestialisch. Weiter hinten im Gang stand eine Tür offen. Licht fiel heraus. Karl vermutete dort die Pfleger und eilte in diese Richtung. Dafür musste er an einem ausgemergelten nackten Mann vor-

bei, der vor sich hin heulend auf einem zerrissenen Stroh-
sack lag und Karl schimpfend hinterherspuckte. Die Leute
nannten diesen unheimlichen Ort »Affenstein«. Inzwischen ahnte der Junge, weshalb. Karl passierte die Türen,
hinter denen ebenfalls gejammert und geschrien wurde. Je
näher er dem Licht am Ende des Gangs kam, desto besser sah er, dass der Boden mit Essensresten und Schlim-
merem verschmiert war.

Der Knabe kam an der offen stehenden Eisentür an und
linste hinein. Es stank wie in einem Viehstall, am Boden
lag Stroh – und die Zwangsjacke. Er wurde Zeuge, wie
die beiden Wärter versuchten, den Tobsüchtigen an die
Wand zu ketten. Dieses Schicksal teilten bereits mehrere
Personen in dem stinkenden Kellerverlies. Und schließlich
entdeckte Karl eine junge Frau in Lumpen, deren wirre
Haare ihr ins Gesicht hingen. Er stöhnte auf – seine Mutter! Ungläubig trat er langsam auf sie zu. Doch als das irr
wirkende Gesicht der jungen Frau frei von Haaren war
und sie den Jungen bemerkt hatte, versuchte sie kreischend
auf Karl loszugehen. Er ließ vor Schreck die Plätzchen ins
schmutzige Stroh fallen. Im letzten Moment wurde die
Rasende von ihren Ketten zurückgehalten.

»Mutter«, rief Karl in tiefster Verzweiflung.

Die Krankenschwester und Auguste kamen herangestürmt,
die Plätzchen zertretend. Auguste erfasste die Lage mit
Entsetzen, schnappte sich den Jungen rasch, nahm ihn
auf den Arm.

»Sofort hinaus mit dem Kind!«, fauchte die Schwester.

Lärm wie in einem Affenhaus folgte als Antwort der
Eingesperrten. Schreien, Heulen, Brüllen. Grob zerrte die

Schwester Auguste und deren Nachbarsjungen aus der Zelle. Karl fühlte sich wie in einem Albtraum. Tränen rannen über sein Gesicht, und er schluchzte verzweifelt, als er über die Schulter ein letztes Mal auf seine Mutter sah. In deren Gesicht war noch immer kein Erkennen. Die schwere Eisentür fiel zu.

Ratter-klack! Geräuschvoll wurde von den Pflegern der Schlüssel im Schloss herumgedreht. Das Geräusch von Türen, die verschlossen werden, kannte Karl nur zu gut. Er hatte es immer gehört, wenn sein Vater ihn eingeschlossen hatte, um die Mutter zu verprügeln. Auch als man vor einem Jahr schließlich seine Leiche heimbrachte, nachdem er betrunken auf der Baustelle verunglückt war. Man hatte Karl den Anblick ersparen wollen und ihn weggesperrt. *Ratter-klack!* Hastig hatte ihn die Mutter später auch ausgesperrt, wenn sie all die keuchenden Fremden einließ, welche sie oft zum Weinen brachten – die ihnen aber nach ihren Besuchen Geld daließen. Doch Karl hatte gelernt, durch Schlüssellöcher zu blicken, und was er durch sie gesehen hatte, war häufig auf verstörende Weise unvergesslich gewesen.

Als man nun die Anstaltstür hinter ihm und seiner Nachbarin Auguste Deter verschloss, ahnte der Junge, dass er seine Mutter nie wiedersehen würde. *Ratter-klack!*

≈

ERSTER TEIL:

DER GEHEIMNISVOLLE
DR. ALZHEIMER

1: DER UNFALL

WAS ICH HIER TUE, ist wichtig, nicht vergessen, es ist wichtig! Er wischte mit seinem Schrubber über den Boden des Korridors der Gemeinschaftspraxis – und er tat es so gründlich, als wäre jedes bisschen Schmutz, jedes unsichtbare Bakterium lebensbedrohlich für die kleinen Patienten, die hier verkehrten. Auch die Flure in einer Poliklinik zu reinigen, es war wichtig. Dies musste sich Karl, mittlerweile ein athletischer junger Mann mit einer länglichen Narbe auf der rechten Wange, jeden Tag einreden. Im Februar vor drei Jahren hatte ihn seine Nachbarin Auguste Deter aus Anlass seines 16. Geburtstages endgültig aus dem verhassten Waisenhaus geholt. Sie hatte dafür gesorgt, dass er wieder in das Kellerzimmer in der Wallstraße ziehen durfte; sie selbst war inzwischen mit ihrer Familie in ein etwas repräsentativeres Mietshaus in der nur einen Kilometer entfernten Mörfelder Landstraße gezogen. Außerdem hatte sie ihm eine Stelle als Hilfshausmeister hier beim bekannten Kinderpsychiater Leopold Laquer im Frankfurter Nordend besorgt. Karl war damals außer sich gewesen vor Freude: Ein erster Schritt in Richtung seines bisher unerreichbaren Traumberufes – Mediziner. Doch die Monate waren ohne größere Entwicklungen ins Land gezogen. Im letzten Dezember hatten sie den Jahrhundertwechsel gefeiert, und Karl hatte allmählich die Hoffnung aufgegeben, dass er je mehr tun könnte, als Dr. Laquer bei Arbeit und Forschung heimlich zu beobachten, heimlich medizinische Werke zu lesen. Er würde sich wohl weiterhin fühlen wie ein Rettungsschwimmer, der weiß, wie man schwimmt, ahnt, wie man Menschen rettet, dem es aber von Standes wegen nicht gestattet ist, selbst Lebensretter zu werden. Also blieb ihm sein Putzdienst. In jeder Ecke. Gründlich. Gewissenhaft. Es ist wichtig! Es ist wichtig!

»Karl?« Rottenmeier, ein hagerer Endvierziger in Pfleger-Kleidung, kam eilig den Flur entlang. Karl reagierte zunächst nicht; erst als Rottenmeier ihn an der Schulter berührte, fuhr er erschrocken herum und schlug die Hand des Pflegers mit überraschender Kraft von sich.

Rottenmeier war verstimmt. »Ah, der Herr Hilfshausmeister möchte schriftlich zur Arbeit gebeten werden, oder was?«

Karl wirkte schuldbewusst, wütend auf sich selbst. Verdammter Zorn! Wann würde endlich auch sein Unterbewusstsein verstehen, dass inzwischen weder sein Vater noch der Heimaufseher noch die anderen Waisenjungen ihn angreifen konnten? Er bat Rottenmeier kleinlaut um Entschuldigung.

»Abgelehnt«, erwiderte dieser. »Geh in Laquers Zimmer und wisch die Tinte des Bengels weg. Ich hätte ihm den Hintern versohlt, wenn ich dürfte. – Und bei dir würde das auch nicht schaden«, rief ihm Rottenmeier hinterher, während Karl sich gehorsam in Richtung des Zimmers seines Arbeitgebers Dr. Laquer aufmachte. Doch Karl wusste, dass Rottenmeier nur scherzte. Der Pfleger hätte sich zwar lieber die Zunge abgebissen, als es zuzugeben – doch er schätzte den jungen Karl Walz sehr.

Dieser schob seinen Putzwagen den Korridor entlang, als ihm Laquers zweiter Pfleger entgegenkam, ein wahrer Hüne. Der »führte« einen zehnjährigen Jungen derart grob am Ohr, dass er vor Schmerz wimmerte. Das sah Karl gar nicht gern. »Muss das denn sein? Der Junge …«, setzte er an zu sagen, doch der Hüne unterbrach ihn sogleich unwirsch: »Halt dich da raus, Walz!«

Karl kämpfte den in ihm aufflammenden Zorn nieder, verzichtete auf eine weitere Bemerkung und betrat Laquers Büro.

Die Spuren der Auseinandersetzung zwischen dem Arzt und dem jähzornigen Kind waren unübersehbar: Die Wand und das Porträt Kaiser Wilhelms hinter Dr. Laquers Schreibtisch waren voller Tintenspritzer. Karl stellte den Stuhl wieder auf, ebenso den umgefallenen Rahmen mit Laquers Familienfoto. Dann machte er sich daran, das umgekippte Tintenfässchen auf dem Schreibtisch zu bergen.

Dabei blieb sein Blick auf den aufgeschlagenen Seiten eines Buches hängen, die ebenfalls kleine Tintenspritzer abbekommen hatten. Karl schaute kurz auf die Titelseite. Es handelte sich um das neue Werk Sigmund Freuds – die »Traumdeutung«. Karl konnte nicht anders – wann immer er eine medizinische Veröffentlichung in die Hände bekam, war seine Neugier geweckt. Er las auf den mit Tinte besprenkelten aufgeschlagenen Seiten: »Es sind die unauslöschlichen Erinnerungen an Bestrafungen, die wir in der Kindheit erlitten haben …«

Ja, die Erinnerungen an die sinnlosen und willkürlichen Prügelstrafen seines häufig betrunkenen Vaters hatten sich tatsächlich unauslöschlich in Karls Gedächtnis eingebrannt. Mal war die Mutter an der Reihe gewesen, mal er selbst, mal beide. Wie oft hatte er hilflos wimmernd in einer Zimmerecke gekauert, wenn sein rasender Vater mit einem Gürtel oder anderen Gegenständen auf ihn eindrosch.

»Entschuldigung?« Der Klang einer Frauenstimme hinter ihm riss Karl aus seinen dunklen Erinnerungen. Er fuhr erschrocken herum, dabei glitt ihm das Buch aus den Händen und fiel zu Boden.

Eine hübsche Frau, Mitte 20, stand in der Tür. »Verzeihung. Mein Name ist Wilhelmine Gehweiler, ich bin mit Doktor Laquer verabredet«, erklärte sie. Die junge Dame war nicht teuer, aber stilvoll gekleidet, hatte ihr flachsblondes Haar kunstvoll hochgesteckt.

Während Karl das Buch aufhob, stammelte er: »Karl Walz, angenehm. Der Doktor … müsste jeden Augenblick zurück sein. Es gab … ein kleines Malheur mit einem ungezogenen Jungen.«

»Das tut mir leid.« Die Fremde deutete lächelnd auf das Buch. »Wissen Sie denn noch, auf welcher Seite Sie waren?«

»Ja, an der Stelle über Jungs, die ihren Vätern den Tod wünschen«, erwiderte Karl, nun etwas mutiger.

Sie blickte ihn schmunzelnd an, und ihm fielen ihre veilchenblauen Augen auf. »Na, solange Sie nicht vor lauter Liebe Ihre Mutter ausstopfen wollen wie das Kind in dem Buch …«

Nach einer perplexen Pause meinte Karl, dass er so weit noch nicht sei. Die hübsche Dame war wahrlich nicht auf den Mund gefallen, dachte er beeindruckt. Und sie kannte dieses neue Werk!

Da betrat der schmächtige Klinikgründer Dr. Leopold Laquer den Raum. Die Anzugsweste des untersetzten Mittvierzigers mit dunklem Vollbart war noch nass, die Tintenspritzer nicht gänzlich entfernt. Seinem Hilfshausmeister nickte er nur zu, die junge Dame jedoch begrüßte er herzlich wie ein Vater seine Tochter. »Mina, meine Liebe. Nimm doch Platz.«

Mina war also der Kosename der hübschen Wilhelmine, dachte Karl gerade, als Dr. Laquer sich kurz an ihn wandte: »Walz, bringen Sie einfach das Nötigste in Ordnung; die Tinte von Wand und Bild zu entfernen, bedarf ohnehin einer größeren Restaurierung.«

Karl tat, wie ihm geheißen, Mina setzte sich.

»Entschuldige das Durcheinander«, sagte Laquer seufzend. »Es gibt nichts Fürchterlicheres als jähzornige Kinder.«

Mina grinste. »So fürchterlich, dass Sie darüber ganze Bücher schreiben.«

Karl musste schmunzeln. Tatsächlich schrieb sein Arbeitgeber, der seit diesem Jahr auch offizieller Schularzt der Stadt Frankfurt war, an Büchern über psychisch gestörte Kinder. Karl hatte dies oft voller Neugier beobachtet. Und Mina wusste es offenbar auch. Dr. Laquer lachte ertappt. »Was führt dich zu mir?«

»Es geht um meinen Mann ...«, erwiderte sie.

Karl, der dem Gespräch unauffällig, aber aufmerksam zuhörte, spürte ein vages Gefühl von Enttäuschung. Aber eigentlich war es bei einer Dame ihres Formats zu erwarten gewesen – dass ein Ehegatte existierte. Und eigentlich würde Karl eine solche Dame ohnehin niemals auch nur halbwegs angemessen versorgen können. Wer immer also der glückliche Mann an Minas Seite sein mochte, mit ihm war sie gewiss besser dran als mit dem Hilfshausmeister Karl Walz. Doch ihr Gatte bereitete ihr Sorgen, das war ihr deutlich anzumerken.

»Was ist mit ihm?« hakte der Psychiater nach.

»Seit einiger Zeit ist er äußerst vergesslich«, berichtete Mina ernst, »ihm fallen viele Worte nicht mehr ein – und er macht immer mehr Fehler beim Modellieren.«

Laquer runzelte die Stirn. »Oh, das passt wirklich gar nicht zu ihm. Juwelier Hessenberg betont immer wieder, dein Joseph sei sein vortrefflichster Bildhauer.«

Mina wirkte nun sehr ernst. »Nicht mehr. Neulich wusste er nicht mal mehr Hessenbergs Namen.«

»Das klingt aber gar nicht gut«, konstatierte der Mediziner.

Karl putzte besonders gründlich, um kein Wort zu verpassen, doch angesichts der Tatsache, dass das Gespräch jetzt sehr privat wurde, wandte sich Laquer an ihn: »Walz, lassen Sie es gut sein für heute. Sie können gehen.«

Karl nickte und begann ein wenig enttäuscht, seine Putzutensilien zusammenzupacken – langsam, um so zumindest noch den nächsten Wortwechsel der beiden zu verfolgen.

Mina versuchte ein Lächeln. »Meine Mutter hat mich gewarnt, ich solle keinen Mann heiraten, der über 20 Jahre älter ist, da hätte ich früh einen Greis an meiner Seite. Aber Altersvergesslichkeit mit 45?«

Dr. Laquer bat, Minas Gatte möge ihn umgehend aufsuchen.

»Das ist das Problem«, erwiderte sie. »Er weigert sich.«

Laquer nickte ernst. »Verstehe. Also müssen wir das anders lösen.«

Beim Hinausgehen kam es noch zu einem kurzen Blickkontakt zwischen Karl und Mina. Sie lächelte recht freundlich – er eher verschüchtert.

⁓☙⁓

Karl verstaute seine Arbeitsutensilien, hängte seinen Arbeitskittel in den Schrank und zog seinen Mantel an. Als er aus dem Praxisgebäude in der Jahnstraße 42 kam, fegte Pfleger Rottenmeier den Weg zur Straße, der mit bunten Blättern überhäuft war. Karl winkte ihm zu und ging zu seinem Fahrrad. Dieses war sein ganzer Stolz. Thekla, die Tochter von Nachbarin Auguste, hatte es ihm letztes Jahr zu Weihnachten geschenkt. »Ich habe mich verliebt«, hatte sie gut gelaunt gesagt. »Alle Welt soll glücklich sein.« Er war überwältigt gewesen. Selbst gebrauchte Fahrräder waren teuer. Heute Abend würde sich Karl von Thekla, die wie eine große Schwester für ihn war, verabschieden müssen. Sie zog mit ihrem Angetrauten, einem freundlichen Gerichtsaktuar, nach Berlin. Gerade als Karl auf sein Rad steigen wollte, kam Wilhelmine Gehweiler aus dem Gebäude. Er freute sich einerseits, sie noch einmal zu sehen, andererseits versetzte ihm ihr Anblick einen Stich in der Magengegend. So anziehend – und so unerreichbar. Zu seiner Überraschung ging Mina ihrerseits zu einem Fahrrad. Für Frauen war das Radfahren ungewöhnlich und durchaus verpönt!

Plötzlich hörte Karl lautes Wiehern und Rattern auf dem Pflaster. Die Pferde eines mit Fässern beladenen Fuhrwerks waren durchgegangen, der Kutscher schien die Kontrolle über die Tiere verloren zu haben. Der Vierspänner raste geradewegs auf das Vorgärtchen der Praxis zu. Rasch waren die Pferde nur wenige Meter von Karl und Mina entfernt. Karl spurtete spontan los, riss Mina zu Boden und zerrte sie rasch hinter eine Büste mit Steinsockel.

An dieser zerbarsten Sekundenbruchteile später krachend Teile der Kutsche. Holzsplitter überall, Fässer wurden durch die Luft geschleudert und rollten polternd davon.

Karl und Mina waren unverletzt, aber einige Meter neben ihnen hörte man Schreie. Sie rappelten sich auf und erfassten sogleich geistesgegenwärtig das Ausmaß des Unglücks: Das Fuhrwerk hatte sich in dem schmiedeeisernen Metallzaun verfangen und war förmlich auseinandergerissen worden. Der Kutscher war von seinem Bock geschleudert worden und lag wimmernd neben dem Kiesweg. Der blutüberströmte Rottenmeier war unter der Kutsche eingeklemmt.

Neugierig kamen Schaulustige aus den Nachbarhäusern, Passanten standen vor Schreck wie gelähmt am Unglücksort. Karl und Mina jedoch funktionierten in der Schocksituation wie ein Uhrwerk. Während Mina zum Kutscher stürzte und seine Beine erhöhte, stürmte Karl zum eingeklemmten Pfleger. Er kniete nieder und sprach mit ihm, während er am Hals den Puls fühlte. »Herr Rottenmeier! Können Sie mich hören?«

Rottenmeier presste mühevoll hervor, dass er nicht atmen könne.

Indes war sein hünenhafter Kollege angekommen, starrte mit den Schaulustigen.

»Wir müssen sofort den Wagen hochheben!«, wies Karl ihn an.

Doch der Hüne meinte aufgebracht, man dürfe Rottenmeier da nicht hervorziehen. »Wenn wir was falsch machen, ist er hernach gelähmt oder dergleichen. Das muss doch der Herr Doktor entscheiden.«

Karl sprang auf und zerrte vergeblich an dem Wagen. Nachbarin Auguste Deter hatte ihm vor drei Jahren geraten, seine Neigung zu Zornesausbrüchen nur noch bei zivilisierten Boxkämpfen auszuleben – daher verbargen sich unter seiner drahtigen Figur starke Muskeln. Das Fuhrwerk war dennoch zu schwer für einen einzelnen Mann. Karl verzweifelte zusehends. Bald würde es für Rottenmeier zu spät sein! »Er kann nicht atmen – er erstickt, wenn wir ihn dort nicht herausschaffen.« Karls Stimme schwoll zu einem Brüllen an: »Sehen Sie nicht, dass er da unten stirbt?«

Mina, die mittlerweile den offenbar nur leicht verletzten Kutscher versorgt hatte, kam herbeigeeilt. Vergeblich versuchten sie und Karl erneut, den Wagen hochzubekommen. Die junge Frau rief in die Menge, ob ihnen nicht bitte irgendwer helfen könne. »Er hat recht, der Mann da unten wird sonst ersticken!« Sie erntete jedoch allseits nur ängstliche Blicke. Dann sah sie dem Hünen derart flehend in die Augen, dass dieser sich endlich ein Herz fasste – sie versuchten es zu dritt. Doktor Laquer kam hinzu. Er verhielt sich ungewöhnlich zurückhaltend für einen Arzt, wie Karl am Rande wahrnahm. Der Kinderpsychiater schien beinahe so erschrocken und hilflos wie die umstehenden Schaulustigen. »Mein Gott, Rottenmeier«, sagte er kaum hörbar.

Doch nachdem die Kutsche sich so bewegen ließ, dass Hoffnung aufkeimte, den Verletzten bergen zu können, packten nun doch endlich mehrere der Umstehenden mit an. Laquer versuchte, noch weitere Passanten zu animieren. »So helfen Sie doch auch, bitte!«

Der Arztkittel schien dabei überzeugender als seine zurückhaltende Stimme. Gemeinsam gelang es, das schwere Fuhrwerk kurz anzuheben. Karl und Mina zogen Rottenmeier rasch heraus, bevor es wieder zu Boden krachte.

Rottenmeiers Augen waren geschlossen. Karl kniete bei ihm, hob das Kinn des Pflegers an. Atme, atme! Komm schon! Schließlich keuchte Rottenmeier hörbar. Karl seufzte erleichtert. Dann sprang er auf und wandte sich an Dr. Laquer: »Wir müssen ihn hineintragen, Sie sollten sofort die offene Fraktur am Bein operieren. Er verblutet sonst.«

Laquer trat erschrocken einen Schritt zurück. Unmöglich! Er habe doch überhaupt nicht die nötigen Gerätschaften in der Ordination, erläuterte er hastig. »Ich habe schon nach Hilfe aus dem Spital geschickt. Sie müsste jeden Augenblick hier sein.«

Karl schaute hilflos auf den in seinem Blut liegenden Rottenmeier. Er und Mina warfen sich einen besorgten Blick zu. Die kommen doch viel zu spät …

∼⚬∼

2: DER MERKWÜRDIGE DR. ALZHEIMER

KNAPP EINE STUNDE SPÄTER saßen Karl und Mina benommen bei Dr. Laquer in dessen Sprechzimmer. Der Arzt klang triumphierend: »Na, sehen Sie, Walz, jetzt hat es doch noch gereicht. Im Spital wird man Rottenmeier schon wieder hinbekommen. Dank *Ihrer* hervorragenden Erstversorgung.«

Er fixierte Karl nun fragend, wollte wissen, woher er sein medizinisches Wissen habe.

Karl versuchte abzulenken. »Ich finde, Frau Wilhelmine hat hervorragende Arbeit geleistet. Ohne sie ...«

Doch sein Arbeitgeber fiel ihm ins Wort, Frau Gehweiler sei eine ausgebildete Krankenschwester. »Sie hingegen sind Hausmeistergehilfe. Also ...?«

Karl antwortete so zögerlich, als habe er ein bitteres Geständnis abzulegen: »Ich habe das eine oder andere Buch gelesen. Bücher über Medizin ... Behandlungsmethoden und dergleichen.«

Dr. Laquer gab sich erstaunt. »Sie haben Fachbücher gelesen? ... Freiwillig?«

Mina lachte, und sogar Karl musste schmunzeln. Sie fixierte ihn mit neugierigem Blick, was Karl ein wenig nervös machte. »Die Medizin scheint Sie ja mächtig zu interessieren.«

Karl vergaß völlig, dass sein Arbeitgeber im Raum war. Irgendetwas an Wilhelmine Gehweiler erweckte ein tiefes Vertrauen in ihm. »Meine Mutter litt an ... einer unheilbaren Krankheit. Als Kind dachte ich, Medizin sei wie Zauberei – und könnte sie retten. Seither wollte ich alles darüber wissen.«

Dr. Laquer bemerkte, dass die beiden jungen Menschen offenbar seine Anwesenheit zu vergessen drohten, räusperte sich. »Nun, jedes Handeln hat Folgen, mein Junge.«

Karl sah ihn in vager Sorge an. Was meinte Laquer?

Der Arzt ging auf ein kleines Wandschränkchen zu, holte eine Flasche Likör und drei Gläschen heraus, während er weitersprach: »Unser guter Rottenmeier ist wohl leider auf unabsehbare Zeit indisponiert. Wie wäre es, wenn ich

Sie als Ersatzpfleger auf Probe einstelle, Herr Walz? Einen neuen Hausmeistergehilfen finden wir schon.«

Karl war zunächst sprachlos.

»Was denkst du darüber, Mina?«, wandte sich der Arzt an die ehemalige Krankenschwester.

Die lächelte aufmunternd in Karls Richtung. »Ich denke, bei einem derartigen Interesse an der Medizin könnte das der Beginn einer glänzenden Laufbahn werden.«

Laquer fixierte ihn fragend. »Nun, Walz, stimmen Sie der Dame zu?«

Karl blickte fassungslos, deutete ein zustimmendes Kopfnicken an.

Der Likör war inzwischen eingeschenkt. Laquer hob sein Glas.

»Gratulation, Herr Krankenpfleger«, sagte Mina, als sie das ihre hob.

Karl strahlte.

～⊙～

Krankenpfleger! An diesem lauen Oktoberabend radelte Karl halsbrecherisch schnell durch die Mainmetropole. An der Hauptwache vorbei, die Kaiserstraße hinab. Aus dem Weg, hier kommt der berühmte Krankenpfleger Karl Walz! Er würde endlich Menschen mittels Medizin helfen. Der Fahrtwind wehte ihm ins Gesicht, er schrie seine Freude heraus und streckte die Arme dabei nach oben. Das Rad schlitterte, um ein Haar wäre er gestürzt beim Überqueren der Untermainbrücke, deren Pflaster aufgrund der feuchten Herbstblätter rutschig war. Doch die Freude überwog. Hier kommt *Doktor* Karl Walz, juhuuu …

Der frischgebackene Krankenpfleger passierte schließlich den Südbahnhof. Er war fast an jenem Mietshaus in der schwach mit Gaslaternen beleuchteten Mörfelder Landstraße angekommen, in dem Familie Deter wohnte; da traf er auf die elegante Nachbarin Frau Hensler, die gerade aus der gegenüberliegenden Villa kam. Karl sprang vom Rad und rief ihr »Guten Abend« zu.

Die edel gekleidete Mittvierzigerin erwiderte den Gruß lächelnd und teilte mit: »Wenn du dich wegen Thekla so beeilst, sie und ihr Mann sind schon abgereist.«

»Hatte ich befürchtet, hab's aber nicht eher geschafft«, keuchte Karl außer Atem. »Schönen Abend noch.«

Er winkte der Dame zu und ging eilig ins Haus Nummer 64. Im Erdgeschoss befand sich die Kohlenhandlung Geissler sowie ein Büro der Deutschen Dampfschifferei-Gesellschaft Nordsee. Deren Plakate weckten stets das Fernweh in Karl, der das Meer selbst noch nie gesehen hatte. Er ging in den dritten Stock hinauf und betrat dort die Wohnung der Familie Deter, zu der er einen Schlüssel besaß. Er eilte direkt in die Küche, wo Auguste nur einen kurzen Blick für ihn übrig hatte und sich sofort wieder ihrer Arbeit am Spülstein zuwandte. Sie war im Mai 50 geworden, aber immer noch hübsch.

»Mamuschka, es tut mir so leid«, entschuldigte sich Karl und nahm die Mütze ab. »Frau Hensler hat mir gesagt, dass Thekla schon fort ist.«

»Ja, die feine Hensler weiß immer ganz genau, was bei uns los ist«, erwiderte Auguste spöttisch. »Ich hoffe, du hast eine gute Ausrede für dein Zuspätkommen.«

Karl nickte grinsend. Oh ja, die hatte er. Ehe er jedoch davon berichten konnte, ertönte aus dem Wohnzimmer eine Oboe. »Der Mond ist aufgegangen« wurde gespielt.

Karl wusste, dass Augustes Mann, der ebenfalls Karl

hieß, das Instrument spielte. Der heutige Kanzleiassistent hatte einst als Militärmusiker im Kasseler Infanterieregiment gedient. »Er wollte allein sein«, erklärte Auguste. »Schämt sich seiner Tränen, weil seine Tochter nach Berlin zieht. Ich wärm dir was auf.«

Sie wandte sich zum Herd. »Und … was willst du mir sagen?«

Nun erzählte Karl seiner einstigen Nachbarin in allen Einzelheiten von dem Unfall vor Dr. Laquers Poliklinik und dessen Folgen.

Als er geendet hatte, stellte Auguste den vollen Teller vor ihn auf den Küchentisch.

»Der Herr Krankenpfleger«, meinte sie lächelnd. »Lass es dir schmecken.« Sie drückte ihm einen Kuss auf die Wange. »Deine Mutter wäre heute sehr stolz auf dich.«

Karl nickte und sah gedankenverloren auf seinen Teller. Die Situation erinnerte ihn an jenen Abend vor zwölf Jahren, als er zuvor in der Irrenanstalt seine Mutter zum letzten Mal gesehen hatte. Auch damals war er am Küchentisch der Deters gegessen, seinerzeit noch in der Wallstraße, wo auch seine Familie gelebt hatte. Nach dem schrecklichen Besuch in der Anstalt hatte Auguste den siebenjährigen Nachbarsjungen mit einem guten Essen zu trösten versucht. Doch natürlich hatte er keinen Appetit gehabt, die Mahlzeit nicht angerührt. Karl erinnerte sich noch heute an jedes Wort.

»Du musst essen, Karl. Auch wenn das Schicksal manchmal gemein ist«, erklärte Auguste dem todtraurigen Knaben. »Wir dürfen nie aufgeben. Das sind wir den Menschen, die wir lieben, schuldig. Leben heißt kämpfen!«

Sie deutete eine kämpferische Geste mit der Faust an,

strich ihm dann liebevoll über den Kopf. Da rief aus der Wohnstube Herr Deter, verlangte nach seinem Bier. Auguste nahm eine braune Flasche und ging zur Tür. »Komme!«

Der kleine Karl sprang auf und lauschte neugierig durch die Luftschlitze des Kachelofens den Stimmen der Deters.

»Hab dem Kleinen nur schnell das Essen hingestellt.«

»So geht das nicht weiter. Ich will den Kerl auch am Wochenende nicht mehr in meiner Wohnung haben. Er hat einen schlechten Einfluss auf unsere Thekla.«

»Ach was, sie liebt Karl doch schon wie einen kleinen Bruder.«

»Ein Rabauke ist er! Kein Wunder, bei dem Vater – ein Schläger, der sich totgesoffen hat …«

Warum Auguste immer allen helfen müsse, wollte er wissen. Sie erklärte, schon ihr Vater habe sich stets um die Armen gekümmert, dieser Familientradition sei sie verpflichtet. Ihr Mann erwiderte jedoch, er würde Karl eigenhändig hinauswerfen, sollte er nächstes Wochenende wieder bei ihnen auftauchen.

Auguste protestierte: »Aber grad jetzt, wo der Kleine so arm dran ist. Seine Mutter …«

Herr Deter unterbrach seine Frau unwirsch: »So eine ist wohl selbst schuld, wenn sie krank wird.«

Nun war auch Auguste wütend geworden. »Sei doch nicht so scheinheilig! Du hast *so eine* doch auch schon aus der Nähe gesehen.«

Karl hatte damals nicht verstanden, was Auguste genau meinte, aber offenbar hatte sie bei ihrem Gatten ins Schwarze getroffen. Deter hatte kurz geschwiegen und daraufhin etwas ruhiger geschlossen: »Die Walz ist nicht mehr zu retten. Die ist verrückt und wird bald sterben.«

Karl erinnerte sich noch heute, wie ihm diese Aussagen jegliche Hoffnung geraubt hatten. Und Herr Deter hatte leider recht behalten. Doch die medizinische Hilfe, die seine Mutter nicht bekommen hatte – Karl selbst würde sie nun vielleicht bald anderen zuteilwerden lassen. Krankenpfleger! Endlich bemerkte er, wie hungrig er war. Und, während in der Wohnstube Herr Deter weiterhin auf seiner Oboe das Abendlied spielte, machte Karl Walz sich über das von Auguste zubereitete Essen her, das wie immer das beste der Welt war.

∽⊙∾

Karl machte es sich zur Gewohnheit, jeden Morgen vor Dr. Laquer in der Praxis einzutreffen. Eine Woche nach seinem Arbeitsbeginn bei dem Arzt, es war ein besonders frostiger Novembermorgen, war Dr. Laquer selbst jedoch ungewöhnlich früh anwesend, in seinem Büro brannte bereits Licht.

»Guten Morgen, Walz, Sie sind ja mal wieder früh dran«, stellte der Kinderpsychiater fest, als Karl ins Büro kam, um seinen Arbeitgeber zu begrüßen. »Dann können Sie mir gleich einen Gefallen tun. Bei einem der Schulkinder, die ich untersucht habe, ist eine Paralyse zu befürchten.«

Das Wort weckte düstere Erinnerungen in Karl. »Progressive Paralyse«, auch »Hirnerweichung«, »Hirnsyphilis« oder »Neurolues« genannt – das hatte man seinerzeit bei seiner Mutter diagnostiziert. Er musste auch an Wilhelmine »Mina« Gehweiler denken. Wie es ihr wohl mit ihrem Mann ergehen mochte? Würde sie mit ansehen müssen, wie seine Persönlichkeit immer mehr verschwand? Würde er bald Wahnideen haben, nicht mehr richtig laufen können? All diese Folgen der Neurolues hatte er bei seiner leiblichen Mutter beobachtet. Nun war also eventuell ein Kind betroffen. »Wie kann ich in der Sache helfen?«

Dr. Laquer holte eine Akte aus seinem Tisch. »Bitte bringen Sie dies in die Irrenanstalt im Grüneburgpark.«

Karl erschauderte bei der Erinnerung an jenen Ort. »Sie meinen … den Affenstein?«

»So heißt sie im Volksmund, stimmt«, sagte der schmunzelnde Dr. Laquer, während er Karl die Akte überreichte. »Die korrekte Bezeichnung ist jedoch ›Städtische Anstalt für Irre und Epileptische‹.«

»Die Leute sind so grausam – die Patienten als Affen zu bezeichnen«, sagte Karl bitter. Zu gut erinnerte er sich an den Spott der Menschen, als seine Mutter seinerzeit an Paralyse gelitten hatte. Einzig ihre Nachmieterin Auguste Deter hatte damals zu ihnen gehalten. Für den Pöbel waren offenbar alle Patienten der Städtischen Irrenanstalt im Grüneburgpark »Affen«.

Doch Laquer klärte Karl nun schmunzelnd über die wahre Herkunft des Spitznamens auf: »Nein, nein, der Hügel hieß schon vorher Affenstein – weil es dort einst irgendwo einen Ave-Maria-Stein gab. Jedenfalls arbeitet da der einzige Kollege, der Paralyse auch schon bei Kindern behandelt hat«, erläuterte Laquer, »Doktor Alois Alzheimer.«

Zum Affenstein im nördlichen Westend Frankfurts waren es von Laquers im Nordend befindlicher Praxis nur knapp zweieinhalb Kilometer. Karl brauchte mit dem Rad deshalb keine Viertelstunde bis zu dem märchenschlossartigen Prachtbau im derzeit verschneiten Grüneburgpark. Er wusste, dass es sich hierbei um das größte Krankenhaus der

Stadt handelte. Der Bau war derart beeindruckend, dass Karl sich nicht wunderte, dass die Leute die Anstalt auch als »Irrenschloss« bezeichneten. Die weiträumig wirkende Klinik mit ihrer neogotischen Fassade war schon vom Weg aus gut zu sehen, es gab keine hohen Mauern. Die hintere Einfahrt in den Hof mit den ausgedehnten Parkanlagen wurde von einem Spalier von Bäumen gesäumt, die heute wegen des Schnees aussahen, als seien sie mit Puderzucker bestreut. In der Wintersonne wirkte alles erstaunlich idyllisch auf Karl, von der unheimlichen Stimmung seines ersten Besuches vor zwölf Jahren war nichts zu spüren. Im Park lieferten sich einige Patienten und Kinder gerade eine Schneeballschlacht. Keine Spur von Zwangsjacken, stellte Karl verwundert fest. Warum heute wohl so viele Insassen frei herumliefen? Als er sein Rad abgestellt hatte und auf das Gebäude zuging, stellte sich ihm ein etwa achtjähriger Knabe in den Weg. Karl bemerkte, dass er offenbar an der von John Langdon Down beschriebenen Krankheit zu leiden schien, die im Volksmund Mongolismus hieß. »Ich bin der Freddy, und das ist Lampe.« Er zeigte Karl stolz einen Hasen. »Willst ihn mal streicheln?«

Unsicher streckte Karl die Hand aus. »Wenn ich darf …«

»Ich bin dabei und passe auf. Ich kümmer' mich hier um alle Tiere. Ich kann gut mit denen umgehen«, erklärte Freddy stolz.

Karl streichelte den Hasen. Freddy grinste erfreut. »Schön weich, gelt?«

Karl nickte. »Stimmt.«

»Er mag dich«, sagte Freddy und drückte den überrumpelten Karl unvermittelt an sich.

»Manfred!«, rief plötzlich eine scharfe Stimme. »Lass den Mann in Ruhe!«

Freddy rannte davon – offenbar aus Angst vor dem aus dem Gebäude kommenden Arzt. Dieser war etwa 30 Jahre alt, gut aussehend, trug dunkles, lockiges Haar sowie einen gepflegten Schnurrbart. Er wurde von einer untersetzten Krankenschwester mit kaum zu bändigender hochgesteckter roter Mähne begleitet, die Mitte 50 sein mochte.

»Kann ich Ihnen helfen?«, fragte der Mediziner mit Wiener Akzent und sah ein wenig abfällig an Karl hinunter. Der ahnte, dass seine zwar ordentliche, aber eben doch ärmliche Zivilkleidung den Ansprüchen des jungen Arztes sicher nicht genügte. Dieser schien seinen Standesdünkel förmlich auszuatmen. Er duftete nach edlem Rasierwasser und trug blitzblanke, teure Schuhe.

Karl zückte die Akte. »Mein Name ist Karl Walz. Mein Chef Doktor Laquer schickt mich, ich habe etwas abzugeben für Doktor Alois Alzheimer.«

»Der ist noch nicht zugegen. Aber Sie können es ebenso gut mir …«, setzte der Arzt gerade an, da wurden sie von marktschreierischem Lärm unterbrochen: »Spielzeug!«, rief lautstark ein vollbärtiger Hausierer mit verbeultem Zylinder, der eine Brille mit dunklen, runden Gläsern trug und einen Bauchladen voller Spielzeug umgehängt hatte.

»Spielzeug, meine lieben Kinder! Spielzeug!«

Einige Kinder, Freddy und andere Patienten kamen neugierig herbei. Der Hausierer verteilte unaufgefordert seine Spielsachen. Der Arzt neben Karl stürzte entrüstet auf ihn zu: »Ja, was soll denn das geben?«

Der Hausierer hielt ihm einen Spielzeugaffen hin und sprach selbst mit fränkischer Färbung in der Stimme: »Affe gefällig, werter Herr Doktor?«

Der Arzt wich erschrocken vor dem verlottert wirkenden Mann zurück. »Verschwinden Sie, sonst hole ich die Klinikleitung!«

»Das ist nicht nötig, Kollege Friedländer«, sagte da der Hausierer und entledigte sich seiner Maskerade.

Unter dem angeklebten Vollbart des angeblichen Hausierers kam ein kräftig gebauter, grinsender Mittdreißiger zum Vorschein. Er trug einen Zwicker und einen kleinen Schnauzbart. Den Schnauzer umrundete links eine Narbe, die sich vom Augenlid über die ganze Wange erstreckte. Sie war noch auffälliger als Karls eigene Narbe auf dessen rechter Wange.

»Dr. Alzheimer«, erkannte ihn der jüngere Arzt, der offenbar Friedländer hieß.

Die Krankenschwester neben Karl lachte. »Unser stellvertretender Klinikdirektor als Hausierer, sieh an.«

Karl war verblüfft. »Das ist – Alois Alzheimer?«

»Für gewöhnlich schaut er anders aus«, erklärte die Schwester amüsiert. »Ich werde ihm die Akte überreichen, wenn er hier fertig ist.«

Karl bedankte sich bei der freundlichen Krankenschwester und warf vom Fahrrad aus einen letzten Blick auf den ominösen Dr. Alzheimer, der wegen der Geschenke von fröhlichen Kindern und Patienten bedrängt wurde. Was für ein merkwürdiger Arzt …

3: DIE UNHEIMLICHE KRANKHEIT

EIN JAHR SPÄTER arbeitete Karl Walz immer noch als Pfleger, obwohl sein Vorgänger Rottenmeier bereits im Mai 1901 wieder in Dr. Laquers Poliklinik zurückgekehrt war. Karl hegte allmählich den Verdacht, dass dem gedrungenen Psychiater erwachsene Geisteskranke Angst machten und er sich deshalb auf die Behandlung von Kindern spezialisiert hatte. Doch auch diese, so hatte sich gezeigt, gestaltete sich nicht immer ganz einfach. Laquer setzte Karl gern ein. Er war stärker und geschickter als der seit dem Unfall recht eingeschränkte Rottenmeier – und einfühlsamer als Laquers zweiter Pfleger, der wortkarge Hüne. Karl wies eine Begabung auf, Kinder zu beruhigen. Wie, das konnte er sich selbst nicht genau erklären. Er bemühte sich lediglich, das zu tun, was sein Vater nie getan hatte – die Kinder ernst nehmen und selbst ruhig bleiben. Es schien meist zu wirken.

Bei jeder Dame, die die Gemeinschaftspraxis betrat, ertappte sich Karl bei der spontanen Hoffnung, es könne sich um Wilhelmine Gehweiler handeln. Natürlich wusste er, dass sie verheiratet war, aber vergessen konnte er sie dennoch nicht. Letztlich hatte er die Arbeit hier ja auch ihr zu verdanken. Bislang war sie jedoch zu seinem Bedauern nicht mehr erschienen.

Karl beendete seinen Dienst selten pünktlich. Seine Ersatzfamilie, die Deters, sah er leider kaum noch. Erst am Mittwoch, den 20. November 1901, war der junge Pfleger anlässlich eines Botengangs für Dr. Laquer ohnehin in der

Nähe der Mörfelder Straße. Er beschloss daher, sich einen kurzen Kaffeebesuch bei Auguste zu gönnen. Vor dem Haus traf er wieder auf Frau Hensler, die feine Nachbarin der Deters. Warm eingepackt und mit einer Fellmütze bekleidet, kam sie gerade bei ihrer Villa an. Sie hatte zwei prall gefüllte Körbe dabei.

»Mahlzeit, Frau Hensler«, grüßte er.

»Mahlzeit, Karl. Du hast dich lange nicht mehr hier blicken lassen.«

Es gebe eben viel Arbeit in der Gemeinschaftspraxis, erläuterte der Pfleger.

Frau Hensler reichte ihm einen rotbackigen Apfel. »Koste mal, die sind richtig gut.« Sie schaute auf die von Dr. Laquer geliehenen Bücher, die aus Karls Satteltasche quollen. »Um Himmels willen, musst du das alles lesen?«

Karl biss in den Apfel. »Ich muss nicht, ich will! Hilft mir, die Dinge besser zu verstehen.«

Frau Hensler lächelte. »Ein ehrgeiziger Mann. Imponierend.«

»Hm, wirklich sehr gut«, sagte Karl und meinte damit den Apfel.

Frau Hensler verfiel in ein leichtes Kichern. »Unglaublich, was die Frauen bei der Krämerin so tratschen.«

»Was denn?«

Angeblich spuke es seit einigen Tagen hier in der Straße, berichtete Frau Hensler. Eine ›weiße Frau‹ geistere des Nachts umher, klingle bei den Nachbarn, und dann verschwinde sie wieder spurlos.

»Ach ja?«, meinte Karl, den Apfel mampfend. »Wie gruselig.«

An Übersinnliches glaubte er nicht. Zu lange hatte er als Kind vergeblich auf ein Zeichen aus dem Jenseits gehofft.

Frau Hensler erwiderte sein ironisches Grinsen. »Schauergeschichten sind derzeit wohl einfach zu sehr in Mode.«

Da trat Auguste Deter aus dem Mietshaus Nummer 64 und blickte misstrauisch herüber. Ihr Haar und ihr Blick wirkten ungewohnt wirr. Frau Hensler rief ihr einen Gruß zu, doch die Antwort blieb aus, und – auch ohne Karl zu grüßen – verschwand Auguste wieder im Haus. Er blickte ihr irritiert nach.

✦

Wenig später am Kaffeetisch der Deters wirkte Auguste weiterhin seltsam abwesend. Zu Karls Erstaunen war auch Herr Deter schon aus der Eisenbahnkanzlei zurück, obwohl es erst halb drei Uhr nachmittags war. »Spuk in der Mörfelder Landstraße!«, berichtete der Pfleger den Deters mit Spott in der Stimme, »Frau Hensler fand das auch lächerlich.«

Herr Deter, der heute müde und älter als die 54 Jahre wirkte, die er war, schmunzelte verhalten, doch Auguste stand unvermittelt wütend auf und zischte: »Spazieren waren sie!«

Karl sah sie fragend an. Von wem sprach sie?

»Gebt mir die Dinger!«, forderte seine Ersatzmutter nun unvermittelt.

Karl war noch verwirrter. »Dinger?«

»Na, die Milchgießer!« Offenbar meinte Auguste die Tassen, sie nahm ihnen jetzt nämlich ihre halb vollen Gefäße weg, um damit geschäftig in die Küche zu eilen.

Herr Deter zuckte entschuldigend mit den Schultern. »Seit unsere Thekla in Berlin lebt, ist Auguste ein bisschen überreizt. Ist eben den ganzen Tag allein.«

Karl war besorgt. Er wollte versuchen, heute Abend ausnahmsweise pünktlich zu gehen. Dann konnte er Auguste noch ein wenig Gesellschaft leisten.

꙳

Kurz vor dem geplanten Dienstschluss suchte Karl nach Dr. Laquer, fand in dessen Büro jedoch nur Rottenmeier vor, der bei einem jähzornig schreienden fünfjährigen Mädchen kniete und vergeblich versuchte, dieses zu beruhigen. »Ruhe jetzt, Herrschaft!«, rief der Pfleger enerviert. »Wo bleibt bloß der Doktor?«

Karl kam seinem Kollegen zur Hilfe, indem er mit einem Harlekin vor dem Gesicht des Kindes spielte. Endlich wurde das kleine Mädchen ruhiger. Es nahm die Handpuppe, und Rottenmeier erhob sich nun mit schmerzverzerrtem Gesicht. »Mein Bein bringt mich noch mal um.«

Karl blickte mitleidsvoll. »Noch nicht besser?«

Der Pfleger, der noch ausgemergelter wirkte als vor dem Unfall, schüttelte den Kopf. Er spüre jede Wetteränderung.

Karl blickte auf Laquers Standuhr. »Meinst du, ich kann heute mal pünktlich gehen? Wollte nochmals meine Mamuschka besuchen, hab 's versprochen.«

»Ja ja, geh ruhig!«, forderte ihn Rottenmeier auf. »Hoffe, der Doktor ist gleich zurück. Warum muss der auch ausgerechnet über schwachsinnige Schulkinder schreiben?«

Karl erklärte, er würde Laquer gern bei dem Buch helfen. Rottenmeier sah ihn verständnislos an. »Willst ihm das Tintenfass halten, oder was?«

Karl schüttelte den Kopf. »Nein, forschen. Das ist jedenfalls aufregender als ständig nur Botengänge.«

»Forschen?« wiederholte Rottenmeier abschätzig. »Du?«

Karl hatte keine Zeit, zu dem Thema nun einen Disput zu beginnen und wandte sich zur Tür. »Na ja, ich muss los. Bis morgen.«

Kaum hatte er den Raum verlassen, hörte er das Kind wieder plärren und Rottenmeier fluchen.

Draußen war der kurze Tag einer unheimlichen, nebligen Herbstnacht gewichen. Kurz vor dem Haus, in dem die Deters wohnten, sprang die Kette an Karls heißgeliebtem Drahtesel. Er fluchte leise und untersuchte gerade den Schaden, da erschrak er. Er hatte tatsächlich eine weiße Gestalt erblickt! Die »Weiße Frau«? Rasch versteckte er sich hinter einem Rosenbusch. Von dort aus erkannte er verblüfft, dass es sich bei dem vermeintlichen Gespenst um niemand anderen als seine Ersatzmutter Auguste Deter handelte, die trotz der Kälte nur mit einem Nachthemd bekleidet war. Sie irrte umher, ihre Bettdecke umklammernd. Gerade als Karl zu ihr gehen wollte, hörte er Herrn Deter: »Auguste!«

Jetzt sah Karl Augustes Gatten herbeihasten. Karl drückte sich etwas tiefer in den stacheligen Rosenbusch, beobachtete, wie Herr Deter seiner Gattin fürsorglich die Decke umlegte.

»Komm, Auguste, komm! Es ist doch viel zu kalt.«

»Aber da unten warten sie auf mich«, protestierte Auguste mit weinerlicher Stimme. »Ich soll sie doch holen …«

»Nein, da ist niemand, den du holen musst«, erwiderte ihr Mann und blickte sich peinlich berührt um. »Nach Hause jetzt! Was denken denn die Nachbarn?«

Herr Deter führte Auguste die schwach beleuchtete Straße hinab.

Perplex über das Ereignis, das er noch nicht einordnen konnte, nahm Karl erst jetzt wahr, dass er sich die Hände zerstochen hatte und leicht blutete.

Wenig später öffnete er die Wohnung der Deters im dritten Stock mit seinem Schlüssel, musste allerdings feststellen, dass die Schutzkette vorgelegt war, sodass die Tür nur einen Spalt weit aufging. Der abweisend wirkende Herr Deter kam herbei, löste die Kette nicht. Auguste sei schon zu Bett, ihr ginge es nicht gut. Da kamen rumpelnde Geräusche aus der Küche und straften ihn Lügen. Ein kurzer peinlicher Moment entstand. »Vielleicht kommst du besser ein anderes Mal …«

»Ich habe Sie gesehen«, fiel ihm Karl ins Wort. Er wusste, dass hier etwas nicht stimmte, und er wollte wissen, was. Doch Herr Deter wich schweigend seinem Blick aus.

Karl insistierte. »Auguste ist die Weiße Frau …« Er fixierte sein Gegenüber durchdringend, aber auch betroffen. »Ist es nicht so?«

Schließlich gab Herr Deter auf. Er sah sich auf dem Treppenflur um und ließ Karl in die Wohnung.

Alsbald saßen sich die beiden Männer im Salon am Tisch gegenüber. Niedergeschlagen und hilflos wirkend, suchte Herr Deter nach Worten. »Ich hab's verborgen, so gut es ging. Aber es wird immer schlimmer. Sie … nachts kann sie nicht mehr schlafen, irrt umher und … sie vergisst immer mehr.«

Karl war vor Sorge um seine Ersatzmutter ganz benommen. »Warum haben Sie denn nichts gesagt?«

»Was hätte ich denn sagen sollen? Kannst du mal nach Auguste schauen, sie geht nachts aus dem Haus und verliert die Orientierung?«

»Aber was hat sie denn?«

Deter zuckte hilflos mit den Schultern, er habe nicht die leiseste Ahnung. »Sie versteckt alles Mögliche, hernach findet sie dann nichts mehr.«

»Und wie lange geht das schon so?«

»Seit acht Monaten. Im März hat sie plötzlich behauptet, ich sei mit der Frau Hensler von nebenan spazieren gewesen. Das ist natürlich Unsinn. Ich habe doch gar keine Zeit für so was.«

Karl konnte einen argwöhnischen Blick nicht unterdrücken. Zeitmangel war ein seltsames Argument gegen den Verdacht, man ginge fremd.

Deter fuhr fort: »Seither leidet Auguste an Verfolgungswahn. Behauptet auch, der nette Rollfuhrmann vom Kohle-Geissler unten wolle ihrer Frauenehre was antun. Im Mai hat sie angefangen, grobe Fehler beim Kochen zu machen. Das Plätteisen auf den Hemden stehen lassen und derlei Dinge. Und jetzt bleibt die Hausarbeit oft ganz liegen.«

Karl schaute sich besorgt um. Tatsächlich war es nicht so ordentlich wie früher. »Das passt so gar nicht zu Auguste.«

Herr Deter nickte. »Seit fast 30 Jahren sind wir jetzt verheiratet – sie war immer gewissenhaft und fleißig.«

»Hat sie sich wegen dieser … Sache denn schon mal verletzt?«

»Zum Glück noch nicht. Aber sie spricht oft vom Sterben. Morgens ist sie immer sehr aufgeregt. Zittert und spricht sinnloses Zeug.«

Da bemerkte Karl Rauchgeruch aus Richtung Küche und sprang auf. »Hier brennt was.«

Er stürzte in die Küche, Herr Deter folgte ihm.

Auf dem Herd stand eine glimmende Holzschüssel auf dem offenen Feuer. Nachdem Karl sie von der Feuerstelle gerissen und auf dem Spülstein gelöscht hatte, zeigte sich Augustes Mann mit den Nerven am Ende. »Das Haus hätte abbrennen können!«

Karl nickte ernst und riss das Fenster auf, um den Rauch hinauszulassen. »So kann das nicht weitergehen.« Ein Fachmann musste konsultiert werden, dies war kein Fall für den Hausarzt. Er werde gleich morgen früh Dr. Laquer um Rat fragen, kündigte Karl an.

Er konnte an nichts anderes denken als an Augustes unheimliche Veränderung – auch als er längst in seinem Kellerzimmer in der Wallstraße angekommen war und sich in seinem Bett hin und her wälzte. Draußen prasselte der Regen aufs Pflaster, für gewöhnlich war Karl in solchen Nächten dankbar für sein Dach über dem Kopf, wickelte sich in das einst von Auguste geschenkte wohlig-weiche Daunenbett und schlief mit einem Gefühl der Geborgenheit ein. Doch heute war die Erinnerung an den Beginn des geistigen Verfalls seiner leiblichen Mutter vor 13 Jahren derart beklemmend erwacht, dass eine tiefe Unruhe von ihm Besitz ergriffen hatte. Sollte er all das noch einmal mit Auguste erleben müssen? Ihm war übel, und er fand keine Ruhe. Irgendwann gab er seine Einschlafbemühungen auf und machte sich auf den Weg zur Poliklinik, wo er freilich viel zu früh eintraf. In Laquers Bibliothek las er nochmals über die Progressive Paralyse. Er fand allerdings nicht, dass die in der Fachliteratur beschriebenen Symptome hinreichend zu Augustes Zustand passten.

Stunden später stand Karl endlich seinem Arbeitgeber gegenüber und erläuterte, merklich aufgewühlt, Augustes Zustand. Dr. Laquer schürzte nachdenklich die Lippen. »Gedächtnisschwäche, Verfolgungswahn-Ideen, Schlaflosigkeit, Unruhe – ähnliche Symptome wie bei Wilhelmine Gehweilers Gatten. Frau Deter stellt eine Gefahr für sich selbst und andere dar. Ich empfehle eine Überweisung in die Irrenanstalt.«

Karl spürte, wie seine Kehle trocken wurde. Seine Ersatzmutter an einem Ort, wo Zwangsjacken, das Abspritzen mit kaltem Wasser und Elektroschocks als sinnvolle Behandlungsmethoden galten! »Dann endet Auguste in Ketten.«

»I wo«, widersprach Dr. Laquer und schüttelte energisch den Kopf. »Professor Sioli verzichtet effektiv auf derartige Zwangsmaßnahmen. *Non Restraint!* Die Methode stammt von einem Briten. Zwangsjacken und Ähnliches haben sie abgeschafft – Direktor Sioli und sein Stellvertreter Alzheimer.«

Der Name weckte bei Karl wenig Begeisterung. »Alois Alzheimer?« Auguste in der Obhut eines vernarbten Mannes, der sich als Hausierer verkleidete?

Doch Dr. Laquer lobte seinen Kollegen in den höchsten Tönen; und Karl hatte wohl keine andere Wahl. Allein zu Hause konnte man Auguste ja wirklich nicht mehr lassen. Deshalb ging er bereits am folgenden Montag, es war der 25. November 1901, früh morgens mit Herrn Deter und Auguste in ihrer Mitte auf das Portal des »Affensteins« zu. Einmal mehr dachte Karl an seinen ersten Besuch hier. Diesmal war es Auguste, die Angst hatte. Sie blieb abrupt stehen. »Ich lass mich nicht schneiden«, stieß sie aufgeregt hervor.

»Keine Angst, niemand tut dir hier etwas. Der Herr Doktor will sich nur mit dir unterhalten.« Herr Deter klang selbst nicht sehr überzeugt, doch Auguste ging schließlich weiter mit ihnen auf die Anstalt zu.

»Aber zum Mittagessen bin ich wieder daheim«, sagte sie noch trotzig. Karl und Herr Deter schwiegen betreten.

4: ANKUNFT AUF DEM AFFENSTEIN

In der Anstalt wurden sie von einem hageren jungen Assistenzarzt mit schmalem Gesicht und schütterem Haar in Empfang genommen, der sich ihnen als Dr. Paul Nitsche vorstellte. Fröhlich erklärte er Auguste, er feiere heute seinen 25. Geburtstag – und dass ihr Besuch ja vielleicht ein Geschenk für ihn sei. Auguste lächelte, und Karl war dieser junge Mediziner auf Anhieb sympathisch.

Dr. Nitsche bat Herrn Deter in sein Büro, wo er eine Akte über Auguste anlegen wollte. Karl wartete mit der Patientin auf einer Bank vor dem Besprechungszimmer.

»Die Klinik wurde von Professor Hoffmann gegründet«, versuchte Karl seine Ersatzmutter an das zu erinnern, was sie ihm vor zwölf Jahren selbst erzählt hatte. »Der den Struwwelpeter erfunden hat.« Er gestand sich selbst ein, dass er mit Auguste wie mit einem Kind sprach. Aber sie reagierte positiv, horchte erkennend auf und zitierte nun unvermittelt aus Professor Hoffmanns Kinderbuch: »Da kam der große Nikolas mit seinem großen Tintenfass. Der sprach: Ihr Kinder hört mir zu …« Hier stockte Auguste.

Karl half ihr: »Und lasst den Mohren hübsch in Ruh! Was kann denn dieser Mensch dafür …«

Stolz und unisono mit ihm beendete Auguste den Satz: »Dass er so weiß nicht ist wie ihr?«

Schließlich kam Herr Deter mit Dr. Nitsche aus dem Büro zurück, der noch Augustes soeben angelegte Akte in der Hand hielt.

»Sie nehmen dich, Auguste«, verkündete Deter seiner Frau mit belegter Stimme. »Du darfst hierbleiben. Der Doktor Alzheimer wird sich ab morgen um dich kümmern.«

Karl versuchte, mehr Zuversicht zu vermitteln, als er selbst empfand: »Mein Chef meint, das ist ein guter Arzt … der beste.«

Auguste warf ihrem Mann einen ängstlichen Blick zu. »Ich darf nicht mehr heim?«

Karl sah Tränen in Herrn Deters Augenwinkeln aufblitzen, bemerkte gleichzeitig, wie hinter ihnen die ihm bereits bekannte untersetzte Krankenschwester zu Dr. Nitsche kam. Aufgeregt berichtete die resolute Rothaarige dem jungen Arzt, es sei schon wieder Morphium verschwunden. Karl horchte auf. Dr. Nitsche wollte das offenbar nicht vor den Deters klären und zischte die Schwester gereizt an: »Wollen Sie das vielleicht gleich noch in der Zeitung veröffentlichen? Wir klären das *später*! Kümmern Sie sich jetzt bitte um unseren Neuzugang, die Frau Deter.« So freundlich Dr. Nitsche auch zu ihnen war, dachte Karl, offenbar gab es in diesem Irrenschloss etwas zu verbergen. Die Schwester warf dem jungen Arzt einen giftigen Blick zu, lächelte dann aber Auguste professionell-freundlich an. »Frau Deter? Ich bin die Oberschwester Ehrentraud.«

Sie nahm die Patientin am Arm und führte diese den Flur hinab. Auguste Deter warf Ziehsohn Karl und ihrem Gatten noch einen hilflosen Blick zu. Dann wandten sich die Männer zum Gehen, beide gleichermaßen geplagt von Zweifeln und schlechtem Gewissen.

Als sie außer Hörweite waren, fragte Karl Herrn Deter, wie das Gespräch mit Dr. Nitsche verlaufen sei. Ungebührliche Fragen habe dieser freche junge Arzt gestellt, erboste sich der Eisenbahnkanzlist. Ob Auguste unehelich sei – oder ob ihr Vater und ihre Mutter miteinander verwandt gewesen seien, habe Nitsche wissen wollen, und ob bei ihr Geschlechtskrankheiten bekannt seien.

Karl, der den medizinischen Hintergrund dieser Fragen erahnte, versuchte Herrn Deter zu beschwichtigen, es handle sich gewiss um Routine-Fragen.

»Das hat dieser jungsche Quacksalber auch behauptet«, sagte Deter. »Dann wollte er wissen, ob es Trunksucht in Augustes Familie gab – oder Geistesstörungen.«

Karl erinnerte sich, dass Augustes Vater an einem Karbunkel am Hals gestorben war – nichts Chronisches also. Ihre Mutter allerdings, so hatte Auguste ihm einmal erzählt, habe seit den Wechseljahren an Krampfanfällen gelitten, sei nervenkrank geworden. Sie sei schließlich mit 64 Jahren an einer Lungenentzündung gestorben. Ob da ein Zusammenhang mit Augustes Erkrankung bestand? Und noch etwas fiel Karl ein: »Ihr jüngerer Bruder starb doch vor 20 Jahren in einem Pflegeheim, war erst 30 Jahre alt«, glaubte er sich zu erinnern.

»Aber ob das was mit dem Kopf war, weiß ich nicht«, grummelte Herr Deter und beklagte daraufhin die hohen Kosten der Unterbringung seiner Frau: »Selbst in der dritten Klasse noch zwei Mark am Tag.«

Auf Karls strengen Blick hin, beeilte sich Deter hinzuzufügen, dass ihm Auguste dies natürlich wert sei. »Aber hier drinnen wird Sie gewiss noch verrückter werden.«

Karl war ebenfalls besorgt. Immerhin hatte er deutlich gehört, dass hier in der Anstalt des Öfteren Morphium verschwunden war.

⁓⊚⁓

Um den angeblich so großartigen Ruf des Alois Alzheimer zu überprüfen, durchstöberte Karl nach der Arbeit bis spät in die Nacht die kleine Bibliothek im Büro Dr. Laquers. Schließlich fand er einen von Alzheimer verfassten Artikel in einer drei Jahre alten Ausgabe der Monatszeitschrift für Psychiatrie. Der Artikel über die *Dementia senilis*, die altersbedingte Hirnschrumpfung, schien fundiert recherchiert. Karl las ihn zweimal und kam zu dem erleichternden Schluss, dass dieser Alzheimer wirklich ein guter Arzt und Forscher sein mochte. Kaum war Karl solchermaßen etwas beruhigt, forderten die letzten durchwachten Nächte ihren Tribut – und er schlief ein.

Als Dr. Laquer Karl Walz am Dienstagmorgen in seinem Bürosessel vorfand und aufwecken musste, wäre dieser vor Scham am liebsten im Boden versunken. Doch der Kinderpsychiater war nicht verärgert, im Gegenteil, er hatte vollstes Verständnis für Karls Sorge um seine Ersatzmutter. Da Laquer heute nur an seinem neuen Buch schreiben wollte und keine Patiententermine anstanden, erlaubte er Karl, sich freizunehmen und bei Frau Deter auf dem Affenstein nach dem Rechten zu sehen. »Vorher finden Sie doch eh keine Ruhe, Walz«, war Laquer überzeugt; und Karl hätte ihn vor Dankbarkeit am liebsten umarmt.

~∞~

Immer noch etwas übernächtigt wirkend, betrat Karl wenig später die beeindruckende Eingangshalle der Anstalt für Irre und Epileptiker. Gleich dort erblickte er Dr. Alois Alzheimer – diesmal wesentlich ernster und im respekteinflößenden Arztkittel. Er unterhielt sich gerade mit jenem Assistenzarzt mit Wiener Dialekt, der seinerzeit auf Alzheimers Hausierer-Maskerade reingefallen war – Dr. Friedländer. »Er wird bestimmt jeden Moment hier sein«, sagte er gerade nervös.

»Das ist der vierte Tag in Folge, an dem Ihr Herr Neffe zu spät ist«, resümierte Alzheimer streng. »Überhaupt ist er in letzter Zeit völlig neben sich. Was ist denn da los, Kollege Friedländer?«

Dieser behauptete, es gäbe gewiss eine ganz unschuldige Erklärung für das Zuspätkommen seines Neffen.

»Wollen wir's hoffen«, meinte Alzheimer wenig überzeugt. »Was nutzt mir ein Assistent, der nur halb anwesend ist – oder gar nicht?«

Da bemerkte er Karl, der sich höflich einige Meter neben den Ärzten aufgehalten hatte. »Kann ich Ihnen helfen, junger Mann?«

»Doktor Alzheimer?«

»Korrekt. Und ich habe die Ehre mit …?«

Karl bemerkte, wie Dr. Friedländer ihn geradeso arrogant und abschätzig musterte wie bei ihrer ersten Begegnung. Dr. Alzheimers ruhiges Wesen hingegen wirkte trotz dessen militärisch-straffer Haltung zunächst sympathisch, offen und Vertrauen erweckend. Doch Karl vertraute nicht so leicht.

»Karl Walz mein Name. Ich wollte zu Auguste Deter.«

»Walz? Sind Sie ein Angehöriger?«

»Frau Deter hat immer auf mich aufgepasst. Sie ist meine … Ziehmutter – sozusagen.«

»Na, dann gehören Sie wohl zur Familie, sozusagen – was?« Ein Lächeln umspielte Alzheimers Lippen. »Kommen Sie, ich wollte gerade zu ihr.«

Er wandte sich im Gehen nochmals an Dr. Friedländer: »Schicken Sie Ihren Neffen zu mir, sobald Sie ihn sehen.«

»Jawohl«, erwiderte Friedländer hölzern.

Aufgrund der Riesenschritte Dr. Alzheimers hatte Karl Mühe, beim Gang durch die Anstalt an dessen Seite zu bleiben.

»Auguste D.! Hab die Akte erst nur überflogen, aber dann konnte ich sie die ganze Nacht nicht aus der Hand legen«, berichtete der Oberarzt, während sie zusammen über die Korridore und Treppen des Affensteins eilten. »Erzählen Sie mir von Ihrer Ziehmutter!«

Karl freute sich über das Interesse des stellvertretenden Klinikleiters an Augustes Fall. So berichtete er beflissen: »Sie war bis vor einem halben Jahr noch geistig völlig auf der Höhe. Dann wurde sie immer vergesslicher. Konnte alltägliche Gegenstände nicht mehr benennen.«

Alzheimer runzelte die Stirn. »Gab es Tobsuchtsanfälle?«

»Nein … sie ist eher misstrauisch geworden, eifersüchtig, ängstlich. Und verwirrt, sehr verwirrt. Glauben Sie, senile, arteriosklerotische Hirnathropie könnte es auch in früheren Lebensphasen geben?«

Alzheimer war sichtlich erstaunt über den Fachausdruck, den der junge Mann da verwendete, und blieb kurz stehen. »Interessanter Gedanke. Wieso wissen Sie so viel über senile Hirnschrumpfung?«

Karl lächelte verlegen. »Ich habe Ihren Artikel über die *Dementia senilis* gelesen. In der Monatszeitschrift für Psychiatrie.«

Sie setzten ihren Weg fort. »Was sind Sie doch gleich von Beruf?«

»Pfleger in Doktor Laquers Poliklinik.«

Alzheimer hatte den Türgriff zum Frauenschlafsaal im Ostflügel der Anstalt bereits in der Hand, hielt inne und sagte: »Ach, *der* Karl Walz!«

Offenbar hatte Dr. Laquer seinem Kollegen also von ihm erzählt, dachte Karl, als sie auch schon den Raum betraten und er von Augustes Anblick abgelenkt wurde. Wie dürr und zerbrechlich sie in ihrem zugeknöpften Anstaltshemd aus weißem Leinen aussah! Karl blieb etwas im Hintergrund stehen, als Dr. Alzheimer sich mit einem Notizblock zu Auguste an deren Bett setzte. Nach sehr freundlicher Begrüßung stellte der Arzt ihr Fragen, schrieb ihre Antworten mit. »Wie heißen Sie?«

»Auguste.«

»Familienname?«

»Auguste.«

»Wie heißt Ihr Mann?«

»Ich glaube: Auguste.«

»Ihr Mann?«

Auguste wirkte zusehends hilfloser. »Ach so, mein Mann ...«, murmelte sie ablenkend.

»Sind Sie verheiratet?« hakte Alzheimer nach.

»Zu Auguste«, war die wirre Antwort. »Ja, zu Auguste Deter.«

Auf Alzheimers Frage, wo sie sich befinde, entgegnete Karls früher so patente Ersatzmutter widersprüchlich: »Zu Hause. ... Im Spital.«

Als der Arzt sich erkundigte, wie lange sie schon hier sei, antwortete sie zu Karls großer Besorgnis: »Drei Wochen.«

Alzheimer zeigte Auguste nun verschiedene Dinge, die sie allesamt richtig benennen konnte: eine Zigarre, sein Portemonnaie, ein Notizbuch, einen Bleistift. Er lächelte Karl aufmunternd zu. Den Bleistift gab der Nervenarzt Auguste danach mit den Worten »Schreiben Sie eine Fünf!«, hielt ihn allerdings absichtlich falsch herum.

Erst nach zwei Versuchen, mit der falschen Seite zu schreiben, drehte Auguste den Bleistift um und schrieb: »Eine Frau.«

Alzheimer sah sie fragend an. »Ist das eine Fünf?«

»Ach, ich bin so verwirrt«, erkannte Frau Deter voller Verzweiflung. »Ich habe mich sozusagen verloren.«

Karl war voller Mitleid. Die wachen Momente, in denen Auguste bewusst wurde, dass ihr Verstand immer weiter verfiel, mussten die schlimmsten für sie sein. »Schreiben Sie ›Frau Auguste Deter‹!«, forderte Alzheimer sie unbeirrt auf.

Sie schrieb »Frau«, den Rest hatte sie offenbar bereits während des Schreibens vergessen.

Wie einem Kind diktierte Alzheimer dann: »Frau Augus-te …«

Sie schrieb »Auguse«.

Karl rief sich ins Gedächtnis zurück, dass es sich hier um die Frau handelte, die ihm vor nicht einmal anderthalb Jahrzehnten Lesen und Schreiben beigebracht, seine Schulbildung ermöglicht hatte. Binnen kürzester Zeit schien alles zu verschwinden, was sie ausgemacht hatte. Für Karl fühlte es sich an, als werde deshalb seine Welt ebenfalls wieder Stück für Stück immer dunkler. Und er fragte sich, ob dieser Dr. Alzheimer auch nur die Spur einer Idee hatte, wie Auguste zu helfen war.

Da brachte eine junge Schwester auf einem Servierwagen das Mittagessen herein. Alzheimer wandte sich an die Mitarbeiterin und teilte ihr mit, der Neuzugang Frau Deter komme ihm ein wenig unterernährt vor. »Sie braucht viel Milch, Butter, Eier und Honig.«

Die Schwester nickte beflissen. Heute bekam Auguste D. wie die anderen Patientinnen Blumenkohl und Schweinefleisch. Alzheimer wandte sich im Plauderton an seine Patientin und fragte, was sie denn da Leckeres esse.

»Spinat«, behauptete Auguste, während sie auf dem Fleisch herumkaute.

Alzheimer notierte sogar diese Antwort. Als sie sich dem Blumenkohl zuwandte, fragte er: »Und was essen Sie jetzt?«

»Ich esse Kartoffeln und dann Meerrettich«, erklärte Auguste. »Das sind so Zwillinge.«

Karl und Alzheimer sahen sich fragend an.

∽◎∾

5: ALZHEIMERS ANGEBOT

WENIG SPÄTER SASS KARL WALZ Dr. Alois Alzheimer
in dessen Büro gegenüber. Der junge Pfleger sah sich in
dem Raum mit den hohen Terrassenfenstern um, während
der Oberarzt Auguste Deters Schreibversuche in deren
Akte legte und die gerade angefertigten Gesprächspro-
tokolle ins Reine schrieb. Auf dem Tisch bemerkte Karl
ein Familienfoto Alzheimers mit einer dunkel gelockten
Frau, zwei Kindern und einem Säugling. Daneben ein
Einzelporträt der gelockten Dame mit den ausdrucks-
starken Augen. Der stellvertretende Klinikdirektor war
also Familienvater.

Alzheimer schloss nun die Akte, und Karl stellte fest:
»Sie schreiben ja jedes Wort von Auguste sehr präzise
auf.«

Der Psychiater nickte und kramte ein hölzernes Zigar-
renkistchen hervor. »Korrekt. Wenn ich nur meine Diagnose aufschreibe, ist das Basismaterial verloren. Schreibe
ich die Krankengeschichten aber eingehend auf, so können sich spätere Leser selbst ein klinisches Urteil bilden.«

Er zündete sich eine der Zigarren an. »Mit systema-
tischen Fragen zu biografischer Erinnerung und aktuel-
ler Orientierung versuche ich sozusagen einen Atlas her-
zustellen – mit genauem Protokoll der weißen Flecken.«

»Dann denken Sie, dass Auguste an etwas Körperli-
chem leidet?«

»Nun, sie ist sicher nicht hier, weil sie ein Kindheits-
trauma erwischt hat.«

»Das würden wohl die Psychiker unterstellen«, sagte Karl spöttisch. Er wusste, auf wen Alzheimer mit seiner Äußerung angespielt hatte. Karl selbst hatte die »Traumdeutung«, die derzeit in aller Munde war, mittlerweile ganz durchgeackert. Bei dem Buch eines österreichischen Neurologen ging es häufig um Traumata, Schreckensverletzungen der Seele, und es ging sehr häufig um: Sexualität.

»Ach, Freud haben Sie auch gelesen«, erkannte Alzheimer und lächelte anerkennend. »Darin haben Sie aber nicht gelesen, dass Geisteskrankheiten eben auch Gehirnkrankheiten sind. Und diese lassen sich durch genaue mikroskopische Untersuchungen in Veränderungen des Gewebes dokumentieren.«

Der Psychiater erklärte Karl sein Ziel: endlich die verschiedenen Ursachen von Geisteskrankheiten so zu klassifizieren, dass konkrete Behandlungen möglich würden. Zu vieles werde von den Kollegen in einen Topf geworfen, pauschal unter dem Sammelbegriff »verrückt« abgelegt und nicht weiter unterschieden. Alzheimer zog genüsslich an seiner Zigarre und musterte Karl durch den aufsteigenden Rauch. »Haben Sie mal darüber nachgedacht, Medizin zu studieren?«

Nachgedacht? Eher davon geträumt. »Ich habe nur die Mittlere Reife. Außerdem kostet jede Vorlesung 30 Mark pro Semester. Einige Hundert Mark im Halbjahr kommen da schnell zusammen. Aber man erfährt auch viel, wenn man die Patienten selbst studiert, sie genau beobachtet, ihnen zuhört.«

Alzheimer nickte versonnen. »Da haben Sie wohl recht. Ich war vor zwölf Jahren mit einer geisteskranken Dame auf Reisen. Fünf Monate als ihr medizinischer Begleiter. Da lernt man fast mehr als im Hörsaal.«

Darüber hätte Karl gern mehr gehört, doch in diesem Augenblick betrat ein etwa 50-jähriger Arzt mit vollem dunklem Haar und einem wuscheligen grau melierten Backenbart das Büro. Sein Gesicht war schmal, die dunklen Augen lagen dicht beieinander. Alzheimer erhob sich, und Karl tat es ihm gleich.

»Professor Sioli! Wie hat Ihr Vorgänger Hoffmann immer gesagt? Wenn ein Arzt den Raum betritt, muss das stets etwas von einem Sonnenaufgang haben«, rief Alzheimer in einer Mischung aus Ehrerbietung und freundschaftlicher Ironie. »Herr Walz, das ist unsere Sonne: Direktor Sioli.«

Karl wurde von dem Klinikdirektor per Handschlag begrüßt und stellte sich als Auguste Deters Ziehsohn vor.

»Sie kam gestern zu uns«, klärte der Oberarzt seinen Vorgesetzten auf. »Kollege Nitsche hat die Aufnahme-untersuchung durchgeführt.«

Ob er denn schon wisse, woran ihr Neuzugang leide, wollte Professor Sioli von Alzheimer wissen.

»Ganz besonderer Fall«, meinte dieser. »Amnestische Schreibstörung. Wirkt wie Altersdemenz ohne Alter. Kein Alkoholismus, keine progressive Paralyse, weder Hysterie noch Schizophrenie. Nur einmal, vor zehn Jahren, hatte ich einen ähnlichen Fall.«

»Was haben Sie damals herausgefunden?«

»Bei der Autopsie zeigte sich seinerzeit am Gehirn ein erheblicher Schwund der Ganglienzellen. Aber nur unerhebliche arteriosklerotische Gefäßveränderungen.«

Karl war so fasziniert von dem Gespräch der beiden Mediziner, dass kurzfristig sogar seine Sorge um Auguste in den Hintergrund trat.

»Was könnte die Ursache sein?«, erkundigte sich Sioli.

Auch Karl blickte Alzheimer gespannt an.

Dieser machte eine vage Handbewegung. »Das weiß ich noch nicht. Der Fall war mir seinerzeit noch nicht beweiskräftig genug, aber jetzt kann ich weiterforschen. Ich könnte mir durchaus vorstellen, dass ...«

In diesem Augenblick wurde er durch das Kreischen eines Kindes unterbrochen. Es schien aus der Parkanlage draußen zu kommen. Alzheimer sah durch seine Terrassentür. »Was geht denn da vor sich?«

Entschlossen öffnete er die Flügeltür und trat hinaus, um nach dem immer noch verzweifelt schreienden Kind zu suchen. Karl und hinter ihm – etwas langsamer zu Fuß – Professor Sioli folgten Alzheimer durch leichten Nieselregen zur Quelle des Schreiens. Karl erkannte dort den Hasenjungen mit Down-Syndrom.

»Freddy, was ist passiert?« fragte Alzheimer.

Der Knabe stammelte verheult und schwer verständlich: »Ich wollte Lampe fressen lassen ... und ... da liegt der Mann.«

Karl, Sioli und Alzheimer schauten zu einer kleinen Buchsbaumhecke neben einer Bank. Dort lag bei Freddys friedlich mümmelndem Hasen ein bewusstloser Mann in Karls Alter im feuchten Gras. Er trug Pfleger-Kleidung. Alzheimer eilte zu ihm.

»Friedländer!« Dem Nachnamen zufolge, musste es sich um Dr. Friedländers notorisch unpünktlichen Neffen handeln, über den der arrogante Assistenzarzt und Alzheimer morgens diskutiert hatten, dachte sich Karl. Er gab Freddy geistesgegenwärtig dessen Hasen und schickte ihn mit einer Geste zum Haus. Der Kleine nickte gehorsam und ging.

Alzheimer kniete indes neben dem bewusstlosen jungen Mann, fühlte dessen Handgelenk. »Kaum Puls«, stellte er besorgt fest.

Prof. Sioli fragte, was denn nur mit ihm los sei, doch auch Alzheimer war zunächst ratlos. »Der Kreislauf … aber weshalb …?«

Karl fiel etwas ein. Er kniete seinerseits bei Friedländer Junior nieder und legte dessen Armbeuge frei, fand dort, was er suchte – mehrere Einstichstellen, eine davon noch blutig. »Morphium«, mutmaßte Karl. Alzheimer warf ihm einen anerkennenden Blick zu und nickte.

Als Dr. Alzheimer und Prof. Sioli den jungen Wolfgang Friedländer im Haus untersucht und behandelt hatten, kam dessen aufgebrachter Onkel herbeigeeilt. Der sonst so arrogante Arzt war ganz außer sich vor Sorge um seinen Neffen.

»Adrenalin hat geholfen. Puls wieder normal«, beruhigte ihn Alzheimer, fügte jedoch hinzu: »Morphium – kein Zweifel.«

»Das Suchtproblem existiert bei ihm wohl schon länger«, meinte Sioli, und Alzheimer erklärte, dass ein Entzug in einer Anstalt angeraten zu sein scheine.

Dr. Friedländer fand nun zu seiner gewohnt herablassenden Art zurück. Sein Neffe in einer Entzugsanstalt? Wohl kaum.

»Jedenfalls wäre es unverantwortlich, den Süchtigen länger am Ort der Verfügbarkeit seiner Droge zu lassen«, entgegnete Alzheimer.

Friedländer konterte jedoch: »Es ist aber auch unverantwortlich, ihm den Halt seiner Arbeit hier zu nehmen.«

Alzheimer sah erwartungsvoll den Klinikdirektor Sioli an, dieser schüttelte den Kopf. Er stimme dem Kollegen Alzheimer zu: Friedländers Neffe müsse gehen. Dr. Friedländer wirkte alles andere als begeistert.

◦⟲◦

Nach all der Aufregung bot Dr. Alzheimer Karl an, ihm einen jener Baderäume zu zeigen, die er zu therapeutischen Zwecken einsetzte. Auguste D. warte dort bereits auf sie. Hinter dem Verwaltungstrakt befand sich ein Zentralbau, in welchem nicht nur die Küchen- und Haushaltsräume, ein Versammlungssaal, eine Kapelle und Wohnungen für Ärzte und Pfleger untergebracht waren, sondern eben auch geräumige Bäder. In dem hellen Raum, in den Alzheimer Karl führte, waren sechs freistehende Badewannen installiert. Es herrschte eine ruhige, gelassene Atmosphäre – eher wie in einem Sanatorium als wie in einer Irrenanstalt, fand Karl. Zu seiner Freude saß Auguste zufrieden summend in einer der Wannen. Das Bad schien seiner Ziehmutter nach den langen Befragungen gutzutun. Oberschwester Ehrentraud überprüfte gerade mit einem Thermometer die Wassertemperatur, goss warmes Wasser nach und ging. Karl erfuhr nun von Alzheimer, dass die Wassertemperatur vom Anstaltspersonal ständig auf ungefähr 34 Grad gehalten wurde.

»Zum Glück hat Sioli die Bäderbehandlung eingeführt. Als er die Klinik von seinem Vorgänger übernahm, herrschten hier entsetzliche hygienische Zustände«, erinnerte Alzheimer sich. »Wollte man den Unrat entfernen, ging das nicht ohne Widerstand und Geschrei. Die Anstalt beherbergte damals nur die schwersten Geisteskranken. Trotz Rückendeckung von kräftigen Pflegern –

bei der Visite in der unruhigen Abteilung musste man sich manchmal selbst seiner Haut erwehren.«

Karl nickte ernst, er konnte sich noch gut an den bestialischen Gestank bei seinem ersten Besuch im vorigen Jahrhundert erinnern.

»Durch die Einführung der Bäderbehandlung haben sich die Verhältnisse schlagartig geändert«, berichtete Alzheimer. »Stundenlang können sich die Patienten hier in den Wannen beruhigen.«

»Sind die Wasserkosten nicht immens hoch?«, fragte Karl, dem Herrn Deters Jammern über die seiner Meinung nach zu hohen Unterbringungskosten wieder einfiel.

Alzheimer lächelte und antwortete so rasch, als habe er diese Frage schon öfter gehört: »Das sparen wir an Wäsche wieder ein, die die Patienten früher zerrissen haben.«

Der Oberarzt setzte sich auf einen Stuhl unter einem der hohen Fenster und bot auf einem zweiten auch Karl Platz an. »Ich hoffe, Friedländer versteht eines Tages, dass es so das Beste für seinen Neffen ist«, sagte Alzheimer. »Durch das Morphium hier wäre er ständig in Versuchung gewesen.«

Karl wusste, dass Alzheimer in punkto Süchte aus beruflicher Erfahrung sprach. Er galt nicht nur als eine Koryphäe für Gehirnerweichungen, sondern auch als Experte für Suchterkrankungen. Laquer hatte Karl erzählt, sein Kollege betreue zusätzlich zur aufreibenden Arbeit auf dem Affenstein seit dem Sommer auch noch eine Trinkeranstalt im Taunus als Oberarzt. Alzheimer erklärte Karl nun, dass hier auf dem Affenstein von Morphium ohnehin nur in wenigen indizierten Fällen Gebrauch gemacht werde, etwa bei schwer Erregten oder Paralytikern. Daher sei es natürlich rasch aufgefallen, als größere Mengen der Droge verschwanden. Er zündete sich eine Zigarre an. Karl bot er ebenfalls eine an, dieser zögerte, doch der Nervenarzt machte mit einer auffordernden Geste deutlich, dass er sie annehmen solle. Was Karl dann auch tat.

»Woher wussten Sie eigentlich, dass der junge Friedländer sich Morphium gespritzt hatte?«, fragte Alzheimer, während er ihm half, die Zigarre korrekt anzuzünden.

»Gestern bei Augustes Einweisung, da habe ich gehört, wie Schwester Ehrentraud etwas angedeutet hat«, berichtete Karl. »Dass Morphium gestohlen wurde. Na ja, und angesichts seines Zustandes ...«

Alzheimer paffte Rauch aus und fragte unvermittelt: »Herr Walz, könnten Sie sich vorstellen, sein Nachfolger zu werden? Dann hätte ich einen motivierten Assistenten ohne Suchtproblem – und Sie wären in der Nähe Ihrer Ziehmutter.«

Karl, der seinen ersten Zug aus der Zigarre genommen hatte, musste husten. Er konnte das eben vorgebrachte Angebot kaum fassen. Assistent einer Koryphäe wie Dr. Alois Alzheimer? Er? Und das noch in Augustes Nähe!

»Kollege Laquer meint, Sie können gut anpacken, sind schnell im Kopf und auch einfühlsam mit den Patienten«, berichtete Alzheimer. Karl spürte, wie sein Gesicht vor Dankbarkeit, Stolz und Freude glühte. Als wäre das nicht unfassbar genug, fügte der Oberarzt noch hinzu: »Wenn es hier ebenfalls gut läuft, könnten wir sogar drüber nachdenken, was es braucht für ein Medizinstudium.«

All dies klang für den jungen Pfleger zu schön, um wahr zu sein. Was, wenn Alzheimer seiner spottete? Männer hatte Karl zu oft als heimtückisch erlebt. Im einen Moment freundlich und herzlich, im anderen zynisch und brutal.

Er brachte nicht mehr hervor als ein leises »Aber …«, da wurde er auch schon unterbrochen. Der talentierte Nachwuchs müsse gefördert werden, meinte Alzheimer und fügte dann, etwas melancholisch wirkend, hinzu: »Meine Frau hat sich auch immer mittellose Studenten zum Privatunterricht geholt – wollte ihnen mit dem Lohn dafür das Studium etwas erleichtern.«

Karl blickte zur friedlich in der Wanne sitzenden Auguste hinüber, Alzheimer folgte seinem Blick.

»Vielleicht finden wir zusammen heraus, woran Frau Deter leidet! Wollen Sie?«

Natürlich wollte Karl! Aber würde ihn Dr. Laquer so einfach gehen lassen? »Das lassen Sie ruhig meine Sorge sein. Der Herr Kollege schuldet mir noch diverse Gefallen«, sagte Alzheimer schmunzelnd.

❧

6: NON RESTRAINT

KARL WUSSTE NICHT, was genau Alzheimer Dr. Laquer telegrafiert hatte, doch dieser ließ seinen Lieblingspfleger tatsächlich bereits am nächsten Tag ziehen. Laquer, Rottenmeier und der wortkarge Hüne standen um die Mittagszeit am Eingang der Poliklinik, um Karl zu verabschieden.

»Gern lasse ich Sie nicht gehen«, erklärte Laquer, als er ihm die Hand schüttelte. »Aber der Herr Kollege Alzheimer hatte überzeugende Argumente.«

»Danke, Dr. Laquer«, sagte Karl bewegt. »Ich werde nie vergessen, was ich bei Ihnen lernen durfte. Wenn meine Ziehmutter nicht auf dem Affenstein wäre ...«

»Lassen Sie nur, Walz«, meinte Laquer abwinkend. »Es ist doch verständlich, dass Sie so oft wie möglich in ihrer Nähe sein wollen.«

»Pass auf dich auf, Jungchen«, sagte Rottenmeier, und Karl glaubte tatsächlich, es feucht in den Augen seines Kollegen aufblitzen zu sehen.

Der gewohnt wortkarge Hüne grummelte seine Verabschiedung lediglich. Und vom Gartentor aus sahen die drei ungleichen Männer Karl dann noch nach, wie er durch den beginnenden Schneefall davonradelte.

Karl wurde erst in einer Stunde auf dem Affenstein erwartet, daher fuhr er rasch die drei Kilometer in die Mörfelder Landstraße 64 – Herr Deter wurde heute 55 Jahre alt. Der Jubilar war um diese Uhrzeit natürlich trotzdem in der Bahnkanzlei zum Arbeiten; Karl wollte ihm jedoch zumindest eine Geburtstagskarte in den Briefkasten werfen. Als er sich wieder von dem Haus entfernte, fühlte er sich melancholisch. Ob Auguste je wieder aus dem Fenster im dritten Stock schauen würde? Tief in Gedanken versunken, fuhr er die fünf Kilometer in Richtung Grüneburgpark. Nach einem Drittel der Strecke überquerte er erneut den Main auf der am heutigen Tag etwas glatten Untermainbrücke und passierte schließlich das prächtige Operngebäude. Er sah hinauf zum von Schneeflocken umtanzten geflügelten Pferd, welches auf der Spitze des griechisch anmutenden Baus thronte und das Karl schon als Kind bewundert hatte. Seine Melancholie wich zunehmender Hochstimmung, als er sich mit seinem Fahrrad dem Irrenschloss auf dem Affenstein näherte. Alzheimer selbst war für zwei Tage bei einem Kollegen in Heidelberg, daher hatte er angekündigt, Assistenzarzt Dr. Nitsche werde sich um Karl kümmern und ihm alles zeigen. Dieser sei ein besonders liebenswürdiger externer Volontär, habe bereits die Geduld aufgebracht, selbst ungelerntem Personal die Tätigkeit als Pfleger näherzubringen. Bei Karls enormem Vorwissen und seiner hervorragenden Auffassungsgabe, so hatte Alzheimer versichert, werde er sich gewiss schnellstens in der Anstalt zurechtfinden. Zu Karls Erleichterung pflegte Dr. Nitsche im Gegensatz zu seinem bornierten Kollegen Adolf Friedländer keinerlei Standesdünkel. Als Karl sagte: »Danke, dass Sie sich die Zeit nehmen, Dr. Nitsche«, erwiderte dieser grinsend, er heiße zwar Hermann Paul Nitsche, sei aber unter Gleichaltrigen nur »der Paul«. Er sei ja nicht einmal fünf Jahre älter als Karl. Dieser ergriff verblüfft und dankbar die ausgestreckte Hand des Assistenzarztes; und so kam es, dass sich Paul Nitsche und Karl Walz gleich von dessen erstem Arbeitstag auf dem Affenstein an duzten.

Zunächst zeigte der junge Arzt dem Pfleger ausführlich das gesamte Gelände, Karl schrieb bisweilen Notizen in ein kleines Büchlein, welches ihm Auguste vor zwei Jahren zu Weihnachten geschenkt hatte. Das neogotische Gebäude war 1864 von über hundert Patienten bezogen worden. Vom vorgelagerten Mittelbau, wo die Verwaltung untergebracht war, erstreckte sich nach Osten die Karl bereits bekannte Frauenabteilung, im Westflügel befand sich der

Männertrakt. Erstmals besichtigte Karl den dortigen Herrenschlafsaal.

»Professor Hoffmann hat sich vor dem Bau dieser Klinik zur Inspiration Anstalten in ganz Europa angeschaut«, erzählte Nitsche. »Die großen Gemeinschaftsräume waren zuvor alle Einzelzellen.«

Karl erinnerte sich noch an die vielen Eisentüren und das verzweifelte Jammern dahinter.

Nitsche fuhr fort: »Sioli hat die Anstalt 1888 übernommen und viele Wände einreißen lassen.«

Karl sah sich beeindruckt um. »Viel Platz …«

Nitsche nickte. »Ich bin jetzt schon fast ein Vierteljahr hier, aber es gibt trotzdem zahlreiche Räume, die ich immer noch nicht kenne.«

»Wo waren Sie … wo warst du denn vorher?«

»Habe in Berlin und zuletzt Göttingen studiert«, erzählte Nitsche. »Letzten Monat habe ich dort auch endlich meine Dissertation abgegeben.«

An medizinischer Forschung stets interessiert, fragte Karl, ob Nitsche ihm das Thema verraten würde.

»Gedächtnisstörung in zwei Fällen von organischer Gehirnkrankheit«, berichtete Nitsche. »Ging um die Merkfähigkeit von einem Paralytiker und einem an Hirnsyphilis erkrankten Patienten.«

Wie gern hätte Karl selbst eine Doktorarbeit geschrieben. Doch das würde freilich nur ein Traum bleiben.

Hinter den Abteilungen mit eher harmlosen Fällen existierten noch mehrere ein- bis zweistöckige Trakte mit jeweils eigenen Gärten für unruhigere Kranke, die – wie Nitsche es zusammenfasste – »paralytisch Blödsinnigen, Epileptischen und Tobsüchtigen.«

Je länger sie sich bei der Führung durch die Anstalt unterhielten, desto mehr Vertrauen fasste Karl zu dem jungen Assistenzarzt. Er gestand ihm sogar, als wie befremdlich er Alzheimers Auftritt als Hausierer vor einem Jahr empfunden hatte. Nitsche erwiderte grinsend, dergleichen sei wohl früher an der Tagesordnung gewesen, Dr. Alzheimer habe sich laut Oberschwester Ehrentraud öfter neue Dinge einfallen lassen, um die Patienten aufzuheitern. »Zumindest tat er das, bis im Februar seine Frau starb. Darunter hat sein Humor offenbar doch gelitten. Ist ja auch natürlich.«

Endlich konnte sich Karl Alzheimers plötzliche Stimmungswechsel und zeitweise Melancholie erklären. Vor nur einem Dreivierteljahr hatte der Psychiater also seine Gattin verloren. Woran sie gestorben war, konnte Paul Nitsche Karl jedoch auch nicht beantworten. »Alzheimer ist eher verschwiegen in Bezug auf sein Privatleben, da hakt man natürlich nicht nach.«

Auch auf den arroganten Assistenzarzt Dr. Friedländer kamen sie zu sprechen. »Kam im Februar '99 vom Senckenbergischen Institut als Volontär herüber«, erklärte Nitsche Karl.

Von diesem altehrwürdigen pathologischen Institut hatte Karl bereits gehört. Derzeit leitete es der berühmte Pathologe Carl Weigert, dem es mittels Farbstoffen als Erstem gelungen war, Bakterien sichtbar zu machen. Es existierte bereits 150 Jahre und galt als erste Adresse für all jene Nachwuchsmediziner, die die neuesten und besten histologischen Untersuchungsmethoden lernen wollen. Zellmaterial schneiden und färben konnte Friedländer also bestimmt ganz vorzüglich, dachte Karl etwas neidisch.

»Sehr guter Mann eigentlich«, bestätigte Nitsche. »Sein Fimmel mit adeligen und wohlhabenden Patienten ist natürlich fragwürdig. Als ob jemand mit Geld automatisch nützlicher für den deutschen Volkskörper ist.«

Das Wort hörte Karl zum ersten Mal. »Volkskörper?«

»Na, reiche und arme Menschen sind doch gleichermaßen wichtig für ein funktionierendes Volk«, meinte Nitsche. »Es kommt ja auf die Effektivität des Einzelnen an, wie gesund ein Volk als Ganzes ist – nicht auf das Geld.«

Inzwischen waren sie im Garten angekommen. Dort war alles mit Raureif bedeckt, der in der Wintersonne glitzerte. Wie bei Karls Besuch im vorherigen Herbst gingen einige Patienten unbeaufsichtigt spazieren.

»Keine Ketten«, stellte Karl erneut fest. »Dr. Laquer hat mir schon von diesem britischen *Non Restraint*-Prinzip erzählt.«

Paul nickte. »Ja, der gute alte John Conolly. *Treatment of the insane without mechanical restraints*«, zitierte der Assistenzarzt in vorzüglichem Englisch. Karl setzte das Buch im Geiste auf seine Liste zu lesender Bücher. »Das Werk wurde in England anfangs ziemlich angefeindet«, erzählte ihm Nitsche. »Erschien da schon vor über 50 Jahren. Der Weg nach Deutschland hat 30 Jahre gebraucht. Zum Glück war Sioli völlig überzeugt davon, als er hier das Zepter übernommen hat. Statt Zwangsjacken wurde der ärztliche Dienst intensiviert. Dieser Politik habe ich meine Assistenzstelle in unserer schönen Anstalt zu verdanken.«

Sie hatten den Park mittlerweile fast durchschritten und einen Überblick über das gesamte Anstaltsareal, das laut Paul Nitsche 37 Morgen groß war. »Neben dem Park hier gibt es große Gemüsegärten. Außerdem haben wir eine Schreinerei, eine Schneiderei und eine Buchbinderei.« Karl war einmal mehr beeindruckt von der Veränderung der Anstalt. Paul erläuterte, dass jetzt im Winter hauptsächlich Holz gesägt und Stroh geflochten werde.«Insgesamt können wir ungefähr ein Drittel der Patienten beschäftigen. Natürlich gibt es leider auch hoffnungslose Fälle, die der Gemeinschaft nichts mehr nützen.«

Karl stutzte – seit wann mussten kranke Menschen etwas »nützen«? Etwas irritiert hakte er nach, ob Nitsche der Meinung sei, es wären zu viele Patienten.

»Ach, ich jammere auf hohem Niveau«, räumte der Assistenzarzt ein. »Vor zwölf Jahren stand Direktor Sioli mit über 250 Patienten allein da, heute unvorstellbar! Neben dem Direktor sind wir jetzt vier etatmäßige Ärzte hier. Deshalb kommen auf jeden von uns nur knapp über 80 Kranke. Siolis Stellvertreter und dessen Assistent waren damals aber zeitgleich in den Ruhestand entschwunden. Natürlich war er heilfroh, als der frisch promovierte Alzheimer kam. Der kommt ja mit den schwierigsten Fällen zurecht.«

Nitsche meinte schließlich, es sei gut, dass Karl kräftig sei. Manchmal sei es hier nötig, sich mit eigener Kraft der Überfälle gereizter Kranker zu erwehren. Viele Patienten seien »verdammt schwere Fälle«.

Auch Karls Ziehmutter Auguste D. war keine einfache Patientin – das zeigte sich am nächsten Tag; es war Donnerstag, der 28. November 1901. Den ganzen Tag hatte sie immer wieder ängstlich wiederholt, sie wolle sich »nicht schneiden lassen«. Und als er gegen Abend mit Nitsche nochmals in den Frauenschlafsaal kam, wurde Karl Zeuge, wie Auguste, einer Blinden gleich, umherging und Mitpatienten ins Gesicht fasste. Sie erhielt dafür einen Schlag als Reaktion einer Mitpatientin. Karl fühlte sich hilflos. »Was machst du denn da, Auguste?«

»Ja, Putzen oder so was Ähnliches«, meinte sie daraufhin unwirsch. »Ich muss Ordnung machen.«

Als sie Dr. Nitsche in seinem weißen Kittel bemerkte, wirkte sie erneut sehr ängstlich. »Ach, Herr Doktor, nehmen Sie mir's nicht übel.«

»Was soll ich Ihnen denn nicht übelnehmen?«, hakte Nitsche nach.

»Im Augenblick; ich habe vorläufig gesagt, Mittel habe ich nicht«, kam die wirre Antwort von Auguste. »Man muss sich eben – ich weiß selbst nicht – ich weiß gar nicht – ach, liebe Zeit, was soll ich denn?«

Streng wie zu einem ungehorsamen Kind forderte Nitsche nun: »Ab in's Bett jetzt, Deter!«

Karl führte seine Ersatzmutter vorsichtig zum Bett. Deprimiert sank Auguste in sich zusammen, um dann gleich darauf in Hektik und Aufregung zu geraten. »Ich werde doch nicht geschnitten … Ich lass mich nicht schneiden!«

»Soll ich ihr wieder ein Bier geben? Zur Beruhigung?« fragte Karl den Assistenzarzt. Alkohol, so hatte Karl am ersten Tag auf dem Affenstein gelernt, wurde hier bisweilen als Schlafmittel verabreicht.

»Verschwendung«, erwiderte Paul. »Zwei Milligramm Chloralhydrat, fertig!«

Karl sah Dr. Nitsche konsterniert an. Er beschloss, gleich morgen nach dessen Rückkehr Dr. Alzheimer bezüglich des Gebrauchs von Schlafmitteln um Rat zu fragen.

Am Freitag musste Auguste in ein Isolierzimmer verlegt werden. Dort verhielt sie sich zunächst relativ ruhig. Als Karl mit dem zu seiner Erleichterung zurückgekehrten Dr. Alzheimer den Raum betrat, lag seine Ersatzmutter mit stumpfem Gesichtsausdruck im Bett. Die Frage des Psychiaters, wie es ihr gehe, beantwortete sie desorientiert: »Es ist immer eins wie's andere. Wer hat mich denn hierhergetragen?«

Im Laufe der weiteren Befragung durch Dr. Alzheimer wusste Auguste D. ihr Geburtsdatum nicht mehr und weder den eigenen Wohnort noch den ihrer Tochter Thekla. Als der Arzt sie fragte, ob sie krank sei, kam von ihr die vage Antwort: »So runter zu, das Rückgrat mehr.«

Nach weiterer entmutigender Befragung Augustes, während der sie irgendwann verzweifelt erklärte: »Ich bin so verkehrt – so verkehrt – ich kann nicht!«, untersuchte Alzheimer sie auch körperlich.

Zunächst ließ er die verwirrte Frau die Zunge herausstrecken. Diese zitterte kaum, war aber, wie Alzheimer Karl später berichtete, in Folge mangelnder Flüssigkeitszufuhr sehr trocken. Der Nervenarzt leuchtete ihr mit einer kleinen Stablampe in die Augen und hörte sie mit seinem Stethoskop ab. Die Patientin ließ es zunächst geduldig über sich ergehen – doch das erwies sich als Ruhe vor dem Sturm. Als sie nach der Untersuchung aus dem Isolierzimmer in ihr Bett im Frauenschlafsaal gebracht werden sollte, schrie und tobte sie in Panik, rief wieder, sie lasse sich »nicht schneiden«.

Augustes körperlichen Befund konnte Karl lesen, als Alzheimer diesen wenig später in seinem Büro für ihre Akte ins Reine schrieb. Außer der bereits festgestellten Untergewichtigkeit gab es keine besonderen Auffälligkeiten – und nichts, was auf eine Paralyse hindeutete. »Kein fibrilläres Zucken der Zunge und Gesichtsmuskulatur, keine paralytischen Anfälle, Herzspitzenstoß nicht fühlbar, Herzdämpfung nicht vergrößert, zweiter Pulmonal-Ton nicht hörbar. Pupillen reagieren normal auf einfallendes Licht.«

Die Ergebnisse der Überprüfung ihres Gedächtnisses waren freilich weiterhin verheerend.

»Glauben Sie, dass sich ihr geistiger Zustand je wieder bessert?« fragte Karl resigniert.

»Wenn, dann ist es ein Wettlauf mit der Zeit«, meinte Alzheimer, der sich mal wieder eine Zigarre angezündet hatte. »Irgendetwas zerstört ihr Gehirn mehr und mehr. Es ist jetzt wichtig, Tag und Nacht Informationen zu sammeln. Leider haben wir hier niemand anderen mit ihren Symptomen.«

Karl erinnerte sich an etwas. »Ich wüsste vielleicht jemanden!«, verkündete er aufgeregt.

Alzheimer schaute ihn erwartungsvoll an, zog dabei tief an seiner Zigarre, blies den Rauch seitlich weg. »So?«

ZWEITER TEIL:

AUFSTIEG UND FALL

7: DER FALL GEHWEILER

Es war wie verhext! Ausgerechnet als Oberschwester Ehrentraud am Montag um die Mittagszeit in den Frauenschlafsaal kam, um Karl mitzuteilen, »das junge Fräulein« warte schon in der Bibliothek auf ihn, geschah etwas Unvorhergesehenes. Alois Alzheimer war gerade mitten in einer weiteren Befragung Augustes, bei der sie sich nicht mehr erinnerte, wo sie letzte Weihnachten gewesen war, ja, kurzzeitig sogar vergessen hatte, dass er ihr Arzt war – da stürzte Frau Schulze, eine andere Patientin im Raum, plötzlich mit einem animalischen Schrei zu Boden. Alzheimer und Karl eilten zu der hilflos auf den Steinfliesen liegenden Frau, deren Arme und Beine nun rhythmisch zuckten.

»Grand Mal«, kategorisierte Alzheimer den Epilepsie-Anfall der Frau, die immer mehr Schaum vor dem Mund aufwies. Karl hatte gelesen, dass bei einem solchen sogenannten ›tonisch-klonischen‹ Anfall oft auch die Zunge zuckte und den Speichel aufschlug. Die Atemmuskulatur funktionierte dabei nicht ausreichend, daher war bei der Frau rasch die charakteristische Blauverfärbung der Lippen zu beobachten.

Selbst Zeuge eines solchen Anfalls zu werden, war völlig anders, als nur darüber zu lesen. »Was können wir tun?«, rief Karl aufgeregt.

»Gar nichts«, erwiderte Alzheimer. »Außer aufzupassen, dass die Ärmste sich nicht auf die Zunge beißt. Das kommt aber seltener vor, als behauptet wird.«

Nach etwa einer Minute hörte das Zucken auf, und die Patientin atmete ruhig, schnarchte sogar leise. »Ihr Gehirn hat beim Grand Mal sehr viel Energie verbraucht, die Nervenzellen sind entladen, der anschließende Tiefschlaf kann nun Stunden dauern«, erklärte Alzheimer.

Gemeinsam mit seinem Schüler hob er die Frau vorsichtig an und legte sie behutsam in ihr Bett.

Nervös fragte Karl, ob er jetzt gehen dürfe, was Alzheimer ihm lächelnd gestattete: »Ich lasse Frau Deter noch ein paar Dinge benennen und wache über Frau Schulzes Schlaf. Lassen Sie die junge Dame in der Bibliothek nur nicht länger warten. Vielleicht haben Sie recht, und sie liefert uns einen zweiten Fall.«

Karl hatte es daraufhin so eilig, dass er um ein Haar auf dem frisch gebohnerten Anstaltsboden ausgerutscht wäre. Warum musste Frau Schulze auch ausgerechnet heute einen epileptischen Anfall bekommen? Eigentlich hatte er die Besucherin, die derweil in der Anstaltsbibliothek auf ihn wartete, in Zivilkleidung empfangen wollen, doch das »junge Fräulein« war zu allem Übel auch noch eine Viertelstunde zu früh gekommen, sodass für Karl keine Zeit mehr zum Umziehen war.

Das Bibliothekszimmer der Städtischen Irrenanstalt war von Direktor Sioli und dessen Stellvertreter Alzheimer bei deren Arbeitsantritt eingerichtet und im Laufe der letzten zwölf Jahre recht großzügig ausgestattet worden. Mehrere Reihen von hohen Bücherregalen standen zwischen Tür und Fensterfront. Karl, der hier nach Dienstschluss seiner ersten Arbeitswoche viele Stunden medizinische Fachliteratur gewälzt hatte, eilte heute achtlos an der geballten Wissenschaft vorbei.

Unter einem Fenster erblickte er sie endlich: Wilhelmine Gehweiler. Sie nahm soeben ein Buch mit dunkelgrünem Umschlag aus ihrer Handtasche.

»Entschuldigung!«, rief Karl außer Atem, und Mina klappte vor Schreck das Buch zu.

Er schmunzelte bei der Erinnerung an ihre erste Begegnung vor einem Jahr und zitierte sie schelmisch: »Wissen Sie denn, auf welcher Seite Sie waren?«

»Nein«, sagte Mina und erwiderte sein Lächeln, »ich habe noch gar nicht angefangen.«

»Danke, dass Sie es so schnell ermöglichen konnten. Tut mir leid, die Verspätung. Wir hatten noch eine Epileptikerin«, berichtete Karl und blickte auf den dunkelgrünen Buchumschlag mit der goldenen Schrift: »Das Zeichen der Vier« von Arthur Conan Doyle. »Ah … Sherlock Holmes«, erkannte er. »Keine Angst – ich werde Ihnen das Ende nicht verraten.«

»Ach, Sie kennen es?«, fragte Mina.

»Nein, ich wollte Sie nur beeindrucken«, gestand Karl, verschmitzt lächelnd.

Sie strahlte ihn ihrerseits an. »Tja, nicht nur die Bibliothek hier ist größer als bei Dr. Laquer. Ihre Laufbahn hat offensichtlich nochmals einen großen Sprung gemacht«, sagte sie anerkennend, und Karl lächelte geschmeichelt. Mina befand, Dr. Alzheimer sei eine echte Koryphäe. Dr. Laquer habe ihn ihr einmal vorgestellt. »Interessanter Mann.« Sie lächelte Karl an: »So eine Gesichtsnarbe wirkt immer sehr verwegen.«

Karl schmunzelte angenehm überrascht. Die grässliche Geschichte hinter seiner eigenen Narbe wollte er ihr jedoch ersparen und kam daher auf den Oberarzt zurück. »Mich erinnert Alzheimer kolossal an Sherlock Holmes.«

»So mit Pfeife und Lupe?«, mutmaßte Mina amüsiert.

»Nein, aber mit Zigarre und Mikroskop«, erwiderte Karl. »Und auf Spurensuche ist er auch. Derzeit bei einer unheimlichen neuen Krankheit. Und deshalb wollte ich Sie treffen.«

Karl war heilfroh gewesen, dass ihm Dr. Laquer am Freitag auf seine telefonische Anfrage hin Wilhelmine Gehweilers Adresse durchgegeben hatte – und dann sogar noch am selben Abend ihre Antwort auf sein von Alzheimer bezahltes Telegramm gekommen war. Sie hatte zugesagt und ihm ihr heutiges Treffen bestätigt.

»Sie schrieben, es geht um meinen Mann?«

Karl nickte. »Bei meiner Ziehmutter sind ähnliche Symptome aufgetaucht wie bei ihm. Sie vergisst alles – mit gerade mal 51.«

Mina sah ihn mitleidsvoll an. »Schrecklich.«

»Sie ist hier bei Doktor Alzheimer in den besten Händen«, sagte Karl, »aber leider haben wir nur sie mit diesen Symptomen – das reicht kaum, um die Krankheit wirkungsvoll zu erforschen. Deshalb wollte ich Sie fragen, ob Sie bereit wären, einmal Ihren Gatten zu uns zu bringen.«

Minas Blick verdüsterte sich: »Das wird eher schwierig. Joseph weigert sich sogar, zu Doktor Laquer zu gehen – und den kennt er wirklich gut.«

Karl drückte enttäuscht sein Bedauern aus.

Doch da brachte Mina mit einer Idee neue Hoffnung: Vielleicht könnten Karl und Dr. Alzheimer ihren Joseph auf der Arbeit beim Juwelier besuchen, dann sei es für ihn ganz unverdächtig. »Doktor Alzheimers Frau war früher dort ohnehin Kundin.«

Gesagt, getan. Schon am Dienstagnachmittag, es war der 3. Dezember 1901, stieg Karl mit Dr. Alzheimer vor dem Geschäft des bekannten Juweliers Hessenberg aus einer Droschke. Sie hatten abgesprochen, dass Karl, sollte Joseph Gehweiler gewalttätig werden, eingreifen würde. Alzheimer deutete bewundernd auf die Auslage im Schaufenster – weihnachtlich dekorierter, wertvoll aussehender Schmuck. »*Simply amazing*. Fast wie bei Tiffany in New York«, sagte er, und Karl fragte sich, ob Alzheimer je in Amerika gewesen war. Dieser schwärmte: »Wirklich schöne Stücke.«

»Allerdings!« Karl hatte Mina erblickt, die ihnen von innen durch die Scheibe zuwinkte. Alzheimers Blick verharrte jedoch auf dem Schmuck. Karl fiel auf, wie sich die Miene des Psychiaters dabei verdunkelte. Was ihm wohl plötzlich an dem Schmuck missfiel? Oder machte der Anblick der Geschmeide Dr. Alzheimer wegen der Erinnerung an gemeinsame Einkäufe mit seiner Frau hier so traurig?

Da kam Wilhelmine Gehweiler heraus, um sie zu begrüßen. Sie wirkte heute unsicher und viel nervöser als sonst, stellte Karl dabei fest. Alzheimer nickte ihr schließlich aufmunternd zu, und Mina führte die beiden zu ihrem Gatten in die Werkstatt des Juweliers.

Joseph Gehweiler war ein muskulöser Mittvierziger mit dunklen Locken, die von wenigen silbernen Strähnen durchzogen waren. Kein Wunder, dass der hochgewachsene Bildhauer Mina gefiel, dachte Karl in einem Anflug von Neid. Herr Gehweiler saß an seinem Arbeitstisch, der mit Wasser- und Gasanschluss sowie Elektrizität ausgestattet war.

»Joseph – Doktor Alzheimer ist jetzt da«, kündigte Mina an, die neben ihrem stattlichen Ehemann ungewohnt fragil aussah. »Dürfen wir …?«

Ohne hochzublicken, wünschte Gehweiler einen guten Tag. Er modellierte mit ruhiger Hand Figuren für eine Schale. »Das wär jetzt wieder mal was für die Frau Gemahlin, Doktor Alzheimer.«

Betretenes Schweigen, Gehweiler schaute auf.

»Die Frau Alzheimer ist doch gestorben, Joseph«, erinnerte ihn Mina, peinlich berührt.

»Weiß ich doch«, behauptete Gehweiler kleinlaut. »Hab ja auch gesagt ›wäre‹.«

Er nahm das Okular vom Auge und musterte dann Karl. »Und womit hab ich es bei Ihnen zu tun?«

»Ich … äh … bin Krankenpfleger«, sagte Karl überrumpelt – und die erschrockenen Blicke Minas und Dr. Alzheimers ließen ihn seine Worte augenblicklich bereuen.

»Ich bin nicht krank«, erklärte Joseph Gehweiler misstrauisch.

»Deswegen sind wir auch nicht hier«, behauptete Alzheimer. »Herr Walz begleitet mich nur.«

Gehweiler rieb sich ein Auge – und der Nervenarzt nutzte seine Chance sofort. »Das ist aber sehr gerötet.« Hastig zog er ein Lämpchen aus der Tasche. »Darf ich mal sehen?« Er leuchtete Minas Ehemann ins Auge, ehe dieser antworten konnte. »Keine Entzündung«, erklärte Alzheimer.

»Also weitermachen!«, wies Gehweiler sich selbst in zackigem Ton an und wandte sich an Karl: »Junger Mann, reichen Sie mir mal die kleine … Dings.« Er deutete auf eine Zange. »Ähm … den Zugreifer.«

»Sie meinen die Zange?«

»Genau.«

Mina und Dr. Alzheimer warfen sich einen vielsagen-
den Blick zu.

Kaum zehn Minuten später standen Mina und Karl mit Dr.
Alzheimer in der beginnenden Abenddämmerung wieder
vor dem Geschäft und sahen ihn gespannt an. »Und, wie
lautet Ihre Diagnose, Doktor Alzheimer?« fragte Mina
mit schwacher Stimme.

»Dafür müsste ich ihn eingehender untersuchen. Aber
die Pupillen reagieren nicht normal auf das einfallende
Licht. Sie sind eng, ungleich und lichtstarr.«

Karl kannte die Symptome. »Progressive Paralyse?«

Als ehemalige Krankenschwester kannte Mina diesen
Begriff ebenfalls und zuckte erschrocken zusammen. Tausend Dinge schossen ihr nun durch den Kopf, das ahnte
Karl; und er bereute es, seine Mutmaßung so leichtfertig
vor ihr ausgesprochen zu haben.

»Um das sicher zu sagen, ist es zu früh«, berichtigte
denn auch Alzheimer. »Noch sind ja glücklicherweise
weder ethische Defekte noch Tobsuchtsanfälle aufgetre-
ten. Melden Sie sich bitte umgehend, falls das geschehen
sollte, Frau Gehweiler?«

Mina nickte benommen. »Selbstverständlich.«

»Es wäre prächtig, wenn Sie uns regelmäßig schrieben,
wie Ihr Gatte sich entwickelt.« Wie von Alzheimer wohl
erwartet, tat eine konkrete Aufgabe Wilhelmine Gehweiler
nach der beunruhigenden Vermutung offenbar gut. Ihre
Niedergeschlagenheit wurde nun von ihrem Tatendrang
überflügelt. »Ich könnte dafür auch persönlich vorbeikom-
men«, bot sie beflissen an. »Mit Ihrer Erlaubnis wollte ich
ohnehin gelegentlich in Ihrer Anstaltsbibliothek mein Wis-

sen wieder etwas auffrischen. Die ist wirklich sehr beeindruckend sortiert.«

Alzheimer nickte aufmunternd. »Sie sind herzlich willkommen. Dann kann Herr Walz Sie im Gegenzug über die Entwicklungen bei seiner Ziehmutter auf dem Laufenden halten. Sie führen beide ein Journal und vergleichen dann regelmäßig den Verlauf beider Erkrankungen. Was halten Sie davon?«

»Natürlich, gerne.« Mina nickte Karl zu, der zwischen Mitgefühl für sie und der erfreulichen Aussicht, einander öfter zu sehen, schwankte.

»Kommen Sie doch am 21. Dezember zu uns in die Anstalt, wenn Sie können«, schlug Alzheimer vor. »Da haben wir Weihnachtsfeier, dann lernen Sie die Kollegen dort kennen. Und Sie können die Einzelheiten mit Herrn Walz vereinbaren.«

Es hatte zu schneien begonnen, als Alzheimer und Karl in der Kutsche zurück zum Affenstein saßen, von irgendwo her wehte der verlockende Duft von gebrannten Maronen heran. Der Nervenarzt blickte geistesabwesend auf die Lampe in seiner Hand. So oft in dieser ersten Arbeitswoche hatte Karl beobachtet, wie sein neuer Vorgesetzter in Trauer zu verfallen schien, nahezu apathisch wirkte. Ihm war nur nicht klar, ob Dr. Alzheimer auch in diesem Augenblick an seine verstorbene Frau dachte oder etwas anderes. Vielleicht auch an das traurige Schicksal Herrn Gehweilers und seiner jungen Gattin?

»Die arme Frau«, wagte Karl schließlich einen Vorstoß. »Hoffentlich hat ihr Mann Sie nicht …«

»Infiziert?«, ergänzte Alzheimer und schüttelte sogleich den Kopf. »Unser zynischer Kollege Nitsche meint zwar, proportional zur Zivilisation wachse auch die Syphilisation, aber ich hatte zahlreiche Fälle von Paralyse, die *keine* Folgeerkrankung der Syphilis waren. Dort waren keinerlei entzündliche, ansteckende Herde nachzuweisen. Und noch wissen wir auch gar nicht endgültig, woran Herr Gehweiler leidet.«

Unter dem Begriff Paralyse, berichtete Alzheimer, liefen derzeit alle Geisteserkrankungen, die ein Arzt nicht einzuordnen wusste, darunter auch Verwirrungszustände durch Alkoholismus und Formen von Arteriosklerose. Karl wusste, dass bei seiner leiblichen Mutter an der Diagnose Progressive Paralyse seinerzeit keinerlei Zweifel geherrscht hatte. Ein tödlicher Fluch! »Dr. Laquer sagte mir, Sie hätten die Paralyse sogar bei Kindern behandelt?«

»Leider bisweilen eher erfolglos«, sagte Alzheimer ungewohnt leise, und einmal mehr verdüsterte sich sein Gesichtsausdruck.

Karl befürchtete, etwas Falsches gefragt zu haben, da ließ ein quäkendes Hupen ihn und seinen Mentor aufschrecken. Sie wurden von einem fabrikneu aussehenden Automobil überholt. Karl erkannte die Marke: ein Mercedes 35PS. »Sehen Sie nur, großartig!«, rief er begeistert.

Alzheimer erkannte den Fahrer schmunzelnd: »Das ist unser Kollege Adolf Friedländer. Geboren mit einem silbernen Löffel im Mund.«

Karls begeistertes Lächeln erlosch augenblicklich. »Ja, der kann sich so was leisten ...«

»Nun, jedem das Seine«, meinte Alzheimer. »Den Affenstein wird er wohl bald verlassen.«

Karl wurde hellhörig. »Wegen des Rauswurfs seines morphiumsüchtigen Neffen?«

Doch der Oberarzt schüttelte den Kopf, Kollege Friedländer plane schon länger, eine Privatklinik im Taunus zu eröffnen – exklusiv für adelige und gut betuchte Patienten. Alzheimer sah auf seine Taschenuhr. Spät war es geworden. »Ich werde die Nachtruhe in der Klinik nutzen, um noch zu mikroskopieren. Soll ich Sie irgendwo absetzen lassen?«

Karl lehnte dankend ab, erklärte, sein Rad stehe noch vor der Klinik. »Kann ich Ihnen vielleicht noch bei etwas behilflich sein?«

»Sind Sie denn gar nicht müde?«, wunderte sich Alzheimer.

»Ach, ich komme mit wenig Schlaf aus«, winkte Karl ab und unterbrach sich dann, als habe er noch etwas sagen wollen, sich aber nicht getraut.

»Wollen Sie mir beim Mikroskopieren assistieren?«, las Alzheimer schließlich seine Gedanken. »Dann lernen Sie die Praxis.«

»Sehr gern!«, beeilte sich Karl zu sagen. Endlich, endlich, endlich. Forschen!

∽◉∾

8: DAS AKKORDEON

FAST EHRFÜRCHTIG BETRAT Karl Walz mit Dr. Alzheimer dessen Labor in der Anstalt. Der Psychiater hatte seinem neuen Assistenten auf dem Weg dorthin erklärt, dass die Erforschung der organischen Ursachen von Erkrankungen des Gehirns nur gelinge, indem man histologische Gehirnpräparate anfertige und auswerte. Ein solches Präparat, ein hauchdünner, eingefärbter Gewebeschnitt aus einem Gehirn, schob er nun in sein Mikroskop. Er fragte Karl, was ihm daran auffalle. »Merkwürdige Ablagerungen«, bemerkte dieser beim Blick in das Gerät. »Was ist das?«

»Plaques«, erklärte Alzheimer vage. »Eiweißablagerungen? Ursache unbekannt – noch.«

Karl sah vom Mikroskop in das vernarbte Gesicht seines Mentors. »Ist das Hirnpräparat von dem Patienten, der ähnliche Symptome wie Auguste hatte?«

Alzheimer nickte. »Korrekt. Damals ein Einzelfall. Aber jetzt gibt es Frau Deter. Auf sie habe ich gewartet.«

Karl warf abermals einen Blick in das Mikroskop. So mochte es also auch im Gehirn seiner Ziehmutter aussehen. »Schade, dass man den Lebenden nicht in den Kopf schauen kann.«

»Das kann noch kommen«, mutmaßte Alzheimer. »Dank des Kollegen Röntgen können wir ja jetzt schon die Knochen der Lebenden sehen. Vielleicht ist es eines Tages möglich, auch das Gewebe mit Strahlen sichtbar zu machen.«

Karl nickte fasziniert. »Kolossal, was die moderne Medizin alles vermag.«

»Umso mehr müssen wir unermüdlich dort forschen, wo sie noch versagt«, meinte Alzheimer. »Reichen Sie mir bitte die Gehirnschnitte da drüben.«

Karl tat wie ihm geheißen. Alzheimer ließ ihn erneut in das Mikroskop schauen. »Dieses Präparat habe ich ganz neu angefertigt«, erklärte er ihm. »Es ist von einer Patientin, die an manischer Depression litt.«

»Völlig anders«, erkannte Karl.

»Schizophrenien und manische Depression sind aufgrund histo-pathologischer Befunde eindeutig zu trennen«, berichtete Alzheimer.

Als Nächstes zeigte er dem faszinierten Karl nun, wie er die »Camera Lucida« benutzte. Dabei handelte es sich um ein viereckiges Prisma, das zur Anwendung am Okular seines Mikroskops montiert und auf einer Zeichenunterlage befestigt wurde. Alzheimer blickte durch ein Guckloch direkt über die Kante des Prismas, welches die Umrisse des Motivs auf das Zeichenpapier warf. Der Psychiater konnte dadurch gleichzeitig die Umrisse des Motivs und das Papier sehen und war so in der Lage, das Objekt mit dem Bleistift originalgetreu abzuzeichnen. Als die Zeichnung der Nervenzelle fertig war, kolorierte Alzheimer sie kunstvoll. Dabei erzählte der Oberarzt dem gespannt zuschauenden Karl, wie er bei Geheimrat Albert von Kölliker einst das Mikroskopieren erlernt hatte. »Wegen ihm bin ich seinerzeit von der Berliner Universität nach Würzburg gewechselt«, berichtete Alzheimer. »Und ich blieb nach dem Studium noch freiwillig ein Semester in seinem anatomischen Institut.«

Das konnte Karl gut nachvollziehen. »Wenn man vom Besten lernen darf …« Er erinnerte sich daran, dass von jenem Kölliker das bekannte »Handbuch der Gewebelehre« stammte, und er beschloss, gleich morgen nach Dienstschluss in der Bibliothek danach zu suchen. Wenn Alois Alzheimer ihm schon die Ehre zuteilwerden ließ, ihm bei seinen Forschungen über die Schulter schauen zu dürfen, wollte Karl sich intensiv vorbereiten.

~~✿~~

Wie so viele medizinische Fachbücher wurde auch von Köllikers Werk ein treuer Gefährte für Karl. Die nächsten zwei Wochen gingen angesichts der vielen neuen Eindrücke auf dem Affenstein schnell vorüber. Am Mittwoch, den 19. Dezember 1901, wurde ein großer Tannenbaum geliefert und im Foyer der Anstalt aufgestellt. Einige Patienten durften beim Schmücken helfen – zumindest beim unteren Bereich des Baumes. Alles, wofür man auf Leitern steigen musste, wurde auf Oberschwester Ehrentrauds Anweisung vom Klinikpersonal übernommen. Karl und Dr. Nitsche beteiligten sich freiwillig beim Dekorieren.

Auguste Deter hängte an den ausladenden unteren Tannenzweigen den Schmuck mit breitem Lächeln auf.

»Sie freut sich wirklich wie ein Kind«, stellte Karl von der Leiter aus mit liebevollem Blick nach unten fest.

»Leider nicht das einzig kindliche an ihrem Verhalten«, kommentierte von der zweiten Leiter aus Paul Nitsche. An dessen berüchtigten Sarkasmus hatte Karl sich mittlerweile gewöhnt.

»Besser als Tobsuchtsanfälle«, erwiderte er. »Oder bornierter Zynismus.«

»Was soll denn das heißen?«

»Dass du keine Leiter brauchst, um von oben herab zu kommentieren.«

Nitsche grinste. »Lass das mal nicht den Kollegen Friedländer hören, wie du als ungelerntes Pflegerchen mit einem studierten Mediziner redest.«

»Jeder, wie er's verdient«, entgegnete Karl, während er die Spitze auf den Christbaum setzte.

～❦～

Bei der nächsten Personalbesprechung war die für den letzten Samstag vor Heiligabend geplante Anstaltsfeier ebenfalls Thema. Sioli und Alzheimer waren nicht anwesend, sie bereiteten eine Kongressreise vor, daher leitete Dr. Friedländer die Sitzung.

Für das leibliche Wohl bei der Festivität sei gesorgt, versicherte der Assistenzarzt den anwesenden Mitarbeitern. Ferner werde der hauseigene Chor aus talentiertem Personal und einigen sangesfrohen Patienten für die dem feierlichen Anlass angemessene Stimmung sorgen. Hier müsse er insbesondere Oberschwester Ehrentraud Stadlbauer danken, die unermüdlich mit dem Chor übe, und dies in ihrer wenigen arbeitsfreien Zeit. Die Kollegen applaudierten wohlwollend, die Oberschwester senkte geschmeichelt den Blick. Friedländer fragte danach in die Runde, ob es Instrumentalisten unter den Anwesenden gebe, welche den Chor gern begleiten würden. Die Patientin Schulze meldete sich zu Wort und erklärte etwas traurig, sie könne zwar Ziehharmonika spielen, ihr Mann habe jedoch leider ihr eigenes Instrument verkaufen müssen, um ihren Aufenthalt hier bezahlen zu können. Karl fiel ein, dass er ein Akkordeon besaß, doch es waren derart grässliche Erinnerungen damit verbunden, dass er den Gedanken daran rasch verdrängte. Stattdessen meldete er sich mit einem anderen

Vorschlag. »Frau Deters Gatte spielt hervorragend Oboe«, berichtete er. »Ich könnte ihn fragen, ob er helfen möchte.« »Tun Sie das«, sagte Friedländer – ohne ihn anzusehen.

Dass Karl bei Alzheimer ausgerechnet die Stellung von Friedländers entlassenem Neffen übernommen hatte, war seiner Beliebtheit bei dem Assistenzarzt freilich nicht gerade förderlich gewesen. Daher ignorierte er Karl, so gut er konnte.

∿☙∾

Als er abends in seinem Kellerzimmer angekommen war, holte Karl erst nach einigem Zögern eine schwere Kiste vom Schrank und öffnete sie. Verborgen unter anderen Relikten wie Kleidung, aus der er selbst längst herausgewachsen war, dem Hochzeitsschleier seiner Mutter, einem Paar Knabenboxhandschuhe und einem Säckchen mit Murmeln, fand er es: das Akkordeon. Er griff mit zitternden Fingern danach. Und die Melodie, die er zum ersten Mal darauf spielen gehört hatte, war plötzlich ganz deutlich in seinem Kopf. »Weißt du, wie viel Sternlein stehen …«

Er erschauderte bei der Erinnerung. 1893, drei Jahre nach dem Tod seiner Mutter. Er war zwölf. Auguste hatte dafür gesorgt, dass er in ein neues Heim kam – nachdem sie von ihm erfahren hatte, wie brutal die Wärter im ersten Heim zu ihm waren. Er war erstaunt gewesen. Dem grässlichen Ort zu entkommen – so einfach war das? Die Aufseher in der neuen Anstalt hatten anfangs gutmütiger gewirkt. Also waren er und Auguste davon ausgegangen, es werde hier weniger brutal zu gehen. Welch ein Irrtum!

∿☙∾

Immerhin hatte Karl schon kurz nach seiner Ankunft im zweiten Heim einen netten Jungen in seinem Alter kennengelernt. Er hieß Ludo, wirkte dünn und zerbrechlich, hatte dunkelblonde Locken, gesunde, aber leicht auseinanderstehende Zähne und große, ängstlich wirkende Augen. Er schlief im Etagenbett über Karl. An dessen drittem Abend setzte Ludo sich noch zu ihm auf die Bettkante und fragte, ob er mit ihm Karten spielen wolle. Karl stimmte zu. Für den Fall seines Sieges bot ihm Ludo seine Murmelsammlung, Karl setzte drei Ansichtskarten mit Fotografien von Schiffen, die ihm einst Nachbarstochter Thekla geschenkt hatte.

Während des Spiels unterhielten sie sich mit gedämpften Stimmen, um die anderen Jungs nicht zu wecken.

»Hast du dich in dem anderen Heim oft geprügelt?«, fragte Ludo.

Karl erklärte, dass er dies vermeide, wo es nur ginge. »Außerdem hatten wir dort genug mit dem brutalen Aufseher zu tun. Warum sollten wir Jungs uns schlagen? Macht doch nichts besser.«

Ludo entgegnete, dass einem hier manchmal keine andere Wahl bleibe. »Wenn die dich angreifen …«

»Dann kann man auch weglaufen«, erwiderte Karl.

»Das gelingt hier aber nicht immer«, widersprach Ludo. »Und eigentlich darf ein Mann doch nicht feige sein.«

»Abhauen ist nicht feige«, erwiderte Karl. »Es ist klug.«

In dem Moment blickte ein älterer Junge mit seinen drei Handlangern in den Schlafsaal, alle zwischen 15 und 17. Der Anführer selbst hieß Rüdiger Beuß, so viel wusste Karl bereits, und er war schon fast 18. Ihm gehörte das einzige Bett in einem Erker an der Fensterfront, der beste Schlafplatz – er musste folglich so etwas wie der Platzhirsch hier sein. Ludo erstarrte vor Schreck. Mit dem Finger auf dem Mund signalisierte er Karl, er solle ruhig sein. Da auf dem Korridor noch Licht brannte, sah Karl, dass einer der Jungen für Rüdiger dessen Akkordeon trug. Jemand hatte an den vorigen Abenden darauf gespielt, um die Schlafenszeit anzukündigen. Nun konnte Karl erstmals einen Blick auf das schöne Instrument erhaschen. Zu Ludos Erleichterung verließen die vier Jungen den Schlafsaal wieder. Er war so abgelenkt, dass er sich nicht einmal ärgerte, dass Karl ihn beim Kartenspiel besiegte. Der wusste nicht, warum sein neuer Freund derart in Panik geraten war – noch nicht. Am nächsten Abend sollte er den Grund erfahren.

∾⊙∿

Kurz nach Beginn der Nachtruhe, gegen neun Uhr, kam Karl von der Latrine in den Schlafsaal und setzte sich auf sein Bett. Er glaubte, Wimmern und Schläge aus dem mit einem Vorhang abgetrennten Erker zu hören. Die anderen Jungen im Raum reagierten jedoch nicht. Karl beugte sich lauschend vor, da fiel das Säckchen mit Murmeln, das er beim Kartenspiel mit Ludo gewonnen hatte, zu Boden. Eine Murmel rollte quer durch den Saal bis an den Vorhang des Erkers. Karl schlich sich dort hin. Als er sich nach der Murmel bückte, konnte er durch einen Spalt im Vorhang sehen, dass Rüdiger einen Zehnjährigen am Wickel hatte und brutal auf ihn einschlug. Immer wieder. Karl glaubte sich zu erinnern, dass der Kleine Ortwin hieß. Die drei Jungen aus Rüdigers Bande waren auch im Erker, lachten. Das Gesicht des kleinen Ortwin war nass geschwitzt und gerötet. Einer der Jungen blickte in Richtung Vorhang, und Karl wich erschrocken zurück, wagte kaum zu atmen. Jetzt sah er zwar nicht mehr, was sich abspielte, hörte es aber weiterhin. Ortwin würgte und röchelte schluchzend, Rüdiger stöhnte und lachte schließlich hysterisch.

Karl zog sich betroffen und schuldbewusst zurück. Dieser Ortwin war zwei Jahre jünger und viel schwächer als er – und Karl hatte ihm nicht geholfen. Natürlich war es nicht klug, sich als Zwölfjähriger mit vier gewaltbereiten Halbstarken anzulegen. Und doch kam es ihm jetzt feige vor. Erschüttert wurde Karl bewusst, dass Jungen, die zu Männern wurden, einander auf einer weiteren schrecklichen Ebene wehtun konnten. Wenn zu Neid, Hunger und Durst die neuen Triebe hinzukamen, die ihn seit Neuestem selbst verwirrten.

Als er von seinem unteren Stockbett aus eine Weile schlaflos auf die schwach von Mondlicht beleuchteten Latten und die Matratze über ihm gestarrt hatte, kamen die drei Handlanger Rüdigers aus dem Erker und gingen zu ihrer jeweiligen Lagerstatt. Dann folgte der kleine Ortwin – langsam und stockend, wie ein verwundetes Tier, das bei einer Jagd angeschossen worden war. Karl beobachtete, wie Ortwin sich auf seine Pritsche legte, das Gesicht ins Kissen drückte. Er weinte. Da kam einer der Aufseher, ein rundlicher Mann mit gutmütigen Augen, vorbei und bemerkte das gedämpfte Schluchzen. Er setzte sich auf die Bettkante. »Warum weinst du denn, mein Junge?«

Ortwin schaute angstvoll zu den Betten der Jungen aus der Rüdiger-Bande, die sich wachsam und drohend aufgerichtet hatten. »Ich musste … an meine toten Eltern denken.«

Der Aufseher nickte und strich Ortwin über den Kopf.

Er bemerkte dessen erneuten ängstlichen Blick zu den Banden-Jungs, stellte aber keine diesbezügliche Frage. »Die schönen Erinnerungen nimmt einem keiner, und alles Schlimme geht irgendwann vorüber. Augen zu und durch! So machen wir Männer das, was?«

Er weiß es!, dachte Karl und wurde von Entsetzen gepackt. Er weiß es, und er tut nichts dagegen. Es würde auch hier keine Hilfe geben!

Doch es gab Almosen. Tags darauf verteilte der Aufseher mit vor Freude glänzenden Schweins-Äugelein Geld und Päckchen an die Jungen. Sie enthielten Spielzeug, Bücher, Früchte … Als der Wärter fort war, ging Rüdiger umher und nahm sich von jedem etwas. Karl nahm er dessen Äpfel ab. Der schwieg wie die anderen. Gewiss war Rüdiger so irgendwann auch an das Akkordeon gekommen. Es hatte bestimmt einmal ein kleines Vermögen gekostet.

～☙～

Einige Tage später, Ludo hatte mit Karl aus Fürsorge das Boxen geübt, wurde klar, welchem schrecklichen Zweck das Instrument hier diente. Die Schlafenszeit hatte kaum begonnen, da sah Karl von seinem Bett aus, wie Rüdiger und seine Jungs zu einem Zwölfjährigen kamen und ihn in den Erker am Fenster zerrten. Der Junge zitterte vor Angst. Karl zog sich die Bettdecke über den Kopf und linste vorsichtig hinaus. Da sich die Jungen aber nicht einmal die Mühe machten, den Vorhang ganz zuzuziehen, konnte er sehen, was dann geschah.

»Bitte, Rüdiger… bitte nicht mich…«, hörte er den Zwölfjährigen flehen.

Eines der Bandenmitglieder verpasste dem Knaben, der vor Schreck zusammenzuckte, eine Ohrfeige. »Halt's Maul!«

Rüdiger kam ganz nah an das Gesicht des verängstigten Jungen heran. »Keinen Mucks – oder ich schneid' dir ein hübsches Muster ins Gesicht!«

Er drehte den Zwölfjährigen auf den Bauch. Karl sah gerade noch, wie Rüdiger einem seiner Jünger das Akkordeon gab, sich die Hose öffnete und Spucke in den Händen verteilte, dann verkroch er sich vollends unter der Decke. Der Zwölfjährige begann zu schreien, was jedoch rasch vom beginnenden Akkordeonspiel des Bandenmitglieds übertönt wurde. »Guter Mond, du gehst so stille…« In der Folge konnte Karl außer der Musik fast nur noch das Rascheln seiner Bettdecke hören, das schreckliche Wimmern des Jungen und Rüdigers Keuchen glaubte er dennoch zu erahnen. Und nach ihm vergingen sich offenbar auch die anderen aus seiner Bande an dem Kleinen.

Am nächsten Morgen lag der Zwölfjährige wieder in seinem Bett, starrte jedoch nur noch teilnahmslos nach oben. Selbst als der Aufseher ihn anbrüllte, er solle endlich aufstehen. Er zog dem Jungen die Decke fort – und stöhnte erschrocken auf. »Gott, was ist dir denn passiert? Komm mit, du musst zum Arzt.«

Nachmittags waren die Heiminsassen beim Werken mit Holz. Karl konnte den bedauernswerten Zwölfjährigen nicht vergessen. Bisher war er von der Krankenstation noch nicht zurück. Ludo erzählte Karl nach mehrmaligem Nachhaken, was er über Rüdiger Beuß wusste. »Er hält alle Frauen für Schlampen«, erklärte er. »Seine Mutter hat ihn als Kind wohl gehörig verdroschen. Irgendwann hat er die Seife, mit der sie ihm oft den Mund ausgewaschen hat, genommen und in einen Socken gepackt. Damit hat er sie dann fast totgeschlagen. Die sagen, sie war eine Nutte.«

Karl zuckte zusammen. »Nicht dieses Wort!«

Ludo sah ihn verlegen grinsend an, dann wechselte er zu Karls Erleichterung das Thema und begann, ihm im Plauderton von großen Boxkämpfen in England zu berichteten. Und dann – leiser – kündigte er an, bald zu einer Großtante fliehen zu wollen. Sie wohne in Glücksburg.

Der Name kam Karl ausgedacht vor. »Wo ist denn das?«

»Ganz im Norden. Am Meer. Und eine Kusine von mir wohnt auch dort. Sie ist inzwischen fünfzehn – und sehr hübsch. Hat schon einen Busen.«

»Aber du bist mit ihr verwandt …«

»Bei Vetter und Kusine geht das.«

Ludo fragte Karl, ob er schon mal eine geküsst habe.

»Du denn?«, erwiderte der.

»Klar«, behauptete Ludo.

»Und wie war das?«

»Komisch. Ganz weich und warm. Aber schön … Hast du noch nie?«

»Nee, als ich noch bei meiner Mutter war, fand ich Mädchen doof. Und jetzt komme ich an keine ran.«

Ludo sah verträumt zum Fenster. »Komisch, ich weiß noch ganz genau, wie das Haar von meiner Kusine riecht. Irgendwie nach Birne …«

Da kam Rüdiger mit seiner Bande auf sie zu. Karl und Ludo erstarrten vor Angst. Er musterte beide. Wen würde

er ansprechen? Rüdiger wandte sich Ludo zu, der krei-
debleich war.

»Du kommst heute vor dem Abendlied in den Erker«,
sagte er, und es kam eher an wie eine tödliche Diagnose
als ein Befehl.

Rüdiger und seine Jungs zogen wieder ab. Karl sah, dass
Ludo zitterte.

»Du musst das dem Wärter sagen«, riet er ihm.

Ludo antwortete nicht. Schweiß rann ihm bei der weiteren Arbeit über das Gesicht. Bedrohlich kreischte die
Kreissäge. Er schloss die Augen. Ludos Schrei und ein
kurzes Knarren der Säge riss Karl aus seinen düsteren
Gedanken. Er eilte zu Ludo, der in seinen Armen zusam-
menbrach. Karl bemerkte entsetzt, dass alles voller Blut
war.

Doch schon abends wurde Ludo vom Aufseher zurück in
den Schlafsaal gebracht. Er trug eine Armbinde.

»Der Ärmste musste genäht werden«, erklärte der Wärter. »Behandelt ihn gut!«

Karl sah, wie Rüdiger Ludo höhnisch angrinste. Er
deutete mit dem Kinn auf den Erker.

»Das Akkordeon spielt dir bestimmt ein besonders
schönes Schlaflied heute«, meinte der Aufseher noch,
bevor er ging. »Gute Nacht, ihr Kinder Gottes.«

Vier der Kinder Gottes zerrten Ludo eine halbe
Stunde später mit Gewalt vom oberen Stockbett auf
das Sofa im Erker. Verletzt wie er war, konnte er sich
kaum wehren. Karl starrte mit Tränen in den Augen zur
Decke, als das Akkordeon »Weißt du, wie viel Sternlein stehen« spielte.

Am nächsten Morgen war Ludo verschwunden. Der besorgte Karl fand dessen Boxhandschuhe in seiner eigenen Tasche. Ein Abschiedsgeschenk?

Karl fragte den Wärter nach Ludos Verbleib. Dieser erklärte, der Junge werde wohl nicht mehr zurückkommen. »Er ist jetzt in einem anderen Heim – für Leute mit seelischen Problemen.«

Karl sah schockiert aus, was den Aufseher offenbar rührte. Er strich dem Jungen über den Kopf, der jedoch auswich. »Vielleicht schreibt er dir ja mal, hm? Viele berühmte Freundschaften liefen jahrelang nur über Briefkontakt. Wusstest du, dass …«

Karl hörte längst nicht mehr zu. Er drehte sich um und ging.

∾☙∾

Nach Ludos Verschwinden herrschte einige Tage trügerische Ruhe. Doch an einem Sonntag saß Karl am Sportplatz und warf geistesabwesend einen Ball immer wieder gegen die Wand. Da riss eine Hand den Ball an sich. Karl schaute erschrocken hinauf in das grinsende Gesicht Rüdigers. Mit trügerisch freundlicher Stimme sagte dieser: »Heute Abend kommst du in den Erker, in Ordnung?«

Karls Gesicht blieb ausdruckslos. Er nickte, als habe Rüdiger eine harmlose Einladung ausgesprochen.

»Ich muss Ihnen etwas sagen. Der Rüdiger und seine Jungs vergehen sich an den Kleineren. Und heute Nacht bin ich dran. Sie müssen die aufhalten.«

Der Wärter sah nicht einmal von seinem Buch auf. »Unfug.«

Karl konnte diese bewusste Missachtung nicht fassen. »Sie haben doch gesehen, dass Ludo und die anderen verletzt waren!«

»Wenn ich nachts nichts höre, gehe ich auch nicht hinein«, sagte der Wärter.

Auf Karls verzweifeltes »Bitte!« sah er ihm zwar endlich in die Augen, wiederholte jedoch: »Wenn ich nachts nichts höre, gehe ich auch nicht hinein.«

Karl sah die Angst in den Augen des Mannes – und wusste, dass er auf sich selbst gestellt war. Heute Nacht war er an der Reihe.

❧

Das verfluchte Akkordeon! Als Karl es beim Betreten des Schlafsaals im Erker neben Rüdigers Bett stehen sah, griff er instinktiv danach. Er würde den Wärter, er würde alle zwingen nicht länger wegzusehen. Er öffnete gerade das Fenster, um das Instrument in den Hof zu werfen, da standen Rüdiger und seine Handlanger in der Tür. Rüdiger kam heran und sagte drohend: »Leg das Ding hin, oder ich schneid dir die Kehle durch!«

Karls eigene Stimme kam ihm fremd vor, als er antwortete: »Vorher schlag ich dich tot.«

Da zog Rüdiger sein Messer und stach zu.

Karl wich jedoch aus, wie es ihm Ludo beim Boxtraining gezeigt hatte. Dennoch erwischte ihn die Messerspitze an der rechten Wange. Es tat nicht sofort weh, wurde zunächst nur heiß. Blut rann kitzelnd sein Gesicht hinab. Erst dann begann die Wunde zu brennen. Nicht tief, dachte Karl noch, doch als Rüdiger dann erneut zustoßen wollte, dachte er nichts mehr. Es gab nur noch seine Instinkte. Das

Akkordeon gab einen hässlichen Misston von sich, als Karl es, nur eine Seite am Griff haltend, wie eine Keule allen drei Handlangern mit voller Wucht ins Gesicht schlug. Rüdiger landete vor ihm auf dem Rücken. Auf dem verfluchten Einzelbett, wo er so viele Jungen gequält hatte. Der junge Karl Walz drosch mit dem Akkordeon, so heftig wie er konnte, auf Rüdiger ein, der gab ein panisches Stöhnen von sich, hob nur noch kurz die Hände. Karl schlug immer wieder zu. Schließlich hielt er inne. Wischte sich Blutspritzer aus dem Gesicht. Das Akkordeon war mit Haaren und Blut verklebt. Karl ließ das Instrument auf das Bett fallen. Es waren nur noch zwei von Rüdigers Handlangern da. Zittern war ihre einzige Bewegung. Einer hielt sich die blutende Nase. Der Fehlende kam mit dem Aufseher zurück. Dieser unterdrückte einen entsetzten Schrei, als er auf das Bett sah. Karl konnte nicht hinsehen. Er hörte sich selbst keuchen. Ein zweiter Aufseher kam, überprüfte kurz etwas, schüttelte den Kopf und zog die Decke über Rüdigers Gesicht. Karls Bewusstsein nahm jetzt nur noch Fragmente wahr. Bald saß er auf der Kante seines Bettes – ohne zu wissen, wie er dort hingekommen war.

Jetzt bin ich ein Mörder, sagte eine Stimme in ihm immer wieder. Immer wieder. Und irgendwann hatten Rhythmus und Melodie des Satzes etwas seltsam Beruhigendes.

Doch dann kam der Arzt herein, der Karl an seinem ersten Tag hier untersucht hatte. Er hob das Laken an. Hielt einen Spiegel unter Rüdigers Nase. Fluchte. Jetzt erst sah Karl zu dem Sofa hinüber. Der Arzt war hektisch. War an Rüdigers Gesicht und Brustkorb zu Gange. Da hörte er den Jungen husten und wimmern. Er lebte! Der Arzt schalt die Wärter Idioten. Rüdiger wurde auf einer Trage hinausgebracht. Karl begann hemmungslos zu schluchzen wie ein Kind. Das Kind, das er eigentlich noch war, das er zumindest sein sollte. Der Mediziner hatte ihn vielleicht davor bewahrt, zum Mörder zu werden. Gott der Herr hat sie gezählet, dass ihm auch nicht eines fehlet, an der großen Zahl …

Schlaf fand Karl in jener Nacht nicht mehr. Das getrocknete Blut – sein eigenes und das Rüdigers – juckte an seinen Händen und in seinem Gesicht und schien sich wie ein ewiger Makel in seine Haut zu brennen. Da kamen, lebenden Toten gleich, Rüdigers Handlanger auf Karls Bett zu getrottet. Er zitterte. War sein Leben nun zu Ende? Gab es den von den Pfaffen versprochenen Himmel? Und selbst wenn … Er als Beinahe-Mörder würde nach dem Tode wohl eher an einen anderen Ort kommen, einen mit mehr Feuer. Würde er dort seine Mutter wiedersehen? Würde sich ihr irdisches Leiden endlos fortsetzen? Würde es sehr wehtun zu sterben?

Einer der Jungen stellte wortlos das Akkorden auf Karls Bett, das sie offenbar für ihn von Rüdigers Blut gereinigt hatten. Dann gingen sie wieder fort. Mehr taten sie heute nicht. Und in Zukunft würden sie auf seine Anweisungen warten. So einfach war das.

9: WEIHNACHT AUF DEM AFFENSTEIN

ACHT JAHRE SPÄTER freute sich die Epilepsie-Patientin Frau Schulze wie ein kleines Kind über das Akkordeon. Sie stand gerade mit Schwester Ehrentraud und Dr. Friedländer vor dem Frauenschlafsaal der Anstalt, als Karl ihr das Instrument überreichte.

»Das ist aber sehr lieb von dir, Jungchen«, lobte Schwester Ehrentraud gerührt. »Nun steht einer wunderbaren Weihnachtsfeier ja nichts mehr im Wege.«

»Wird der Herr Doktor Alzheimer denn wieder den Nikolaus spielen?« fragte Frau Schulze.

»Dieses Jahr gewiss nicht«, erwiderte Dr. Friedländer einsilbig.

Karl bekam mit, wie Ehrentraud der Epilepsie-Patientin mit gedämpfter Stimme erklärte: »Es ist doch das erste Weihnachten ohne seine Frau.«

Und tatsächlich wirkte Alois Alzheimer bei der Feier am Samstag sehr melancholisch. Während des üppigen Essens bekam Karl mit, wie Klinikdirektor Sioli seinen Oberarzt einlud, doch einmal wieder – wie vor zwei Jahren zur Jahrhundertfeier – Silvester gemeinsam zu verbringen. Die Kinder mochten einander doch so. Doch Alzheimer lehnte mit der etwas fadenscheinig wirkenden Begründung ab, forschen zu wollen.

Karl selbst blickte jedoch ebenfalls etwas traurig drein, denn Mina war entgegen ihrer Ankündigung nicht zur

Anstaltsfeier erschienen. Und da seine Vorfreude, sie wiederzusehen, Augustes kindlicher Freude über die Weihnachtsbräuche in nichts nachstand, war seine Enttäuschung entsprechend groß.

Als der Chor nach dem Essen beim stimmungsvollen Licht der Christbaumkerzen seine rührseligen Weihnachtslieder zum Besten gab, sah Karl, wie sich Alois Alzheimer die Augen wischte. Auch Karl selbst spürte ein vages Gefühl des Verlustes, als er zu Auguste sah, die neben ihm saß. Zwar lebte sie noch und trug heute erstmals seit über drei Wochen Zivilkleidung, dennoch kam sie ihm fast wie eine leere Hülle vor. Die Begleitmusiker wurden, wie von ihm vorgeschlagen, tatsächlich von Augustes Ehemann Karl Deter und dessen Oboe unterstützt. Leider bereitete ihr dies weniger Freude als von ihrem Ziehsohn erhofft, da sie ihren Mann bei dessen Eintreffen gar nicht erkannt hatte. Jene Person, mit der Karl letzte Weihnachten seine Beförderung zum Pfleger gefeiert hatte, schien also nicht mehr wirklich zu existieren.

Da erblickte er etwas, das seine Stimmung augenblicklich anhob: Wilhelmine Gehweiler betrat den Festsaal. Sie war also doch noch gekommen! Nachdem die Bemühungen des anstaltseigenen gemischten Chores unter Leitung von Oberschwester Ehrentraud lautstark honoriert worden waren und Paul Nitsche eine zynische Bemerkung von Tönen, die den Treffern haarscharf entgangen seien und dringend benötigten Schmalztiegeln gemurmelt hatte, begrüßte Karl Mina auf das Herzlichste. Sie entschuldigte sich, dass ihr Gatte erkältet sei und sie ihm noch Hustensaft habe besorgen wollen.

»Aber von Diebstählen habe ich nichts gehört«, mischte sich da unvermittelt und wenig passend Auguste ein. »Davon möchte ich nichts wissen.«

Karl war der verwirrte Auftritt seiner Ersatzmutter peinlich, doch Mina rettete die Situation mit stoischer Höflichkeit. Sie reichte Auguste die Hand. »Sie müssen Herrn Walz' Ziehmutter sein. Erfreut, Sie kennenzulernen. Mein Name ist Mina Gehweiler. Ich habe früher für Dr. Laquer gearbeitet. Ich glaube, Sie kennen ihn.«

»Angenehm, Auguste«, sagte Auguste. »Mein August wird auch noch kommen. Kennen Sie die Frau Quilling?«

»Nicht dass ich wüsste«, sagte Mina vorsichtig.

»Diese Quillings kennt wohl niemand«, mischte sich da Dr. Nitsche ein. »Wer weiß, wo die gute Frau Deter den Namen aufgeschnappt hat, sie kommt auf jeden Fall gar nicht mehr davon los.«

Karl glaubte zwar sehr wohl, den Namen Quilling schon einmal gehört zu haben, erinnerte sich jedoch auf Anhieb nicht mehr, wann und wo. Paul Nitsche wandte sich wieder an Auguste: »Wie wäre es denn, liebste Frau Deter, wenn wir die Quillings Quillings sein lassen und ich Sie zu Schwester Ludmilla führe, die bringt Sie in Ihr warmes Bettchen. Was halten Sie davon?«

»Ich werde aber nicht ge …«, setzte Auguste an zu sagen, doch Nitsche fiel ihr sogleich ins Wort: »Nein, Sie werden auch heute nicht geschnitten, Frau Deter. Dafür bürge ich mit meinem Leben, meine Allerwerteste.«

Karl war Paul Nitsche sehr dankbar für diesen Rettungsversuch. Und tatsächlich ging Auguste nun mit dem Assistenzarzt aus dem Saal.

»Wer ist da drüben?«, hörte Karl sie noch im Gehen fragen – und Nitsches geduldige Antwort: »Da ist niemand, da ist nur die Wand.«

»Noch keine Besserung?«, fragte Mina Karl voll aufrichtigen Mitgefühls.

Er schüttelte den Kopf. »Gestern konnte sie zwar Rechenaufgaben lösen, aber sie wusste nicht mehr, in welcher Straße sie gewohnt hat«, berichtete er. »Sie wusste, dass der zwölfte Monat ist, aber nicht, wie er heißt.«

»Ist bei meinem Mann ganz ähnlich«, berichtete Mina. »Als hätte er bestimmte blinde Flecken in der Erinnerung.«

»Wäre es Ihnen denn tatsächlich möglich, dass wir uns gelegentlich treffen und die Kondition beider Patienten ausführlicher vergleichen?«, fragte Karl vorsichtig.

»Selbstverständlich. Es wäre kolossal, wenn wir das regelmäßig schaffen würden«, meinte sie. »Wir bräuchten nur noch ein fixes Datum.«

»Das Zeichen der vier! Wie wäre es, wenn wir uns alle vier Wochen treffen?«, schlug Karl nach kurzem Nachdenken schmunzelnd vor. »Immer um den vierten eines Monats herum?«

Mina lächelte über seine Anspielung auf das Buch, das sie bei ihrem letzten Treffen dabeigehabt hatte. »Samstage nach dem Mittagessen wären geschickt. Dann ist Joseph versorgt und schläft meistens bis zum Spätnachmittag, da bin ich bisher ohnehin immer spazieren gewesen.«

»Dann jeweils der erste Samstag des Monats?«, versuchte Karl zu präzisieren.

»Gern. Wir können allerdings leider erst im Februar beginnen«, sagte Mina, was Karl zunächst enttäuschte. Lieber hätte er sie gleich Anfang Januar getroffen. Doch ihre offenherzige Begründung war einleuchtend: »Von Heiligabend bis zu Dreikönig hat sich die Mutter meines Mannes zu uns eingeladen. Sie will überprüfen, ob es Joseph wirklich so schlecht geht, wie ich ihr geschrieben habe. Ich glaube, sie hält mich für hysterisch. Dabei habe ich schon so lange wie möglich gezögert, ihr überhaupt davon zu berichten. Welche geistig hellwache 66-jährige Mutter erfährt schon gern, dass ihr 20 Jahre jüngerer Sohn an Gedächtnisschwund leidet? Was wäre denn der erste Samstag im Februar für ein Datum?«

»Gleich der erste«, sagte Karl erfreut. Er verschwieg ihr, dass es sich bei dem Datum um seinen 21. Geburtstag handelte.

»Erster Februar, bestens, dann ist es also ausgemacht«, fasste Mina lächelnd zusammen.

In diesem Moment brach Frau Schulze, die die ganze Zeit nach der Chordarbietung noch solo auf dem geschenkten Akkordeon gespielt hatte, plötzlich ab. Sie war bewusstlos über dem Instrument zusammengesackt. Karl, Mina sowie die Doctores Alzheimer, Friedländer, Sioli und auch der soeben von Auguste zurückgekehrte Paul Nitsche eilten sofort zu der Frau. Laut Alzheimer handelte es sich bei deren plötzlicher Bewusstlosigkeit um einen kleineren epileptischen Anfall. Nicht immer, so lernte Karl, äußerte sich Epilepsie so heftig wie bei dem tonisch-klonischen »Grand Mal«-Anfall Frau Schulzes, deren Zeuge er vor vier Wochen geworden war. Die anderen Patienten wurden immer unruhiger, da schnappte sich Mina geistesgegenwärtig das Akkordeon der bewusstlosen Epileptikerin und begann dann selbst »Morgen kommt der Weihnachtsmann« zu spielen.

Sofort besserte sich die Stimmung im Raum wieder, es wurde gelacht und mitgesungen. Und Karl konnte die Augen nicht von Mina lassen, was Paul Nitsche nicht verborgen blieb.

»Ist das die Frau, von der du erzählt hast?«, fragte er grinsend. »Die Ex-Krankenschwester mit dem vergesslichen Bildhauer-Gatten?«

»Ja«, bestätigte Karl, ohne den Blick von ihr abzuwenden. »Das ist Frau Gehweiler.«

Erst jetzt bemerkte Karl Pauls Grinsen, der nun fragte: »Zum Verlieben, was?«

»Blödsinn!«

»Nicht dein Typ?«

Karl nickte bedauernd. »Nicht mein Typ.«

∿

Auch wenn Wilhelmine Gehweiler offiziell nicht Karls »Typ« war – als er am Tag vor Heiligabend von Oberschwester Ehrentraud mit den Worten »Die war heute für dich in der Post, Jungchen« eine Weihnachtskarte überreicht bekam, schlich sich ein verdächtig erfreutes Strahlen in das Gesicht des Pflegers.

Wieder und wieder las er die geschwungenen Zeilen:

Sehr verehrter Herr Walz, mich auf unsere erste Besprechung freuend und mein Journal schon sehr präzise führend, wünsche ich Ihnen und Ihrer Ziehmutter Frau Deter von Herzen ein gesegnetes Weihnachtsfest. Hochachtungsvoll, Wilhelmine Gehweiler, Ihre Mina.

Für eine Weihnachtskarte seinerseits war es zu spät, doch Karl machte sich noch am selben Abend daran, Mina eine Neujahrskarte zu schreiben. Dafür opferte er eine seiner Lieblingspostkarten, die ihm einmal ein Mitarbeiter der Nordsee-Gesellschaft in der Mörfelder Landstraße geschenkt hatte. Das Foto auf der Vorderseite zeigte ein verschneites Dampfschiff, auf dem ein Tannenbäumchen leuchtete.

Auf die freie Rückseite schrieb Karl schließlich fein säuberlich, nachdem er mehrfach auf Schmierpapier geübt hatte:

Sehr verehrte Frau Gehweiler, ich habe mich über Ihre Karte sehr gefreut und danke Ihnen dafür herzlich. Auch ich schreibe Auguste Deters Zustand täglich fleißig auf und freue mich auf unseren Vergleichstermin. Ihnen und Ihrem Gatten wünsche ich für das neue Jahr 1902 von Herzen nur das Allerbeste! In vorzüglicher Hochachtung, Ihr Karl Walz.

Die Tage bis zum Wiedersehen mit Mina wollten nicht vergehen. Weihnachten galt ja allenthalben als Fest der Familie, doch da er und Herr Deter nie richtig warm miteinander geworden waren, war die Mörfelder Landstraße für Karl kein familiärer Zufluchtsort mehr, seit Auguste in der Anstalt weilte. Karl hatte sich deshalb freiwillig für sämtliche Feiertagsschichten gemeldet; und ihm fiel auf, dass auch Alois Alzheimer in jenen Tagen erstaunlich viel Zeit in der Klinik verbrachte. In dieser rührseligen Jahreszeit wirkte der Nervenarzt besonders geistesabwesend, traurig und – selbst seinem jungen Assistenten gegenüber – viel verschwiegener als sonst. Manchmal mochte man fast denken, Alzheimer fliehe von zu Hause. Gewiss erinnerte ihn dort alles an seine verstorbene Frau.

Warum auch immer Alzheimer so viel arbeitete, Karl tat es seinem Lehrmeister gleich, für ihn existierte nach jedem offiziellen Dienstschluss nur noch der Wettlauf mit der Zeit, Augustes geheimnisvolle Krankheit zu erforschen, bevor das, was sie ausmachte, gänzlich verschwunden war. Selbst das Treffen mit Mina, dem er so entgegenfieberte, sollte ja letztlich auch diesem Zwecke dienen. Karl arbeitete zahllose Überstunden und verschlang alles, was er in der Bibliothek über Gehirnerkrankungen finden konnte. Wie sehr hoffte er, in einem der Bücher plötzlich einen Artikel über eine seltene Krankheit zu finden, deren Beschreibung auf Augustes Zustand passen würde. Am besten gleich noch mit Ratschlägen zum Herbeiführen rascher Heilung. Aber ein solches Buch gab es wohl nicht – und wenn, Alois Alzheimer hätte es gewiss gekannt.

10: DER LAUSCHER AN DER WAND ...

ENDLICH KAM DER ERSTE SAMSTAG IM FEBRUAR 1902, an dem Karl anlässlich seines Geburtstages eigentlich dienstfrei hatte, jedoch in Zivilkleidung in der Bibliothek saß und sich müde, aber mit gewohnt großem Interesse, einmal mehr in Albert von Köllikers Werk vertiefte. Er war hier für den Nachmittag mit Wilhelmine Gehweiler verabredet, wollte die Zeit bis zu ihrem Eintreffen noch zum weiteren Selbststudium nutzen. Wegen des bevorstehenden Treffens trug er seinen besten – und einzigen – Sonntagsanzug. Ohne aufzublicken, erkannte er die überpünktliche Mina am Schritt.

»Diesmal werde ich das Buch nicht fallen lassen«, sagte er grinsend – und sah erst auf, als sie mit einem Korb in der Hand vor ihm stand. Mina erwiderte sein Lächeln und schaute auf den Buchumschlag. »Kölliker hatte schon recht. Das Mikroskopieren eröffnet eine ganz neue Welt.«

Karl war beeindruckt. »Haben Sie ihn ganz gelesen?«

»Nein«, zitierte sie ihn nun mit einem kecken Zwinkern, »ich wollte Sie bloß beeindrucken.«

»Danke für Ihre Weihnachtskarte«, sagte er.

»Danke für Ihre Neujahrskarte«, sagte sie.

Sie nahm das Buch und blätterte ein wenig darin. Karl berichtete derweil: »Ich hätte nicht gedacht, dass das Einfärben der Zellen von solch enormer Bedeutung ist. Doktor Alzheimer nennt es die Basis der zyto-architektonischen Untersuchung der Großhirnrinde.«

Da schaute Mina ihm direkt in die Augen, was ihn ein wenig nervös werden ließ. »Es gibt Dinge, die kann man mit dem Mikroskop nicht erkennen, da sind andere Sinne gefragt«, sagte sie feierlich, »ich hoffe, er ist mir gelungen.«

Sie hob einen mit Schokolade bestrichenen Rührkuchen aus dem Korb.

»Herzlichen Glückwunsch zum Geburtstag«, sagte sie und strahlte Karl triumphierend an.

Dieser war bass erstaunt. »Da ... danke, woher wissen Sie?«

»Wollten Sie wohl verheimlichen, aber Doktor Laquer sagte mir rechtzeitig, ich solle Sie grüßen und Ihnen alles Gute wünschen. Er muss Sie kolossal schätzen, wenn er auch über zwei Monate nach Ihrem Ausscheiden noch an Ihren Geburtstag denkt.«

Sie begann ein Stück abzuschneiden. Ihr war wohl nicht entgangen, dass Karl die ihm ob seines Wiegenfestes entgegengebrachte Aufmerksamkeit offenbar etwas peinlich war. Vielleicht deshalb wechselte sie elegant wieder zu dem Thema, das dem nunmehr 21-jährigen Pfleger mehr behagte: »Ich nehme an, Doktor Alzheimer erstellt die Präparate selbst?«

Karl nickte. »Das Gehirn wird durch Paraffin gehärtet, dann in Scheiben geschnitten – zweihundertstel Millimeter dünn ...« – er probierte vom Kuchen – »Das Präparat liegt auf einer Glasscheibe und wird per Pipette mit Essenzen gefärbt. Durch verschiedene Teerfarben getränkt. Dahlia, Magentarot – und Methylenblau.«

»Die Nissl-Methode«, erinnerte sich Mina an die Bezeichnung dieses Verfahrens.

»Mmmmh. Wirklich ... ein Gedicht«, lobte Karl den Kuchen. »Dr. Alzheimer arbeitet mit der Kamera Lucida.

Die ermöglicht ihm, das Mikroskop-Bild mit dem Bleistift nachzuzeichnen. Und später wird es koloriert. Er arbeitet da ganz akribisch – nächtelang. Das sind richtige kleine Kunstwerke.«

Mina schmunzelte, und Karl errötete darüber, so ins Schwärmen über die ihm immer noch neue Welt geraten zu sein. Mit latent schlechtem Gewissen erinnerte er sich nun an den Grund ihres Treffens und fragte, wie es Minas Ehemann gehe.

»Er vergisst immer mehr«, berichtete sie. »Manchmal hat er auch wache Phasen. An so einem Tag konnte ich glücklicherweise seine Mutter überzeugen, dass ihr Sohn wieder auf dem Wege der Besserung sei. Dann ist sie endlich in ihr geliebtes Haus in Holstein zurückgefahren. Eine Mutter, die körperlich selbst gebrechlich ist, aber alles grundsätzlich besser zu wissen glaubt? – Nicht wirklich eine große Hilfe. Und sie war schon fast zwei Wochen länger bei uns als ursprünglich geplant. Kaum war sie fort, hat sich Josephs Geisteszustand leider wieder verschlechtert. Gestern hat er mich morgens nicht erkannt.«

Karl wurde von vager Sorge erfasst. »Aber er ist weiterhin nicht gewalttätig, oder?«, versicherte er sich.

»Bewahre. Er ist ganz friedlich. Fast kindlich«, erwiderte Mina.

Karl wirkte, als sei er in düstere Erinnerungen versunken. »Ein Glück. Paralytische Tobsuchtsanfälle sind furchtbar«, sagte er bitter.

»Schon mal einen erlebt?«, fragte sie.

Er nickte.

»Hier?«, hakte Mina nach.

Er schüttelte den Kopf. Erst nach kurzem Zögern antwortete er: »Bei meiner Mutter. Also, meiner leiblichen.

Die Ärzte wollten ihren Körper nicht retten, der Pfarrer nicht ihre Seele.«

»Wieso das?«

»Mein Vater ...« Da unterbrach er sich selbst – er glaubte eine Bewegung hinter einem der Regale wahrgenommen zu haben.

»Ja?«, hakte Mina nach.

Karl wandte sich wieder ihr zu. »Er starb betrunken bei seiner Arbeit im Straßenbau. Danach kam heraus, dass er Spielschulden hatte. Damit wir nicht verhungern, musste meine Mutter schließlich ...«

Mina verstand trotz Karls Pause. Abfällig sagte sie: »Ja, die Pfaffen haben weniger Probleme mit dem Seelenfrieden der Männer, die solch bedauernswerte Frauen aufsuchen.«

Karl war vor Rührung überwältigt, dass Mina sich ohne jedes Zögern auf die Seite seiner verstorbenen Mutter schlug. »Sie starb ohne die Sakramente an Weihnachten 1890«, brachte er mit bitterer Stimme hervor. »Aber ich frage mich sowieso, ob es das gibt – eine unsterbliche Seele. Bei Auguste sind derzeit ja beispielsweise nur noch Teile ihres Bewusstseins vorhanden. Soll der Rest ihrer Seele dann schon im Himmel sein? Das ganze Konzept vom Leben nach dem Tod klingt so hanebüchen.«

Mina nickte nachdenklich. »Vielleicht muss man auch zwischen Bewusstsein und Seele unterscheiden? Ich mag mir jedenfalls nicht vorstellen, dass nach dem körperlichen Tod gar nichts mehr kommt. Wie sollte dieses Nichts aussehen?«

»Na ja, so wie das, was *vor* unserem Leben war«, mutmaßte Karl. »Nicht gut, nicht schlecht. Nicht schmerzhaft, nicht angenehm. Einfach – nichts.«

In diesem Moment nahm er nun deutlich ein Geräusch an der Bibliothekstür wahr, bemerkte Schritte. Er blickte erneut durch die Buchreihen in Richtung Tür, glaubte, dort einen Schatten zu sehen, wurde dann jedoch von einer mitleidsvollen Frage Minas abgelenkt. »Dann sind Sie im Heim aufgewachsen?«

Er nickte. »Ja, aber sonntags durfte ich oft zu Auguste.«

Mina hatte längst begriffen, dass Frau Deter weit mehr als eine Nachbarin für Karl war. »Sie verdanken ihr wohl sehr viel.«

Er nickte und zählte nun auf, dass er Auguste sein Zimmer verdanke, seinen Abschluss der Mittelschule sowie die Hausmeisterstelle bei Laquer. »Und sie war die beste Köchin der Welt.« Karl blickte schelmisch grinsend Minas Kuchen, dann sie an. »Na ja, vielleicht auch die zweitbeste.«

Mina verstand und setzte schmunzelnd das Messer an. Hier? fragte ihre Geste. Er bedeutete, dass das Stück gerne größer sein dürfe. Sie lächelte und schnitt ab. Und während er genießerisch die Augen schoss, und Mina Gehweilers Kuchen seine Geschmacksnerven verwöhnte, vergaß Karl Walz völlig den Schatten an der Bibliothekstür.

࿐

Beim Abschied verabredeten Karl und Mina ihr nächstes Treffen für den ersten März. Karl winkte Minas Fahrrad nach, dann wollte er noch Auguste aufsuchen. Da sie am Vorabend wieder einmal Mitpatienten belästigt hatte, war sie erneut aus dem Frauenschlafsaal ins Isolierzimmer verbracht worden. Dessen Tür war zu Karls Beunruhigung nur angelehnt, als er sich ihr näherte. Er bemerkte mit Erleichterung den Grund, nachdem er durch den Spalt hineingelinst hatte: Dr. Alzheimer kümmerte sich sogar am Wochenende um Auguste. Statt den Samstag bei seiner eigenen Familie zu verbringen, unterhielt sich der stellvertretende Klinikdirektor auch heute mit der Patientin. Deren Anblick war weniger erfreulich. Wirres Haar, abgemagert. Sie saß apathisch auf dem Bett neben dem nicht angerührten Frühstückstablett, das dort seit Stunden stehen musste. Sie blickte Dr. Alzheimer düster an.

»Sie scheinen aber gar nicht gut auf mich zu sprechen zu sein«, stellte der Nervenarzt mit beruhigender Stimme fest. »Warum?«

Augustes Stimme war weinerlich. »Ich weiß nicht, wir haben keine Schulden gehabt oder so was. Ich bin nur aufgeregt, das dürfen Sie mir nicht übel nehmen.«

Plötzlich grinste sie, wirkte grundlos erfreut. »Wollen Sie nicht Platz nehmen? Ich habe nur noch keine Zeit gehabt. Mein Mann wird auch noch kommen.«

Alzheimer stellte einen Stuhl an ihr Bett. »Danke, sehr freundlich, Frau Deter.« Er setzte sich, seinen Notizblock auf den Knien. Während des Gesprächs schrieb er wie immer mit.

»Ihr Mann. Wann haben Sie geheiratet?«

»Ich weiß das im Augenblick nicht, die Frau wohnt auf demselben Gang.«

»Welche Frau?«

»Die Frau, wo wir wohnen.« Augustes Stimme wurde lauter, und Karl betrat nun besorgt den Raum, ohne zunächst von Arzt oder Patientin wahrgenommen zu werden. »Frau Hensler, Frau Hensler, Frau Hensler … hier drunten eine Stufe wohnt sie.«

Plötzlich horchte sie mit irrem Blick auf. »Eben hat ein Kind gerufen! Ist es da?«

Alzheimer sah vom Notizblock auf. »Hören Sie öfters jemand rufen?«

»Das Kind. Es weint doch … Das arme Kind.«

Zu Karls Erstaunen lauschte da auch Alzheimer. Und mit einem Mal wirkte das vernarbte Gesicht des Nervenarztes ähnlich betroffen wie das seiner Patientin. Karl jedoch hatte kein Kind gehört. Alzheimer stand auf und sah nachdenklich aus dem Fenster in sein Spiegelbild. »Das Weinen eines Kindes kann einem nachgehen, da haben Sie völlig recht, Frau Deter«, murmelte er voll spürbarer Trauer, mehr zu sich selbst.

Karl wollte sich gerade bemerkbar machen, da sprang Auguste unvermittelt mit einem empörten Schrei von ihrer Lagerstatt auf. Das Tablett fiel klirrend herunter. Die beiden Männer erschraken gleichermaßen.

»Gehen Sie jetzt!«, krakeelte die Patientin außer sich. »Sie dürfen meiner Frauen-Ehre nichts antun.«

Alzheimer war ganz außer Atem vor Schreck. »Was?«

»Ich bin verheiratet«, rief Auguste aufgebracht. »Kanzlist erster Klasse ist mein Mann!«

Der Oberarzt atmete tief durch. »Das weiß ich doch, Frau Deter. Ihre Frauen-Ehre ist außer Gefahr, da seien Sie mal ganz unbesorgt.«

Unvermittelt schrie Auguste wie ein kleines Kind. In einer Art Delirium trug sie ihr Bettzeug herum, faltete es zusammen und schob alles unters Bett. Dabei schwitzte sie vor Angst. Auguste rief nach ihrer Tochter Thekla, während Alzheimer sich im Flüsterton an Karl wandte: »Walz, Sie schickt der Himmel. Können Sie mir mit dem Malheur hier helfen? Ihre Mamuschka hielt mich plötzlich für einen Lüstling.«

Auguste hatte sich auf ihr Bett verzogen. Dies war wie der Fußboden mit Tee und Resten des zerstörten Frühstücks verschmutzt.

»Ich zieh mich rasch um«, sagte Karl, der sich um seine einzige Sonntagskleidung sorgte.

Als er kurz darauf in der Personalgarderobe vor seinem Spind stand, um sich umzuziehen, hörte Karl durch die Tür, die er in seiner Eile angelehnt gelassen hatte, sich nähernde Schritte und die sonore Stimme des Klinikdirektors auf dem Korridor. »Aber Herr Walz macht doch einen anständigen Eindruck.«

Als er seinen Nachnamen hörte, hielt Karl beim Umziehen inne und lauschte konzentriert auf den Gang hinaus. Zu seinem Entsetzen fügte Sioli nun hinzu: »Was seine leibliche Mutter vielleicht getan oder nicht getan hat, dafür kann der Junge doch nichts.«

Da antwortete abfällig eine Stimme mit Wiener Schmäh: »Aber wer weiß, wie dieser Karl Walz lebt. Das ist doch auch eine Frage der Hygiene. Mit einer Dirne als Mutter!«

Friedländer! Karl erkannte hasserfüllt die Stimme des arroganten Arztes. Er hatte ihn und Mina also in der Bibliothek belauscht, der Hund! Zu Karls Erleichterung erwiderte jetzt Professor Sioli, dass er dem Urteil des Kollegen Alzheimer völlig vertraue. Der junge Walz habe in den vergangenen zwei Monaten doch großen Fleiß an den Tag gelegt. »Und auf mich wirkt er auch recht gepflegt. Jetzt schauen wir doch mal, wie er sich künftig macht.«

»Und was kostet uns dieses gefährliche Experiment?«, hörte Karl nun Dr. Friedländer fragen.

Zu seinem Erstaunen erwiderte der Klinikdirektor

daraufhin: »Gar nichts. Der Kollege Alzheimer bezahlt Herrn Walz bisher aus eigener Tasche.«

»Ach, wirklich?«

Das hörte auch Karl zum ersten Mal.

»Ja. Er meint, es wäre im Sinne seiner Frau.«

Karl hörte Friedländer kaum, als dieser knurrte: »Das sagt ihm wohl sein schlechtes Gewissen.«

»Wieso das?«

»Nun, das hat doch alles etwas Anrüchiges.«

»Dass er so freigiebig ist?«

»Dass er mit *Ceciles* Geld so freigiebig ist. Nach der Vorgeschichte, die ihn mit ihrer Familie verbindet.«

Sioli schien so neugierig wie Karl. »Vorgeschichte?« hakte der Klinikdirektor nach.

Friedländer fuhr fort: »Nun, erst stirbt ihm der steinreiche Diamantenhändler unter den Händen weg – kurz darauf dessen Kind – und dann heiratet Alzheimer selbst die Witwe. Tja, und vor einem Jahr stirbt dann auch die arme Cecile, Gott hab sie selig. Und hinterlässt Alzheimer mehr als drei Millionen Mark.«

Professor Sioli fragte Friedländer mit scharfem Ton, was er denn damit sagen wolle. Der ruderte rasch zurück und erwiderte ausweichend, es sei immer bedrückend zu erleben, »wie unsere ärztliche Kunst versagt«.

»Da haben Sie wohl recht«, erwiderte Sioli, während die beiden Mediziner endgültig aus Karls Hörweite hinausliefen.

Er lehnte wie erstarrt an der Wand neben der Tür, sein Pfleger-Hemd nervös in der Hand knetend. Seine Gedanken rasten. Ihm war jetzt endgültig klar, dass er in Adolf Friedländer einen Feind im Hause hatte. Was aber hatte dieser mit den Vorwürfen gemeint, die er gegen Alzheimer vorgebracht hatte? Waren dessen melancholische Phasen wie bisher angenommen nur durch den Tod seiner Frau begründet – oder gab es da wirklich mehr? Hatte Cecile Alois Alzheimer in der Tat die astronomische Summe von über drei Millionen Mark hinterlassen? War sein Mentor tatsächlich schuld am Tod mehrerer Menschen?

∽⊚∾

11: GEISTER DER VERGANGENHEIT

ALS KARL ZURÜCK ZU AUGUSTE in das Isolierzimmer kam, war Alzheimer verschwunden. Karl wischte gewohnt gewissenhaft den Boden, entsorgte die Frühstücksreste, war in Gedanken aber ganz bei Friedländers skandalösen Vorwürfen. Seine Ziehmutter schien ihn nicht wahrzunehmen, blickte mit arglosem Gesichtsausdruck in die graue Winterdämmerung hinaus.

»Auguste«, sprach Karl sie nun vorsichtig an. »Hat sich der Doktor Alzheimer dir gegenüber wirklich jemals … ungebührlich verhalten?«

»Das kann ich eigentlich nicht sagen«, erwiderte sie, um dann gewohnt zusammenhanglos hinzuzufügen: »Es tut mir immer nur leid genug, wenn ich … wie gesagt … ach Gott …«

Karl gestand sich ein, dass Auguste keine verlässliche Quelle sein konnte, wenn es um die Frage nach dem Charakter seines Vorgesetzten ging.

Als er sie bettfertig gemacht hatte und vor der Anstalt sein Fahrrad bestieg, fasste er den Entschluss, Paul Nitsche am Montag zu fragen, was dieser von Friedländers schwerwiegenden Vorwürfen gegen Dr. Alzheimer halte. Paul vertraute er. Kurz vor der Mainbrücke setzte leichter Nieselregen ein, im Nu war der Boden spiegelglatt. Nachdem Karl beinahe gestürzt wäre, begann er, sein Rad zu schieben. Doch das Pflaster war derart rutschig, dass er nur mit winzigen, vorsichtigen Schritten und sehr langsam vorankam. Auf den Dächern, der Straße und in den kahlen Ästen der Bäume knisterte das gefrierende Wasser, ansonsten herrschte eine gedämpfte Stille, kaum jemand war in der früh beginnenden Dunkelheit dieses Sonntagabends unterwegs. Und doch hörte Karl plötzlich einen wütenden Schrei. An der Mainbrücke sah er eine schwarzhaarige Frau, die von einem Herrn mit Hut und etwas schäbigem Anzug geschlagen wurde, Münzen klimperten auf dem vereisten Trottoir. Die Frau hob abwehrend die Hände – in dieser Haltung erinnerte sie Karl an seine Mutter, wie sie sich so oft erfolglos gegen den Vater gewehrt hatte. Karl spürte, wie der Zorn nach ihm griff wie eine verzehrende Flamme, die er zunächst im Magen und dann überall spürte. Sein Rad kippte um, als er losrannte, jede Angst vor dem Ausrutschen vergessend. Er bemerkte nicht einmal, dass seine Schuhe bisweilen schlitterten, stürzte auf den Mann zu, der ihn erschrocken ansah, aber sofort reagierte. Karl wusste intuitiv, dass der Mann kampferprobt war, doch das war er selbst auch. Er wich dem Gegner geschickt aus, sein eigener Schlag traf in die Magengrube, dem Fremden wurde von der Wucht sein Hut vom Kopf geschleudert, er rang nach Luft. »Die ersten Schläge sind die Wichtigsten«, erinnerte er sich an Ludos Worte im Heim. Dass der Mann nun ein Messer zog – damit hatte Karl fast gerechnet, wich dem ersten Stoß aus. Er war jünger und schneller, und er schlug und trat ohne Rücksicht zu. Einige herumliegende Münzen wegstoßend, schlitterte das Messer über den vereisten Boden außer Reichweite. Sein Besitzer schrie auf vor Schmerz und ging unter Karls gezielten Schlägen keuchend zu Boden. Dieser schlug weiter auf den nunmehr blutenden Mann ein. Er wusste, er musste ihn nachhaltig außer Gefecht setzen, da der Fremde nicht zögern würde, seinen Angreifer umzubringen. Karl kannte solche Mordgesellen.

»Bitte aufhören!«, rief die Frau verzweifelt, als das Gesicht des brüllenden Mannes immer mehr blutete. Karl riss den Fremden auf die Beine und schleuderte ihn dann mit so viel Kraft von sich, dass er einige Schritte zurück stolperte. Zeit genug für Karl, sich des Messers vom Boden zu bemächtigen. Mit seinem eigenen Messer bedroht, trat der Fremde unter den unflätigsten Flüchen und schlimmsten Drohungen den Rückzug an. Karl warf ihm wütend seinen Hut hinterher. Dann wandte er sich der zitternden Frau zu. Erst jetzt bemerkte er, dass die dralle Mittvierzigerin mit den schwarz gefärbten Haaren etwas zu grell geschminkt war. Und sie kam ihm seltsam bekannt vor. Das gefärbte Schwarz passte nicht zu der vagen Erinnerung. Auch das darunter hervorwachsende Grau stimmte nicht. Aber irgendetwas in ihrem Gesicht …

»Sind Sie verletzt?«

Die Dame schüttelte wortlos den Kopf und begann, hektisch ihre Münzen einzusammeln.

»Wird er Ihnen auflauern?«, fragte er besorgt.

Sie sah ihn nun direkt an und nickte. »Er weiß immer, wo ich bin. Aber ich komme schon mit ihm zurecht«, behauptete sie. »*Sie* sollten ihm besser nicht mehr über den Weg laufen. Er hat Freunde, die sind noch ... unangenehmer.«

Als er sie sprechen hörte, fiel bei Karl der Groschen.

»Frau Quilling?«, fragte er.

Plötzlich fiel ihm wieder ein, wo er den von Auguste ständig zitierten Namen schon gehört hatte. Frau Quilling war kurz vor der Erkrankung seiner leiblichen Mutter öfters bei ihnen in der Wallstraße aufgetaucht. Und Auguste hatte Frau Walz eindringlich vor der neuen Freundin gewarnt. Jetzt sah Frau Quilling ihn erschrocken an, fixierte die Narbe auf seiner rechten Wange.

»Karl?«, versicherte sie sich verblüfft. »Karl Walz?«

Karl nickte. Diese Frau hatte seiner Mutter seinerzeit beigebracht, wie man Geld mit »Herrenbesuchen« verdient. Deshalb war Auguste von ihren Besuchen in der Wallstraße damals nie begeistert gewesen.

»Ich bin so alt geworden«, hauchte Frau Quilling nun und griff intuitiv nach ihren Haaren. »Tut mir leid, mit deiner Mutter ...«

Karl nickte. »Soll ich Sie nach Hause bringen?«

»Das kann ich nicht verlangen.«

»Es macht mir nichts aus. Ich habe Zeit.«

So gingen sie zusammen in Richtung des Hauptbahnhofs, Karl schob sein Rad. Wie von ihm befürchtet, wohnte Frau Quilling in einem als zwielichtig verschrienen Gebiet der Mainmetropole, einem gefährlichen Pflaster.

»Du siehst aus, als sei es dir gut ergangen, Karlsche«, stellte sie fest.

Er nickte. »Bin inzwischen Wärter in der Anstalt am Affensteiner Feld.«

»Donnerlüttchen, da wäre deine Mutter aber mächtig stolz«, sagte Frau Quilling mit aufrichtiger Bewunderung.

Karl verzichtete darauf zu fragen, wie es ihr ergangen war, es war nur zu deutlich, dass sich im vergangenen Jahrzehnt für sie nichts zum Guten entwickelt hatte. So liefen sie schweigend nebeneinander durch die Totenstille der Winternacht. Der Eisregen hatte aufgehört, außer ihren eigenen Schritten war nun gar kein Geräusch mehr zu hören. Karl fiel auf, dass das Schweigen nicht unangenehm war, es herrschte zwischen ihnen die eigentümliche Harmonie jener, die Geheimnisse der Vergangenheit miteinander teilen.

Sie kamen an einer Feinbäckerei vorbei, und Karl bemerkte, wie sich Frau Quillings Schritt etwas verlangsamte und sie auf das Gebäck in der Auslage blickte. Sie war früher ein Leckermäulchen gewesen, daran erinnerte er sich noch. Als seine Mutter in den mageren Monaten nach dem Tod seines Vaters einmal von Nachbarin Auguste Eier geschenkt bekommen und damit Pfannkuchen gebraten hatte, war die Quilling zu Besuch gewesen. Und der kleine Karl hatte froh sein können, überhaupt einen abzubekommen, so gierig hatte die eigenartige neue Freundin seiner Mutter bei den verführerisch duftenden Eierkuchen zugeschlagen. Als Frau Quilling jetzt sehnsüchtig die Torten mit Zuckerguss und das übrige Gebäck im Fenster der Konditorei musterte, ahnte Karl, dass sie Hunger litt. Ein Gefühl, das er aus seiner Kindheit nur zu gut kannte.

Vor der Tür des schäbigen Gebäudes angekommen, in dem sich Frau Quillings Zimmer befand, sah diese ihn hilflos an.

»Leider kann ich dir nichts anbieten«, sagte sie mit verzweifelter Einsamkeit im Blick. »Ich habe derzeit nichts hier«, bestätigte sie seinen Verdacht. »Natürlich kannst du trotzdem kurz mit …«

Karl ahnte, welche Art von Gefälligkeit sie ihm anbieten wollte. Womöglich aus Dankbarkeit wegen seines ritterlichen – aber vielleicht auch unangemessenen – Handelns, oder aus schlechtem Gewissen wegen seiner Mutter. Auf derartige frivole Angebote hatte Karls Körper bei jüngeren Kolleginnen Frau Quillings durchaus pflichtbewusst reagiert – sein Kopf hatte aber nie mitgemacht. Das Leben hatte ihn so geschult, dass er zu schnell durchschaute, wenn ihm jemand etwas vormachte. Er spürte bei Frau Quilling daher zwar die Mischung aus Schuldgefühlen und Dankbarkeit, aber keinerlei aufrichtiges Begehren. Er entschuldigte sich höflich und erklärte, nun gehen zu müssen.

❧

Am Montag wollte Karl wie geplant Paul Nitsche auf Friedländers Vorwürfe gegen Alzheimer ansprechen, der Assistenzarzt war jedoch wegen einer starken Erkältung krankgemeldet. Erst eine Woche später, am Rosenmontag, bot sich die Gelegenheit dazu, als sie nachmittags in der Anstaltsapotheke gemeinsam Medikamente in die Schubkästen sortierten. Zu Karls Beunruhigung tat Nitsche die Verdächtigungen des Kollegen gegen den stellvertretenden Direktor nicht sofort als unrealistisch ab. Stattdessen zuckte Paul unentschieden mit den Schultern. »Hier weiß wohl niemand so wirklich, woran Cecile Alzheimer starb. Friedländer ist nicht der Einzige, der da Mutmaßungen anstellt. Sein Innerstes verheimlicht Alzheimer, auch vor seinen nächsten Bekannten. Manch einer nennt ihn hinter seinem Rücken ›Doktor Todheimer‹.«

Karl sah den jungen Arzt skeptisch an. »Weißt du eigentlich, woher er die Narbe im Gesicht hat? Ist das ein Schmiss?«

Nitsche nickte. »Hat er zumindest behauptet, als ihn der Mongole Manfred mal danach gefragt hat.«

Karl konnte sich vorstellen, wie schlimm Alzheimers lange Narbe einst als frische Wunde ausgesehen haben musste. »Bei dem Duell hat er aber ganz schön eingesteckt …«

»Ach, der war was gewohnt«, meinte Nitsche. »Was man so von Sioli hört, war dein Alzheimer in seiner Studentenzeit ein ziemlicher Rabauke.«

Diese Aussage machte Karl seinen Lehrmeister einerseits etwas dubioser, andererseits weckte sie in ihm gewisse Hoffnungen in Bezug auf ihn selbst. Wenn Alzheimer es trotz jugendlicher Aggressionen geschafft hatte, Karriere in der Medizin zu machen – wer weiß, vielleicht hatte Karl dann auch eine Chance?

Paul schien seine Gedanken zu erraten. »Woher kommt eigentlich *deine* Narbe?«, fragte er.

»Hatte mal Ärger im Kinderheim«, sagte Karl vage. Er packte gerade eine Morphium-Lieferung aus, musterte die Ampullen. »Na, zum Glück ist Friedländers Neffe nicht mehr bei uns. – Was riecht hier eigentlich so gut?«

Erst jetzt bemerkte Karl, dass der Wohlgeruch, der die Anstalt in zunehmendem Maße zu durchdringen schien, unmöglich aus den sterilen Medikamentenkisten kommen konnte.

»Schwester Ehrentraud macht Fastnachtsküchle für alle«, wusste Paul. »Sie ist aus der Pfalz, da hat das Zeugs Tradition. Fett und Eier sind für die Religiösen in der Fastenzeit ja tabu, da wird vorher noch mal fleißig pappsüßes Fettgebäck geschlemmt, als gäbe es kein Morgen mehr.«

Tatsächlich hatte Oberschwester Ehrentraud so viele der fettigen und gezuckerten Küchlein gebacken, dass noch jede Menge übrig waren, als zahlreiche Patienten – und so gut wie jeder aus dem Anstaltspersonal – mindestens eines gegessen hatten. Sie forderte Karl auf, er solle welche mit nach Hause nehmen. So ein strammer Kerl wie er könne das doch gut vertragen. Aber Karl fiel eine andere Person ein, die sich mehr darüber freuen würde. Auch wenn es nicht ganz ungefährlich war – er würde sie nach Dienstschluss aufsuchen, um ihr das süße Gebäck vorbeizubringen.

»Herr Walz, bitteschön, bringen Sie doch dem Doktor Alzheimer auch ein Küchle«, bat Ehrentraud nun noch. »Er hat sich den ganzen Tag in seinem Labor eingesperrt – und ich hab mich nicht getraut zu stören. Scheint sich nicht sonderlich wohlzufühlen. Aber Sie können doch so gut mit ihm.«

Konnte er das? Da war sich Karl zurzeit gar nicht mehr so sicher. Schwester Ehrentraud verstrickte sich indes in Mutmaßungen über den Grund für die derzeitig besonders auffällige Verschlossenheit des Oberarztes. Der Februar sei für den Herrn Doktor gewiss keine einfache Zeit. Sein Schicksalsmonat! Vor sieben Jahren hätten er und seine Millionärin in dem Monat doch kirchlich geheiratet. »Sie ist dafür sogar vom Judentum konvertiert, sagt man«, berichtete die schwatzhafte Schwester. »Und letz-

tes Jahr ist sie ihm dann Ende Februar plötzlich wegge-
storben. Viel zu früh.«

»Wissen Sie, woran?«, nutzte Karl die Gelegenheit, vielleicht endlich mehr zu erfahren.

Doch Ehrentraud schüttelte den Kopf, und eine wider-
spenstige rote Locke fiel in ihr rosiges Gesicht. »Vielleicht
war die vierte Schwangerschaft zu viel für die Ärmste?
Mit über 40.«

Karl betrat kurz darauf das Labor. Wie von Oberschwester
Ehrentraud angetragen, bot er dem mit geröteten Augen
neben seinem Mikroskop sitzenden Alzheimer das Küchle
an.

»Stellen Sie den Teller gern hin, danke, mein Junge«,
sagte der Nervenarzt. »Das werd ich mir nachher schmecken lassen.«

Karl fragte ihn, auf das Mikroskop deutend, ob er neue
Erkenntnisse habe. Alzheimer schüttelte den Kopf. »Deshalb werde ich meinen Freund Nissl für ein paar Wochen
in Heidelberg besuchen.«

»*Der* Nissl?«, versicherte sich Karl.

Alzheimer nickte. »Jawohl. Franz Nissl. Erfinder der
Nissl-Färbung – und mein bester Freund, Trauzeuge – und
Patenonkel meiner Tochter.«

Karl wusste, dass Dr. Nissls bekannte Methode als bahn-
brechend erachtet wurde: Färbte man Nervenzellen mit
Methylenblau, so wurden darin die sogenannten Nissl-
Schollen, kleine Körnchen, eindrucksvoll sichtbar.

»Professor Sioli gewährt jährlich jedem von uns drei
Ärzten einen Monat Forschungsurlaub«, erklärte Alzheimer. »Den werde ich nun bis Mitte März nutzen. Dann
kann ich ohne das hiesige Alltagsgeschäft mit Nissl for-

schen. Der Kollege Nitsche wird sich so lange um Auguste und Sie kümmern.«

»Ich werde Doktor Nitsche so gut es geht unterstützen«, brachte Karl hervor.

»Da bin ich mir sicher, mein lieber Walz.«

Zutiefst enttäuscht verabschiedete Karl sich von Alzheimer, nachdem ihm dieser offenbart hatte, dass er bereits am kommenden Abend abreisen werde.

Karl ging zu Auguste, die einmal mehr im Isolierzimmer lag und vor sich hinstarrte. Er setzte sich neben das Bett und nahm die Hand seiner Ziehmutter. Obwohl er davon ausging, dass sie wahrscheinlich ohnehin nichts von dem mitbekam, was er sagte, erzählte er Auguste von seinen Gefühlen, wie er es früher getan hatte. Dass er einerseits gespannt darauf sei, ob Alzheimer in Zusammenarbeit mit dem legendären Franz Nissl vielleicht mehr über ihre Erkrankung herausfinden würde, er sich andererseits aber von seinem Mentor auch im Stich gelassen fühle.

»Das tut weh, wenn man vergessen wird«, sagte da Auguste, und Karl erschrak. Nahezu entsetzt bemerkte er, dass sie ihn ansah. Dass ihn wirklich seine Auguste ansah.

»Danke, Karl«, sagte sie nur. »Du bist immer da.«

Er wusste, dass in diesem Moment *sie* da war. Einer ihrer wachen Augenblicke, für die sich jedes Warten lohnte. Er nahm sie in den Arm, und sie erwiderte es – kurz. Als ihr Druck nachließ und er sich ängstlich von ihr löste, sah sie ihn wieder verständnislos an. Er befürchtete, sie würde ihn gleich einmal mehr fragen, wer er sei, daher murmelte er nur: »Schlaf gut, Auguste«, und ging.

12: VERFOLGER

OBWOHL ER EIGENTLICH VIEL ZU SCHLECHTE LAUNE HATTE, um noch irgendwen zu sehen, radelte Karl doch noch zu dem Haus mit Frau Quillings Unterkunft in der Nähe des Frankfurter Hauptbahnhofes. Überall in der Stadt liefen maskierte Karnevalsfreunde umher, viele davon angetrunken, was sich teilweise sehr lautstark bemerkbar machte. Karl betrat das heruntergekommene Gebäude durch die offene Haustür. Im Treppenflur roch es unangenehm modrig. Im dritten Stock schließlich fand er die ramponierte Tür mit dem kaum lesbaren Schild »G. Quilling«. Eine Klingel gab es nicht, daher klopfte er – und sie öffnete fast augenblicklich. Verblüfft, aber auch erfreut, erkannte sie, um wen es sich handelte: »Karl!«

»Guten Abend, Frau Quilling«, sagte er – und bemerkte, dass sie ein Hämatom am Hals hatte sowie eine verkrustete Wunde an ihrer Hand. Diese hatte sich entzündet, wie er sogleich feststellte. Erst als sie ihn fragend ansah, fiel ihm der Grund seines Hierseins ein. »Ich habe Ihnen etwas mitgebracht.«

»Komm doch herein!«

Jetzt hatte sie es gesagt! Aus der erhofften Übergabe an der Tür wurde nun wohl nichts. Verdammt, was wollte er hier eigentlich?

Wenige Minuten später saß Karl auf dem einzigen Stuhl in Frau Quillings Zimmer. Es war winzig, aber alles andere als schäbig. Überall gab es Blumen, als Motiv auf der Wandtapete, auf der Überdecke, in einer Vase Papierblumen – und jede Menge Spitze und Tüll. Es roch betörend nach Parfum. Ein Raum mit einer äußerst … weiblichen Ausstrahlung. Sie reichte ihm ein Glas Wasser und setzte sich selbst mit einem Teller mit den drei Krapfen darauf auf das Bett. Das gedämpfte Licht ihrer Lampe – ebenfalls mit Blumenornamenten und Spitze verziert – schmeichelte ihr. An diesem Abend sah ihr schwarzes Haar nicht künstlich aus, sondern südländisch. Und ihr Gesicht wirkte kaum älter als vor 13 Jahren. Karl wagte zunächst nicht, in ihre Richtung zu schauen, während sie sich voller Vorfreude den Krapfen zuwandte.

»Und du willst wirklich keinen?« Sie biss in den ersten hinein und schloss genüsslich die Augen.

Karl erklärte, dass ihm die Oberschwester schon drei aufgedrängt habe und er deshalb furchtbar übersättigt sei. Er beobachtete nun gerührt, wie die Quilling das Verspeisen der Fastnachtsküchle regelrecht zelebrierte. Wie gut er das kannte: Das unfassbare Glücksgefühl, wenn nach längeren Hungerphasen Zucker und Fett ihren flatterhaften Zauber verbreiten.

»Danke, Karl, das war herrlich.« Zwei Krapfen hatte sie mittlerweile vertilgt, den dritten stellte sie schließlich mit dem Tellerchen auf ihren Nachtschrank. »Den heb ich mir auf«, verkündete sie und strahlte den gut 20 Jahre jüngeren Mann an, der immer nervöser wurde. »Und nun? Bist du nur gekommen, um mir die Küchlein zu bringen?«

Karl war es peinlich, dass er wie ein Schuljunge errötete.

»Ich stelle keine Fragen und lasse die Geschichten in diesem Raum«, versprach sie. Ihre Hand näherte sich der seinen, sie inszenierte das gekonnt und routiniert, eine großartige Mimin. Ja, diesmal fühlte er sogar ein Hauch echten Begehrens ihrerseits. Das war zwar schmeichelhaft, doch auch wenn das Fleisch bisweilen schwach wurde – der Mediziner in ihm war stärker. Er bemerkte: »Ihre Wunde hat sich entzündet, Sie sollten einen Arzt aufsuchen.«

»Ach, das ist nur ein Kratzer«, erwiderte sie, sich ein paar Zuckerkristalle von den grellroten Lippen wischend. Und ehe Karl widersprechen konnte, fügte sie hinzu, dass sie sich keinen Arzt leisten könne.

Er wagte nicht zu fragen, wo die Blessuren herrührten, konnte es sich aber vorstellen. Gewiss war einer ihrer Freier grob geworden – oder ihr Zuhälter. Er konnte nur hoffen, dass dies keine Folge seines Eingreifens am vorletzten Sonntag war. Er wusste nicht, was er sagen sollte und war fast dankbar, als es plötzlich heftig an der Tür klopfte.

Frau Quilling sprang panisch auf.

»Grete?«, rief eine aggressive Stimme vor der Tür.

Karl wusste augenblicklich, dass es sich um den brutalen Mann mit dem Hut handelte. Jetzt saß er in der Falle – und hatte Frau Quilling wegen drei Krapfen mit in Gefahr gebracht. Vollidiot!, schalt er sich selbst.

Frau Quilling rief: »Nicht jetzt!«

»Wieso?«, brüllte es wütend von der anderen Seite der Tür.

»Dreh dich zum Fenster«, flüsterte sie Karl zu. Dann nahm sie einige Scheine aus dem Nachtschränkchen und öffnete die Tür einen Spalt breit. »Kundschaft«, zischte sie dem auf dem Treppenflur wartenden Mann wütend zu und gab ihm das Geld. »Brauche noch eine halbe Stunde.«

Das Geld schien den Mann zu besänftigen, Karl hörte an dessen Stimme, dass der Zuhälter grinste, als er ins Zimmer rief: »Viel Vergnügen, der Herr.«

Als die Tür geschlossen war, eilte Frau Quilling zu Karl und flüsterte ihm zu, er solle den Ausgang zum Hinterhof nehmen. »Er könnte vor dem Haus warten.«

»Danke«, sagte Karl benommen, und sie öffnete ihm die Zimmertür.

»Ich danke *dir*«, erwiderte sie.

Sie verschloss die Tür von innen, und Karl ging vorsichtig die Treppe hinab. Die Tür zum Hinterhof war tatsächlich offen. Er musste über einen kleinen Zaun klettern, um in den Hof eines anderen Hauses zu gelangen. Von dort aus ging er zurück auf die Straße und beobachtete das schäbige Haus mit der Wohnung der Quilling von außen. Keine Spur des Luden. Karl eilte zu seinem Fahrrad und radelte rasch davon. Wo hatte er sich da nur hineinmanövriert?

※

Am nächsten Tag konnte Karl während der Arbeit die entzündete Wunde Frau Quillings nicht vergessen. Es wäre verantwortungslos gewesen, so zu tun, als wisse er nicht, wie gefährlich sich derartige Verletzungen entwickeln können. Im Medikamentenraum der Anstalt wollte er sich nicht bedienen, daher beschloss er, von seinem eigenen Geld in einer öffentlichen Apotheke das Nötigste für Wundversorgung zu kaufen. Wenn Frau Quilling sich keinen Arzt leisten konnte, dann musste eben ein Pfleger zu ihr kommen. Wieder waren in der Stadt viele verkleidete Menschen unterwegs, um die Karl eilig herumradelte. Fünf Minuten bevor sie schloss, bremste er sein Rad vor der Apotheke ab. Vor Freude krampfte sich sein Magen zusammen, als er darin zu seinem Erstaunen auf die nicht minder überraschte – und erfreute – Wilhelmine Gehweiler traf. Sie erklärte, sie habe Desinfektionsmittel erstanden, und kündigte an zu warten, bis auch Karl fertig eingekauft hatte, damit sie vor der Apotheke noch »ein wenig plauschen« konnten. Der Apotheker trug zur Feier dieses Faschingsdienstags eine bemüht lustige Maske um die Augen und grinste ständig wissend, während er für Karl die gewünschten Utensilien zur Wundbehandlung zusammenstellte.

»Ist Ihre Mutter verletzt?«, fragte Mina fürsorglich, als sie vor dem Gebäude standen.

»Nein, das ist für eine alte Freundin meiner leiblichen Mutter. Sie kann sich keinen Arzt leisten«, berichtete Karl – und wunderte sich, wie harmlos das klang. Zwei betrunkene Männer im Bärenkostüm trotteten herbei und knurrten die müde lächelnde Mina an.

»Darf ich Sie bis zur Haustür begleiten?«, bot Karl, sogleich besorgt um sie, an.

Sie erwiderte, dass er das sogar sehr gern dürfe – aber nicht, weil sie Hilfe gegen die Narren brauche, sondern weil sie seine Gesellschaft schätze. Karl strahlte. Er verstaute ihre Apothekeneinkäufe in der Satteltasche seines Fahrrads, welches er dann zu schieben begann. »Wie ist es Ihrem Gatten denn in den letzten zwei Wochen ergangen?«, fragte er, während sie sich Zeit dabei ließen, nebeneinander durch die Mainmetropole zu schlendern.

»Nicht gut. Mit dem Sprechen geht es schlechter. Ständig zittern seine Lippen. Oft grinst er bloß noch apathisch. Und er ist …« – Mina zögerte – »… unrein geworden. Das bedeutet natürlich … viel Arbeit für mich.«

Karl war verblüfft. »Sie pflegen Ihren Mann selbst? Zu Hause?«

Mina nickte, erklärte, sie wolle Joseph nicht in Anstalts-
behandlung geben. »Dann vergisst er doch vollends, wer
er ist.«

Karl strich sich nachdenklich über den Mund. »Vielleicht tun Sie genau das Richtige für ihn. Das Vertraute
scheint zu helfen.«

»Exakt darauf hoffe ich«, erwiderte Mina dankbar. »Sie
sind der Erste, der mich nicht für verrückt erklärt, weil
ich Joseph zu Hause pflege.«

Einerseits rührte Karl die Vorstellung, dass Mina ganz
allein diesen zunehmend verwirrten Kraftmenschen
pflegte, andererseits war er auch unterschwellig besorgt.

»Und bei Ihrer Ziehmutter?«, fragte Mina. »Auch keine
Besserung?«

Karl schüttelte den Kopf. »Leider nicht.«

»Wie kommen Sie und Dr. Alzheimer denn mit ihren
Forschungen voran?«

Karls Blick verfinsterte sich augenblicklich. »Er ist für
einen Monat zu einem Kollegen nach Heidelberg gegangen – zum Forschen. Irgendwie erweckt er gerade den
Eindruck, als sei er auf der Flucht.«

Mina nickte. »Kein Wunder. Der Tod seiner Frau dürfte
ziemlich genau ein Jahr her sein.«

Bei dem Thema wurde Karl hellhörig. »Wissen Sie,
woran sie gestorben ist?«, fragte er nun auch sie.

»Nein«, erwiderte Mina zu seiner Enttäuschung. »Ich
weiß nur, dass es sehr schnell gegangen sein muss. Kurz
vor Neujahr war sie noch groß einkaufen.«

»Sie hat wohl öfter beim Chef ihres Gatten Schmuck
anfertigen lassen«, erinnerte sich Karl. »Kannten Sie sie?«

»Kennen wäre übertrieben«, entgegnete Mina. »Ich habe
sie ein paarmal gesehen. Ist immer mit einer vierspänni-

gen Kutsche bei Juwelier Hessenberg vorgefahren. Sehr elegant gekleidet und eben ... steinreich.«

»Durch das Vermögen ihres verstorbenen Mannes?«

»Ja, der Diamantenhändler Otto Geisenheimer.« Sie unterbrach sich selbst und sah Karl amüsiert an. »Ah, Mister Holmes, Sie hegen einen Verdacht!«

Karl wollte ansetzen, etwas zu sagen, Mina ließ ihn jedoch nicht zu Wort kommen. »Doch, doch, Sie sind berühmt für Ihre exzellente Kombinationsgabe. Sie entdecken Spuren, die dem fähigsten Kriminalisten entgehen.«

Etwas irritiert fragte er sie, ob sie sich über ihn lustig mache. Mina grinste unschuldig, woraufhin auch Karl wieder schmunzelte. Aus den Kneipen drangen Licht, Stimmengewirr und heitere Musik in die erstaunlich milde Nacht. Karl war wieder einmal verdächtig glücklich in Minas Gegenwart. Aus einer Eckkneipe hörte man jemanden zu Klavierbegleitung singen: »Ohne Lieb' und ohne Wein, was wär' unser Leben ...«

»Das war früher Josephs Lieblingskneipe«, erinnerte sich Mina etwas wehmütig. »Haben Sie noch einen Moment Zeit? Ich möchte ihm beim Wirt rasch einen Äbbelwoi kaufen.«

Sie betraten zusammen die Kneipe, die voller Menschen in Karnevalskostümen war. Am klapprigen Klavier saß ein rothaariger Mittdreißiger mit Oberlippenbart und sang weiter sein Trinklied. Mina ging zum rundlichen Gastwirt, der sich merklich freute, sie wiederzusehen. Eine untersetzte Frau löste den Mann am Klavier ab, und dieser kam zu Karl. Aus der Nähe sah Karl, dass er ein seltsam asymmetrisches Gesicht und schlechte Zähne hatte.

»Guten Abend, der Herr«, begrüßte er Karl höflich.
»Hätten Sie vielleicht ein paar Münzen für einen armen
Soldaten, dem sein Geldtäschchen gestohlen wurde?«

Ehe Karl antworten konnte, war Mina mit dem erstan-
denen »Stöffsche«, einem kleinen Krug mit Apfelwein, bei
ihm. Der Klavierspieler neben Karl reagierte sehr merkwürdig auf Minas Anblick: Er sah geradezu erschüttert
an ihr herunter. Dann wich er den Blicken der beiden aus
und eilte davon in Richtung eines Tisches, wo er sich hin-
setzte und deprimiert vor sich hinstarrte.

»Kennen Sie ihn?« fragte Karl verwirrt.

»Nicht dass ich wüsste. Aber er schien nicht sehr begeistert, mich zu sehen«, hatte auch Mina bemerkt.

»Oder *zu* begeistert«, erwiderte Karl.

Mina lachte und drückte kurz dankbar seine Hand. Sie
verließen das Lokal, und sie führte ihn in eine etwas weniger belebte Gasse. Er stellte im Augenwinkel fest, dass
ihnen in sicherem Abstand eine Gestalt folgte. Mina schien
es nicht zu bemerken, sie plauderte fröhlich drauflos: »Der
Wirt war Josephs bester Freund. Wenn er sich an ihn vielleicht auch nicht mehr erinnern mag, den Geschmack vom
›Alten‹ hat er bestimmt nicht vergessen.«

Sie roch im Gehen kurz am Krügchen. »Hätten Sie länger dortbleiben wollen?«

Karl schüttelte den Kopf. »Ich trinke keinen Alkohol.«

»Nie?«, versicherte sich Mina erstaunt. Sie erinnerte sich
nun daran, dass er auch seinerzeit beim Anstoßen mit Dr.
Laquer allenfalls an dem Likör genippt hatte.

Karl vertraute ohnehin niemandem so recht, daher
würde er nie freiwillig eine Substanz einnehmen, die ihm
die Kontrolle über sich rauben könnte – und ihn vielleicht
von anderen abhängig machte. »Meinem Vater wurde der

Suff zum Verhängnis«, erzählte er. »Auf dem Bau war's gang und gäbe. Viele Arbeiter löschen ihren Durst mit Bier und Schnaps.«

Mina nickte. »Ist eben billig – und im Gegensatz zu Flusswasser keimfrei.«

Da nahm Karl erneut den Schatten hinter sich wahr – unvermittelt fuhr er herum und rannte die fünf Schritte zu ihrem überrumpelten Verfolger. Es handelte sich um den rothaarigen angeblichen Soldaten mit dem asymmetrischen Gesicht!

»Kann ich Ihnen helfen?«, fuhr Karl ihn an. »Oder warum folgen Sie uns?«

Der Fremde schüttelte nervös den Kopf, flüsterte kaum hörbar, er habe sich verlaufen und eilte davon – nicht ohne noch einmal fast bestürzt auf Minas Rocksaum zu starren.

»Komischer Vogel«, resümierte Karl.

Mina sah unsicher an sich herunter. »Ist etwas mit meinem Rock nicht in Ordnung? Er hat von Anfang an da hingestarrt.«

Karl konnte nichts Unschönes an ihr finden. »Alles ganz wundervoll«, erwiderte er.

Da waren sie zu Karls Bedauern auch bereits am Haus mit der Gehweiler'schen Wohnung angekommen. Mina bedankte sich für die angenehme Begleitung, und beide gaben ihrer Vorfreude darüber Ausdruck, sich schon am ersten März zu ihrem monatlichen Treffen wiederzusehen.

Nachdem er abgewartet hatte, bis Mina die Haustür hinter sich geschlossen hatte, entschied Karl, zu so später Stunde besser nicht mehr bei Frau Quilling aufzutauchen. Gewiss hatte sie um diese Zeit schon Herrenbesuch der besonderen Art. Wenn er morgen, am Aschermittwoch, gleich nach der Arbeit zu ihr ginge, so hoffte er, hätte er wahrscheinlich bessere Chancen, sie allein anzutreffen, um ihre Wunde zu behandeln.

~⊙~

Nach einem ereignislosen Tag in der Anstalt stand Karl Walz also wieder in dem muffigen Treppenflur vor Frau Quillings Zimmertür. Soeben setzte er an zu klopfen, als plötzlich die Tür aufgerissen wurde. Er stieß beinahe mit einem nervös wirkenden Mann mit Oberlippenbart und Mütze zusammen – diesem fiel vor Schreck eine halb geöffnete Ledertasche herunter, aus der mehrere Fahrscheine purzelten, eine kleine Bibel und – ein Paar elegante Damenschuhe! Rasch hob er alles auf, wünschte Karl mit hochrotem Kopf einen schönen Abend und eilte dann die Treppe hinunter.

»He!«, rief Karl dem Mann nach, in dem er wegen dessen Mütze erst jetzt den seltsamen Verfolger vom Vorabend erkannt hatte. Karl machte sich augenblicklich Sorgen um Frau Quilling. Warum hatte dieser Mann ihre Schuhe? Er klopfte lautstark, da hörte er sie von innen rufen: »Oskar, hast du etwas vergessen?«

Die Tür ging auf. Verblüfft erkannte Frau Quilling Karl. Dass er, wie er sagte, gekommen war, um ihre Wunde zu behandeln und eigens dafür die nötigen Utensilien besorgt hatte, rührte sie merklich. Sie hatte wohl etwas anderes unterstellt. Wenig später saß er bei ihr und verband ihre Wunde, die er zuvor mit Alkohol gereinigt und dann mit einer Salbe eingeschmiert hatte. Sobald er etwas Medizinisches zu tun hatte, fühlte er sich weit weniger unsicher. »Hat Ihnen der Herr Ihre Schuhe gestohlen?«, erkundigte er sich während des Verbindens.

»I wo, der hat gut dafür bezahlt. Sehr gut. Könnte ich fünf Paar neue von kaufen.«

Karl wunderte sich. »Was will er denn damit? Ein Geschenk für seine … Gattin?«

»Wohl kaum«, erwiderte die Dame amüsiert. »Eine Ehe wird er eher nicht zustande bekommen.«

Karl wagte nicht weiter nachzufragen, obwohl er durchaus neugierig geworden war. Sie erzählte dann von selbst: »Er ist aber einer der eher freundlicheren Herren. Harmlos. War das letzte Mal vor über sieben Jahren in Frankfurt. Hat sich aber wohl trotzdem noch an die gute alte Grete erinnert. Zumindest ihre Schuhe. Er war damals regelmäßig in dem Gasthaus, wo ich serviert habe.«

Karl runzelte die Stirn. »Ich habe ihn gestern Abend auch in einer Kneipe getroffen. Hat mich wegen Geld angegangen. Stimmt es, dass er Soldat ist?«

»Das war er zumindest mal«, meinte Frau Quilling schulterzuckend. »Der Oskar hatte schon viele Berufe.«

In diesem Moment klopfte es dreimal kurz an der Tür. »Oh, ich habe völlig die Zeit vergessen. Ich befürchte, wir müssen unser Gespräch auf ein anderes Mal vertagen«, erklärte Grete mit aufrichtigem Bedauern. »Selbstverständlich«, sagte Karl. »Ich lasse Ihnen das restliche Verbandszeug da.«

Beim Gehen musste er an Frau Quillings nächstem Freier vorbei, einem extrem schlanken, hoch gewachsenen Herrn mit grauen Haaren. Dieser senkte den Blick. Wer wollte hier schon gern gesehen werden?

~§~

Als Karl in Richtung Wallstraße radelte, fragte er sich erneut, warum dieser merkwürdige rothaarige Kerl namens Oskar ihm ständig über den Weg lief. Er hatte ihn und Mina verfolgt – da war Karl sich völlig sicher. Aber weshalb? Und tatsächlich sollte er diesem Mann bald wieder begegnen. Allerdings an einem Ort, wo er am wenigsten damit gerechnet hätte. Als Karl nämlich am Donnerstag der folgenden Woche kurz vor der Mittagessenszeit an Alzheimers Büro vorbeiging, kam der rothaarige Mann ausgerechnet dort heraus. Er schien ähnlich verblüfft wie Karl über das Wiedersehen, wich dann aber wie immer nervös dem Blick seines Gegenübers aus. Karl bemerkte einen 20-Mark-Schein in den Händen des eigenartigen Mannes. Er wollte ihn gerade ansprechen, da eilte der merkwürdige Fremde auch schon über den Korridor in Richtung Ausgang. Hatte dieser Oskar das Geld aus dem Büro des verreisten Oberarztes gestohlen? Karl riss misstrauisch Alzheimers Bürotür auf – und erblickte: Alois Alzheimer. Karl war baff. Folglich hatte der Fremde das Geld scheinbar nicht gestohlen, sondern von Alzheimer selbst erhalten. Aber weshalb kam Dr. Alois Alzheimer heimlich aus Heidelberg zurück und gab einem Vagabunden Geld, der Karl und Mina verfolgte?

∽◉∾

13: DER FALL DES OSKAR M.

»WALZ, WIE SCHÖN«, rief Alzheimer arglos – und er sah so erfreut und lebenslustig aus wie seit vielen Wochen nicht mehr.

»Dr. Alzheimer«, brachte Karl hervor. »Sind Sie übers Wochenende hier?«

Alzheimer schüttelte den Kopf. »Ich bleibe jetzt vorerst wieder ganz auf dem Affenstein. Hatte einen kleinen Disput mit dem guten alten Nissl. Na ja, auch Freunde sind mal unterschiedlicher Meinung. Ich wollte schon nach Ihnen suchen. Haben Sie Lust, mich in unsere Trinkeranstalt in Köppern zu begleiten? Ich muss dort mal wieder nach dem Rechten sehen.«

»Gern«, sagte Karl unternehmungslustig. Er hatte tatsächlich in seinem ganzen Leben Frankfurt bisher noch nie verlassen.

Alzheimer riet ihm, sich warm anzuziehen. Im Köpperner Tal sei der Winter bisweilen hartnäckig.

Mit zunehmendem Hochgefühl rannte Karl über die Anstaltsgänge in Richtung seines Spindes. All den Gerüchten, allen Enttäuschungen der jüngeren Vergangenheit zum Trotz – im Augenblick war er einfach froh, dass sein Lehrer zurück war und der bisweilen doch etwas triste Anstaltsalltag unterbrochen wurde.

Als sie in der Kutsche in den Taunus saßen, berichtete Alzheimer, dass sein Kollege Nissl in Heidelberg anstelle von Zeichnungen Fotografien von Zellen erstelle. Vielleicht sollten sie dies auch einmal probieren. Zeit spare es auf jeden Fall. Karl war in Gedanken woanders. Worüber hatten sich Alzheimer und sein bester Freund und Trauzeuge Franz Nissl wohl gestritten? Und vor allem: Was hatte dieser Vagabund, der ihn und Mina verfolgt hatte, auf dem Affenstein zu suchen?

Alzheimer erzählte Karl nun, wie Sioli vor knapp einem Jahr die Zweiganstalt im Taunus eröffnet hatte. »Wir hatten schon länger vor, Alkoholisten und psychisch Kranke in einer landwirtschaftlichen Kolonie zu behandeln. Naturnah – mit therapeutischen Tätigkeiten. Die Hüttenmühle bei Köppern erwies sich als ideal für dieses Unterfangen. Es sind weniger als 30 Kilometer dort hinaus. Uns war es wichtig, dass die ärztliche Überwachung noch gut von Frankfurt aus möglich ist. Und natürlich sollen die Angehörigen die Patienten ohne großen Aufwand besuchen können. Für den Ausbau hat uns ein Fabrikbesitzerehepaar 5.000 Mark zur Verfügung gestellt.«

Gegen drei Uhr nachmittags hatten sie den kleinen Ort Köppern erreicht; von dort aus ging es laut Alzheimer nur noch eine Viertelstunde durch das romantisch gelegene Köpperner Tal, durch das der zurzeit Hochwasser führende Eschenbach floss. Karl sah aus dem Fenster der Kutsche, durch das der malerische, noch verschneite Südostabhang des Taunusgebirges zu sehen war. Das Tal zeigte sich als schluchtenartiger Einschnitt zwischen den steilen und teils felsigen Abhängen zweier Bergketten. Da Alzheimer ihm nun Zeit zu lassen schien, die Landschaft zu begutachten, nutzte Karl die Gelegenheit, endlich das Thema anzusprechen, das ihm unter den Nägeln brannte. »Dr. Alzheimer, der Herr, der vorhin bei Ihnen im Büro war – darf ich fragen, was er von Ihnen wollte? Ich habe ihn an Karneval in einer Gaststätte gesehen. Er pumpte mich um Geld an – und ich hatte später den Eindruck, er verfolge Frau Gehweiler und mich.«

Alzheimer hob eine Augenbraue – und Karl wurde klar, dass seine Aussage sich so anhörte, als hätten er und Mina die gesamte Karnevalszeit miteinander verbracht. Doch Alzheimer ging nur auf Karls Frage ein. »Ja, das hört sich ganz nach dem armen Oskar Mäder an«, sagte er. »Aber keine Angst, er ist im Grunde ein ganz harmloser Zeitgenosse.«

Dass Mäder harmlos sei, hörte Karl jetzt schon zum zweiten Mal. Doch diese vagen Behauptungen genügten ihm nicht. »Woher kennen Sie ihn denn?«, hakte er nach.

»Am Anfang ist er mich um Geld angegangen – wie Sie und so viele andere auch. Das war vor etwa acht Jahren. Seine seltsame Geschichte rührte mich. Die verschiedensten Arbeitsstellen hatte er zuverlässig und gewissenhaft innegehabt, aber immer war das jeweilige Verhältnis zerstört worden.«

Auch das hatte Frau Quilling ebenfalls angedeutet. »Wodurch?«

»Eine phasenweise Neigung zu unstetem Genussleben. Sehen Sie, Walz, es ist so: In seinen normalen Phasen ist Oskar Mäder fleißig, freundlich und zuvorkommend – allenfalls etwas deprimiert. Doch da gibt es eben auch die zügellosen Tage. Jahrelang hat er sich phasenweise ohne Geld von Kneipe zu Kneipe durchgeschlagen. Pumpte Gäste an, trieb sich in Tingeltangels und Weiberkneipen herum. Nach solchen Exzessen war er dann stets reuig und auffallend still. Diese Phasen haben ihn am Ende in die Vagabondage gebracht. Heute war er bei mir, um mich erneut um Hilfe zu bitten. Ich habe ihm angeboten, hier in der Anstalt Hüttenmühle einzuziehen. Ich will dem Hausvater dort Mäders Ankunft für Montag ankündigen.«

»Ist Mäder ein Quartalstrinker?«, fragte Karl. Mit dem Wort hatte seine leibliche Mutter die exzessiven Phasen seines Vaters erklärt.

Alzheimer schüttelte den Kopf. »Nicht ganz. Ähnlich wie beim Quartalstrinker gibt es bei Oskar Mäder ganz normale Phasen. Und eben auch die periodisch auftretende Hemmungslosigkeit. Doch bei ihm liegt die eigentliche Sucht nicht beim Alkohol. Sie ist anders geartet – perverser.«

Zu Karls Unmut waren sie mittlerweile an der alten Mühle angekommen und mussten das Gespräch abbrechen, um auszusteigen. Begrüßt wurden sie – von einer Kuh. Das Tier versperrte ihnen den Weg und muhte klagend. Alzheimer schmunzelte. »Na, Emma, was willst du uns wohl erzählen? Ist der Frühling endlich unterwegs?«

Die Trinkeranstalt bestand neben der Hüttenmühle aus zwei neuen Fachwerkbaracken, vor denen einige Hühner nach Körnern pickten. Aus den Ställen hörte man Schweine schmatzen und grunzen.

Alzheimer begrüßte herzlich einen älteren Herrn, der vor der Mühle Holz hackte. Sie sprachen über die ersten Frühlingsblumen und ausführlich über das Befinden des Mannes.

Als sie auf eine der Baracken zugingen, vergewisserte sich Karl: »Also auch hier *Non Restraint*?«

Alzheimer nickte. »Gut erkannt. Wir haben hier erstmal die Fenstergitter entfernen lassen. Nur in den ersten drei Monaten dürfen die Kranken die Anstalt nicht verlassen – da wäre die Versuchung noch zu groß, sich irgendwo Alkohol zu beschaffen. Der Hausvater kontrolliert deshalb natürlich auch die Post. Danach dürfen sie sich aber frei in der Umgebung bewegen. Das löste anfänglich große Befürchtungen aus bei der Bevölkerung hier im Taunus. Heute haben die keine Angst mehr. Sie sehen Alkoholismus jetzt als das, was er ist – eine Krankheit.«

Alzheimer erzählte Karl, dass hier bisher nur neun alkoholkranke Patienten lebten, ein Ausbau jedoch in Arbeit sei. 31 Hektar Land stünden insgesamt zur Verfügung. Je nach Beruf und Kräften werde der Einzelne auf Feld und Weide oder in der Landwirtschaft beschäftigt und wieder an regelmäßige Arbeit gewöhnt. Für die geistige Harmonie gab es gute Lektüre und gemeinsame Unterhaltungsabende. »*Mens sana ...*«, sagte Alzheimer. »Die Therapie ist freiwillig, Rückfällige werden aber meist sofort in das Frankfurter Stammhaus zurückverlegt.«

Mit jedem der neun Patienten unterhielt sich Alzheimer ausführlich. Karl erfuhr aus den Gesprächen, dass der Gutshof die Pfleglinge weitgehend aus eigenem Anbau verköstigen konnte. Deshalb war ein Aufenthalt auch für jene möglich, die finanziell unbemittelt waren. Ein großes Glück für Oskar Mäder. Zusätzlich zu den Erzeugnissen der Nutztiere wurde Gemüse selbst gezogen, und es gab auch eine eigene Imkerei. Karl fragte sich, wie es wohl seinem Vater ergangen wäre, wenn er seinerzeit rechtzeitig in eine solche Anstalt gekommen wäre. Ob er sich überhaupt darauf eingelassen hätte?

Als sie bei Anbruch der Dunkelheit in der Kutsche nach Frankfurt saßen, nutzte Karl die Gelegenheit, Alzheimer endlich weiter zu Oskar Mäders mysteriöser Leidenschaft zu befragen.

»Sie sagten, Oskar Mäders Sucht sei anders als Alkoholismus – perverser«, griff er das Thema wieder auf.

»Ja, die vagabundierende Lebensweise und Schwindeleien sind bei ihm Folge einer sexuellen Perversität«, erklärte Alzheimer, »in Form eines Fetischismus.«

»Fetischismus?«

»Oskar Mäder hat es mir gleich bei seinem ersten Besuch vor acht Jahren offen gestanden«, erzählte der Psychiater seinem Schüler. »Sein sexueller Trieb zeigt deutlich pathologische Merkmale. Die Anziehungskraft, die das Weib auf den Mann ausübt – bei ihm tritt sie gänzlich zurück. Stattdessen erregt ihn der Reiz eines Gegenstandes. Schon im achten Lebensjahr in Bremen war er ganz narrisch auf die – Schuhe seiner Lehrerin.«

Karl begann zu dämmern, warum Oskar Mäder Unsummen für die Schuhe der Quilling bezahlt hatte – und an seiner Mina hinabgestarrt. »Er wird erregt durch – Damenschuhe?«

»Ja, und auch durch den Schuh allein«, präzisierte Alzheimer. »Der Reiz ist zwar erhöht bei am Fuße befindlichen Schuhen – aber grundsätzlich erregt ihn so ein eleganter Damenschuh auch ohne Trägerin. Es existiert bei ihm keine Neigung zu normalem Geschlechtsverkehr. Er hat zwar gelegentlich den Koitus mit einer Prostituierten versucht und zustande gebracht, aber das ist es nicht, was ihn reizt. Nicht das, was ihn ins Unglück stürzte.«

Karl konnte sich nicht vorstellen, eine Traumfrau wie Mina auf ihre Schuhe zu reduzieren.

»Das ist für die Frauen gewiss unangenehm. Aber wieso hat Mäder durch diese ... Perversion alles verloren?«, fragte Karl.

»Nun, wenn ihn so ein Schuh fasziniert, kann es sein, Mäder vergisst seine Arbeit und jede andere Verpflichtung. Dann ist er wie in einem Taumel. Folgt der Dame wie hypnotisiert – auch in einen Zug ohne Billett. Was das letztlich für Folgen für seine Laufbahn hat, können Sie sich wohl vorstellen. Und dann versucht er seinen Kummer zu ertränken. Ein Teufelskreis. 1893 zeigte ihn einer meiner Kollegen an, den hatte er zuvor ebenfalls angebettelt. Es kam zur Verhandlung vorm hiesigen Schöffengericht, Gutachten verschiedener Irrenanstalten wurden eingezogen. Es gab vier Sitzungen des Gerichts zu dem Fall. Alle Zeugen waren sich einig, dass Mäder nicht ganz richtig im Kopf sei, sein ganzes Wesen habe etwas Verstörtes. Meine Kollegen und ich konnten nur annehmen, dass er periodisch geistesgestört ist. Der Arme war nicht schuldfähig und hatte deshalb auch nichts im Gefängnis zu suchen. Vor Gericht hat man aber leider nicht immer Verständnis für derartige Diagnosen.«

»Aber warum nicht?«, fragte Karl. »Der Fall scheint doch eindeutig.«

»Nun, Richter und Staatsanwälte haben eine völlig andere Weltauffassung als wir Mediziner«, erklärte der Nervenarzt. »Deshalb hat man als Sachverständiger vor Gericht keine leichte Stellung. Beim Psychiater stehen naturwissenschaftliche Beobachtungen und Erfahrungen im Vordergrund. Uns geht es schlicht darum, weiteren Schaden für die Gesellschaft zu verhindern.«

»Aber ist es dann nicht wirklich besser, sie wegzusperren – die Damen vor solchen Fetischisten zu schützen?«, warf Karl skeptisch ein.

Alzheimer widersprach, Mäder würde eine Frau nie unzüchtig berühren. Da sich seine Leidenschaft allein auf deren Schuhwerk konzentriere, gehe von ihm keine konkrete Gefahr aus. Als Arzt sei die Aufgabe nicht die Ahndung, sondern die Ursachenforschung. »Wir wissen: Jeder Täter war einst ein Opfer.«

Karl dachte gerade über diesen Satz nach, da fuhr sein Mentor fort: »Ein Richter hat aber andere Grundlagen für sein Denken und Handeln – die Begriffe der Rechtswissenschaft. Da wird nach Sühne verlangt. Oft unterstellt der Staatsanwalt, wir Psychiater hielten jeden Menschen für krank. Wir wollten so den Angeklagten den Armen der Justiz entreißen – und jede Rechtsform ad absurdum führen.«

»Dann wurde Mäder trotz seiner Krankheit zu Zuchthaus verurteilt?«, versicherte sich Karl.

»Nun ja, Juristen wollen Beweise. Und eigentlich hatten wir gar keine so schlechten Karten. Schon in Dresden hatte nämlich ein Medizinalrat den bedauernswerten Mann schriftlich für unzurechnungsfähig erklärt und außer Verfolgung gesetzt. Hier in Frankfurt wurden ebenfalls Spezialärzte für Nervenkrankheiten für Gutachten herangezogen: Unser lieber Freund Doktor Laquer und ein weiterer Kollege. Beide erklärten Mäder für unzurechnungsfähig. Das einzige Problem war Doktor Kurella.«

»Wer ist das?«

»Er ist zweiter Arzt an der Irrenanstalt zu Brieg in Schlesien. Um ein Haar wäre er vor 13 Jahren Direktor des Affensteins geworden, hat seine Bewerbung aber zum Glück zurückgezogen. Dieser Kurella hat behauptet, dass Oskar Mäder die interessante Nervenkrankheit nur vorgibt, um vom Betrug leben zu können. Er sei geistesgesund, aber durch und durch verlogen, bar jeden Ehrgefühls. Intelligent genug, die scharfsinnigsten Psychiater zu täuschen.«

»Auf mich wirkte Mäder aber nicht, als spiele er seine Krankheit«, befand Karl, der gelernt hatte, seine Mitmenschen zu durchschauen. »Was hätte ihm das auch nützen sollen?«

»Ja, gute Frage. Wem nutzt es, wenn Mäder seine Krankheit nur spielt«, sagte Alzheimer. »Dr. Kurella ist ein Anhänger der Theorie des *Deliquento nato*.«

»Des geborenen Verbrechers?«, übersetzte Karl unsicher.

»Ja. Die Anhänger dieser Theorie behaupten, es gäbe den Typus des unverbesserlichen Gauners. Ein Gewaltverbrecher leide unter einer Art Atavismus, er sei in eine frühere Kulturstufe zurückgefallen. Man kann sich des Eindrucks nicht erwehren, dass Kurellas Vorliebe für diese heftig umstrittene Theorie ihn blind gemacht hat. Hat ihn zumindest an einer objektiven Betrachtung aller Einzelheiten der Vorgeschichte gehindert. Dabei ist diese Theorie völliger Unfug. Es gibt keine eindeutigen Degenerationszeichen eines Verbrechers. Ebenso wenig gibt es bestimmte Rassen, die mehr Verbrecher hervorbringen als andere. Immer wenn man auf solche Art mit Scheuklappen nach einfachen Lösungen sucht, nach Pauschalisierungen – dann wird es gefährlich.«

»Aber wie hat dieser Kurella seine Mutmaßungen begründet?«, wunderte sich Karl.

»Er behauptete, es sei verdächtig, dass Mäder gerade im Garnisonslazarett Berlin erstmals seinen Fetischismus bekannt habe. Dort habe er nämlich Gelegenheit gehabt, die ärztliche Bibliothek zu betreten. Die Form seiner Bekenntnisse gleiche exakt dem betreffenden Abschnitt im Buch des Kollegen Krafft-Ebing. Oskar Mäder schildere die Krankheit folglich nicht aus eigener Erfahrung, sondern aufgrund eifrigen Erlernens der Symptome im Buch, hat Kurella behauptet. Außerdem habe Mäder nur Ärzten von seiner sexuellen Perversität erzählt; bei Menschen ohne medizinische Vorbildung nutzte er andere

Ausreden, um an Geld zu kommen. Des Weiteren habe er sich bei einer Ballfestlichkeit in einer Irrenanstalt völlig normal verhalten – obschon es dort Füße in eleganter Chaussüre *en masse* gegeben habe.«

Karl schüttelte verächtlich den Kopf. »Was erwartet dieser Kurella denn? Dass Mäder bei einer öffentlichen Feier auf die Damenschuhe zu onanieren beginnt?«

Alzheimer lachte. »Meine Rede. Es bedurfte außerdem nur kurzer Nachfrage beim Berliner Kollegen, um herauszufinden, dass Oskar Mäder dort eben *keinen* Zugriff auf die Bibliothek hatte. Und natürlich erzählt er keinem Nicht-Mediziner freiwillig, dass ihn Damenschuhe erregen. Wer hätte ihm denn dann Geld gegeben? Mäder mag ein Problem mit Damenschuhen haben, aber er ist nicht dumm. Es war also sonnenklar, dass es Kurella nur um einen Beleg für diese hirnrissige Theorie vom geborenen Verbrecher ging – und nicht um Gerechtigkeit. Im Frühjahr '94 gab es eine fünfte Sitzung. Man beschloss, Oskar für ein weiteres Gutachten bei uns auf dem Affenstein einzuweisen. Ich habe mir alle Akten besorgt und selbst Angehörige befragt. Auch bei uns war Mäder freundlich, höflich und hilfsbereit. Hat sich sofort in der Pflege nützlich gemacht. Schon bei meiner körperlichen Untersuchung stellte ich fest, dass er natürlich kein gewalttätiger Steinzeitmensch war und auch nicht aus freien Stücken zum Schuh-Fetischisten geworden – oder aufgrund eines Freud'schen Traumas. Ich entdeckte eine schwere Entwicklungshemmung des Knochenwachstums des Schädels. Wahrscheinlich erblich bedingt – dafür konnte er nun wirklich nichts. Und doch wollte Kurella ihn dauerhaft ins Zuchthaus bringen. Er hatte Oskar als durchtriebenes, durch und durch unglaubwürdiges und verlogenes Subjekt bezeichnet. Es war nun also an mir, Oskar Mäders Unzurechnungsfähigkeit zu belegen. Seinen Fetischismus, von dem er ja nur erzählt hatte, zu *beweisen*.«

Da hielt die Kutsche vor der Irrenanstalt auf dem Affenstein, die Zeit war für Karl wie im Fluge vergangen. »Wie haben Sie das geschafft?«

»Das können Sie selbst ausführlich nachlesen«, erklärte Alzheimer schmunzelnd. Karl sah ihn fragend an.

~~~⚮~~~

14: DER STURZ

WENIG SPÄTER SASS KARL mit einem schweren braunen Lederband in der Anstaltsbibliothek. In dem Sammelband des »Archiv für Psychiatrie« von 1896 war Alzheimers vollständiges Gutachten über Oskar Mäder zu finden. Der Nervenarzt hatte den über 20-seitigen Artikel mit dem ironischen Titel »Ein geborener Verbrecher« versehen – ein deutlicher Seitenhieb auf Dr. Kurella. Karl las gespannt: Gründlich und gewissenhaft wie immer, hatte Alzheimer sämtliche Bekannte, Verwandte und Vorgutachter zu Oskar Mäder befragt. Dessen Geschichte war sehr tragisch – und sie beunruhigte Karl auch ein wenig, da sie verdeutlichte, dass man durch die eigenen inneren

Dämonen jederzeit alles wieder verlieren kann, was man sich mühevoll aufgebaut hatte.

Und so wie Karl selbst durch seinen brutalen Alkoholiker-Vater vorbelastet, schien auch Oskar Mäder familiär prädisponiert zu sein: Dessen Schwester war laut Aussage ihres Gatten eine Zeit lang nervenleidend, zwei seiner Brüder teilten seinen Hang zum abenteuerlichen Leben und waren verschollen. Der Vater war in Folge eines Schlaganfalls gestorben. Auch seine Mutter litt seit einem Aufenthalt in Westindien in ihren 20er-Jahren an Nervenschwäche, nervösem Herzklopfen, Migräne und Schlaflosigkeit. Ebenso waren zwei Cousins mütterlicherseits im Trinkerasyl gelandet.

Karl war zunehmend fasziniert vom Schicksal Oskar Mäders. Laut des Artikels wurde dieser 1865 in Bremen geboren, war also vierzehn Jahre älter als Karl. Mäder habe in der Schule als gutmütig und gefällig gegolten, sei allenthalben beliebt gewesen. Ab 1883 war Mäder im theologischen Seminar, führte sich auch dort in den ersten zweieinhalb Jahren gut. Ein gläubiger Mensch, so schien es Karl. Doch dann begann sie – die Abwärtsspirale aus Lügen und merkwürdiger, selbstzerstörerischer Unzuverlässigkeit: Als er in Karls jetzigem Alter war, bat Oskar den Vorstand des Predigerseminars um Urlaub – angeblich, um den todkranken Vater zu besuchen. Dies erwies sich als Lüge. Da er außerdem die kameradschaftliche Kasse um 300 Mark bestohlen hatte, wurde Oskar entlassen. Von da an wechselten Phasen gewissenhaften Arbeitens mit undisziplinierten Tagen des Bettelns und ziel- und planlosen Herumtreibens ab. Als Lehrer einer Herrnhuter Gemeinde in Köln arbeitete Oskar Mäder, als Ersatzrekrut in Großlichterfelde, Flickschneider in der Bataillonshandwerkstatt,

Kolonist einer Arbeiterkolonie, Hauslehrer bei einem Pastor in Tübingen, Lehrer in einem Militärvorbereitungsinstitut …

Bereits sein Kompaniechef in Großlichterfelde konnte sich Mäders merkwürdig widersprüchliches Wesen nicht erklären: Zeitweiliger lobenswerter Diensteifer, andererseits plötzliche Exzesse. Mäder bettelte dann »bar jeden soldatischen Ehrgefühls« in Uniform, so las Karl. Der Kompanieleiter ließ daraufhin eine ärztliche Untersuchung von Oskar Mäders Geisteszustand veranlassen. Auf Anweisung der Stabsärzte im Garnisonslazarett gestand Mäder im März 1890 erstmals schriftlich die »Perversität seiner Geschlechtsempfindung«.

In Folge des immer wieder ausbrechenden Bummellebens war er öfter wegen Bettelei, Betrug und Diebstahls in Haft geraten und auch in vielen Irrenanstalten zu Gast: In Halle, Dresden und Brieg. Dort lernte ihn auch Dr. Kurella, der dortige zweite Arzt, kennen – und glaubte ihm scheinbar kein Wort. Karl war dieser Mediziner schon beim Lesen des Artikels unsympathisch. Mit Oskar Mäder hingegen hatte er immer mehr Mitleid.

Eine hypnotische Behandlung blieb ohne dauerhaften Erfolg. Ab Februar 1893 wanderte Oskar Mäder vollends ziellos im ganzen Reich umher. Überall ging er Bekannte, Theologen und Ärzte um Geld an.

Anfang April 1894 hatte Alois Alzheimer hier auf dem Affenstein schließlich ein Experiment durchgeführt, um Oskar Mäders Fetischismus final zu beweisen. Da Oskar sich nach eigenen Angaben schämte, ausführlicher über die Geschichte seines Fetischismus zu sprechen, hatte der Psychiater ihn gebeten, seine Erfahrungen aufzuschreiben. Alzheimer hatte ihm für diese schriftlichen Arbeiten einen Oberwärter zugewiesen. In dessen Garderobe ließ er unauffällig ein Paar elegante Damenschuhe unterbringen. Der Wärter hatte Anweisung von Alzheimer erhalten, Oskar dann heimlich im Auge zu behalten. Der Patient wusste also nicht, dass er gerade für ein Experiment überwacht wurde. Sich unbeobachtet wähnend, fasste Oskar die Schuhe an und betrachtete sie eingehend. Mit dem Schreiben kam er an diesem Tage kaum mehr voran. Abends saß er unruhig da, mit düsterem Gesichtsausdruck. Sein Puls lag statt wie sonst um die 80 nun bei 125 – die Zwangshandlungen hatten also körperliche Konsequenzen. Offenbar war Oskar in einen regelrechten Taumel verfallen. Erst mit dem onanistischen Akt löste sich die Spannung. Der Zeit des zu hohen Pulsschlags folgte dann eine erhebliche Verlangsamung auf nur 45 Schläge. Hinzu kam eine zeitweilige Differenz seiner Pupillen.

Karl hatte noch in seiner Zeit bei Dr. Laquer das Buch »Psychopathia sexualis« des renommierten österreichischen Psychiaters und Gerichtsmediziners Richard von Krafft-Ebing gelesen. Er hatte gehofft, darin Erklärungen für die Vergewaltigungen durch Rüdiger Beuß und dessen Bande damals im Heim zu finden. Die von Alzheimer beim Fetischisten Oskar Mäder beobachteten Symptome passten allesamt zu den bei Krafft-Ebing dargestellten Charakteristika der degenerativen Seelenstörung. Laut jenem Autor war der sexuelle Fetischismus bisher nur bei erblich belasteten Individuen beobachtet worden, die auch andere nervöse und psychische Auffälligkeiten aufwiesen.

Alzheimers eindeutige Diagnose lautete also: erblich degenerative Seelenstörung. Unzurechnungsfähig!

Karl ahnte, dass sein Mentor mit seiner wasserdichten Argumentation Oskar Mäder vor dem Zuchthaus gerettet hatte. Keine zu schnellen Rückschlüsse, keine Scheuklappen, keine Pauschalisierungen! Karl beschloss, Alzheimer künftig mehr zu vertrauen. Nicht jeder Mann war so krankhaft aggressiv wie Karls Vater. Nicht jeder so heimtückisch. Er würde Alzheimer seine Bewunderung für dessen Gutachten zum Fall Oskar Mäder mitteilen. Und vielleicht würde er sich sogar endlich trauen, ihn nach dem Schicksal seiner Frau zu fragen.

❧

Im Labor des Psychiaters roch Karl Zigarrenrauch, sein Lehrmeister konnte also nicht weit sein. Tatsächlich lag eine noch rauchende halbe Zigarre auf dem Labortisch, von Alzheimer fehlte jedoch jede Spur. Auf dem Tisch fand Karl auch ein Schriftstück. Forschungserkenntnisse über Augustes merkwürdige Erkrankung? Er riskierte einen Blick auf das Papier – und erstarrte. Es handelte sich bei dem Schreiben offenbar um den Entwurf einer Bewerbung Alzheimers um das Direktorat einer Landesanstalt! Er wollte den Affenstein also endgültig verlassen – und damit Auguste und Karl. Dass er hier Alzheimers rechte Hand werden durfte, dass sie zusammen weiter Augustes Krankheit erforschen würden – alles Lüge!

❧

Karl war froh, als Wilhelmine Gehweiler ihn tags darauf per Postkarte bat, ihr Treffen für den morgigen Samstag, den ersten März 1902, statt auf dem Affenstein in der Stammkneipe ihres Gatten abzuhalten. So liefen sie schon nicht Gefahr, auf Dr. Alzheimer zu treffen. Karl hatte nämlich beschlossen, Mina seine zwiespältigen Gefühle bezüglich seines Mentors zu offenbaren. Er brauchte den Rat einer außenstehenden Person. Und Mina hatte er bisher stets als offen und vorurteilsfrei erlebt.

Bei ihrem Eintreffen in der Kneipe versetzte es Karl wie häufiger bei Minas Anblick einen Stich. Unterdrückte Sehnsucht! Sie entschuldigte sich zunächst für den ungewohnten Treffpunkt. »Aber es geht Joseph leider sehr schlecht. Er ist zu allem Übel immer noch erkältet. Eine Nachbarin ist heute bei ihm. Falls etwas wäre, braucht sie hierher nur ein paar Minuten.«

»Sie hätten auch absagen können«, sagte Karl. »Ich würde das doch verstehen.«

»Das ist lieb, aber Doktor Laquer hat mich angewiesen, auch einmal die eigenen vier Wände zu verlassen. Und mit Ihnen ist es ja immer sehr spannend.«

Karl lächelte geschmeichelt. »Heute habe ich auch eine spannende Geschichte für Sie. Erinnern Sie sich an unseren Verfolger von neulich?«

Und dann erzählte er ihr Oskar Mäders Geschichte und wie Dr. Alzheimer diesen schließlich vor dem Zuchthaus gerettet hatte. Er wusste, dass diesbezüglich das ärztliche Schweigegelübde galt, daher war der Fall ja nur anonymisiert veröffentlicht worden. Aber er kannte Mina gut genug, um zu wissen, dass ihr als Krankenschwester nichts Menschliches fremd war und sie Oskar Mäder nicht verurteilen würde. Aber auch von den Verdächtigungen Friedländers berichtete Karl seiner Vertrauten schließlich – und dem Bewerbungsschreiben Alzheimers.

Mina nickte ernst. »Ich verstehe, dass Sie bei Vaterfiguren vorsichtig sind. Aber ich bin mir sicher, dass Doktor Alzheimer jemand ist, der Leben erhalten will, nicht nehmen.«

»Das denke ich im Grunde auch«, murmelte Karl schuldbewusst.

»Natürlich können Sie von sich aus nicht den Tod seiner Frau ansprechen«, fuhr Mina fort. »Aber das Bewerbungsschreiben doch schon. Er weiß ja, dass Ihre Zukunft von ihm abhängt. Ihn zu beruflichen Dingen zu befragen, wird er als gerechtfertigt empfinden müssen.«

Karl nickte dankbar. »Natürlich haben Sie recht.« Er konnte es kaum erwarten, Alzheimer zu fragen, warum dieser sich fort beworben hatte – und was dessen Vorstellung nach aus Auguste und ihm werden sollte, falls er den neuen Posten tatsächlich erhalten würde. Doch im Augenblick war Karls Bedürfnis größer, noch länger in Minas lieb gewonnenes Gesicht zu sehen. Von ihnen unbemerkt, hatte jemand zwei Tische weiter Platz genommen, der nachweislich weniger an Minas Antlitz als an ihrem Schuhwerk Interesse hatte: »Da drüben sitzt Oskar Mäder«, stellte Mina erst jetzt fest.

Als der nervöse Mann sie erkannte, wollte er sich eilig erheben, um die Flucht zu ergreifen, doch Karl sprach ihn an. »Herr Mäder«, rief er. Vorsichtig kam Oskar näher. Karl streckte ihm die Hand hin. »Karl Walz, ich bin Doktor Alzheimers Assistent. Er sagte mir, Sie helfen ab Montag bei uns in Köppern mit.«

Oskar lächelte erleichtert sein schiefes Lächeln. »Ja, Doktor Alzheimer ist ein guter Mensch.«

»Das ist wahr«, sagte Mina und blinzelte Karl zu. »Dürfen wir Sie auf einen Äbbelwoi einladen?«

Minas Nachbarin kam nicht, offenbar ging es Joseph Gehweiler trotz seiner Erkältung gut genug. So saßen sie noch eine ganze Weile mit Oskar Mäder beisammen. Karl beobachtete verblüfft, wie rasch auch der Fetischist Mina vertraute. Er erzählte schließlich sogar von seinem fatalen Trieb: »Von Zeit zu Zeit überkommt es mich, treibt mich in die Welt, in die Wirtshäuser …«, gestand Oskar mit gedämpfter Stimme. »Dann muss ich fort, und niemand kann mich halten. Vollständig willenlos. Wenn mich dieser unwiderstehliche Drang befällt, kann ich nichts weiter tun als trinken und träumen. Selbst auf die Gefahr hin, die wertvollsten Güter zu verlieren – und jede Lebensaussicht.«

Oskar gab sogar offen zu, dass es nicht der Trieb allein war, der ihn ruiniert habe. »Ich habe auch eine große Genusssucht nach anderen Amüsements. Es sind zwei Menschen in mir. Der Reiz entfesselt eine andere Natur. Deshalb bin ich am Ende ganz auf den Hund gekommen. Wo sollte ich so nur je wieder eine Stellung finden? Ich dachte nicht weit genug. Man erkundigt sich doch. Überall hatte ich meinen wahren Namen angegeben, meine richtigen Papiere gezeigt – obwohl ich wusste, dass mich die Gerichte verfolgen würden. Es ist mir heute unglaublich, dass es so lange gutgehen konnte.«

»Ja, und da Sie Geld zum Überleben brauchten, blieb nur das Schwindeln«, sagte Mina verständnisvoll. »Denn die wahre Geschichte hätten nur Mediziner verstanden.«

Er nickte, dankbar für ihr Verständnis. »Ja, ich habe das erfunden, von dem ich dachte, man würde es mir glauben. Darum erzählte ich nur den Ärzten von meiner Neigung. Anderen, die es nicht verstehen konnten, sagte ich, mir seien die Mittel ausgegangen – oder ich habe mein Geld verloren. Der unselige Trieb ist aber wirklich die Ursache, dass ich so verbummelt bin.«

»Vielleicht ist die Hüttenmühle die Rettung«, tröstete Karl. »Ich war vorgestern dort. Dr. Alzheimer und Professor Sioli haben etwas wahrhaft Schönes aufgebaut.«

∼◉∽

Alois Alzheimer sah Karl irritiert an, als der am Montag in der Tür zum Labor seines Lehrmeisters stand und eine Antwort auf seine soeben vorgebrachten Fragen erwartete. »Nun, mein lieber Walz, ich kann Sie beruhigen«, sagte er schließlich. »Auguste D. ist mein interessantester Fall. Selbstverständlich hätte ich versucht, sie beide mitzunehmen. Wenn ich den Posten bekommen hätte.«

»Wenn?«, versicherte sich Karl vorsichtig.

»Absage«, knurrte Alzheimer knapp und voller Bitterkeit. »Na ja, zumindest Franz Nissl wird sich freuen. Er hat mich eindrücklich gewarnt, in einer Landesanstalt zu versauern und bis zur Erschöpfung die Wirkungen von Geisteskrankheiten zu verwalten – statt mich wie er um die Ursachen zu bemühen.«

Darum war der Streit mit Nissl also gegangen, dachte sich Karl. Auch Alzheimers bester Freund hätte das Talent des Hirnanthropologen in einer Anstaltsverwaltung als gänzlich verschwendet erachtet.

Den gesamten April über arbeiteten Alois Alzheimer, der offenbar trotz der Absage allmählich seine alte Lebensfreude wiederfand, und sein Schüler Karl Walz endlich erneut voller Elan Seite an Seite. Es war wichtig, Augustes Krankheit von der Progressiven Paralyse zu unterscheiden. Für jene Krankheit galt Alzheimer als Experte, und der diesbezüglichen Differenzialdiagnose widmete sich, so erfuhr Karl, auch die Habilitationsschrift, an der sein Mentor arbeitete. Er war beeindruckt: Alzheimer ging in seiner Arbeit das Paralyse-Problem besonders gründlich an. Es prüfte histologisch alle Fälle von Geistesstörung, die im Laufe der letzten sechs Jahre seiner Tätigkeit auf dem Affenstein zur Sektion gekommen waren. Histologische Studien zu mehr als 300 Fällen der progressiven Paralyse auszuwerten – das war eine wahre Sisyphusarbeit.

Der berufliche Respekt schien auf Gegenseitigkeit zu beruhen: Als sich Anfang Mai Dr. Nitsche in seinen einmonatigen Forschungsurlaub verabschiedete, gestattete Alzheimer Karl tatsächlich, einige Aufgaben des Assistenzarztes bei Visite und Krankenbetreuung zu übernehmen.

Stolz erzählte er Mina davon, als sie bei ihrem Monatstreffen am Samstag, den 31. Mai 1902 am Mainufer spazieren gingen. Sie hatten sich trotz der für die Jahreszeit ungewohnten Kälte dafür entschieden, frische Luft und Bewegung täten ihnen besser als eine Besprechung in der Anstaltsbibliothek.

»Sieht ganz so aus, als seien Sie auch ohne Abitur und Titel so hilfreich wie ein Arzt«, schmeichelte die einstige Krankenschwester Karl.

Dieser konnte mit Komplimenten nicht sonderlich gut umgehen, fragte Mina daher nach dem Befinden ihres Mannes. Zu seinem Erstaunen berichtete sie daraufhin strahlend: »Besser! An Pfingsten fiel mir auf, dass Josephs körperliche Lähmungserscheinungen zurückgingen. Außerdem erkannte er mich endlich wieder – und er erinnert sich auch sonst an vieles. Er kann sogar wieder die Uhr lesen und Münzen richtig benennen.«

Karl war verblüfft. »Wirklich? Das ist ja … großartig.«

»Und bei ihrer Ziehmutter?«

»Nun ja, wir forschen weiter. Doktor Alzheimer arbeitet fast jede Nacht in der Anstalt.«

»Apropos«, sagte da Mina. »Ich habe mit Juwelier Hessenberg gesprochen. Und er hat mir gesagt, dass Dr. Alzheimers Gattin an Nierenversagen gestorben ist. Ich hoffe, diese Nachricht beruhigt Sie etwas.«

Karl setzte gerade dankbar an, etwas zu erwidern, da stellte sich Ihnen plötzlich ein Mann in den Weg. Karl erkannte in ihm den Zuhälter Frau Quillings. Der Lude sah ihn hasserfüllt an. Er zückte ein Messer, und Karl war augenblicklich in größter Sorge um Mina.

»Ist sie besser als meine Grete?«, fragte der Zuhälter spöttisch.

Karl drohte einmal mehr von unbändigem Zorn übermannt zu werden, bemerkte nun aber, dass zwei weitere Männer, wahre Riesen, aus einer Seitengasse hinzukamen und ihm und Mina jeden Fluchtweg versperrten.

»Guten Abend, guten Abend, Fräulein«, sagte einer der beiden Muskelberge und fügte anzüglich hinzu: »Ich bin sicher, wir hätten mehr zu bieten als der hier.«

Da ging es mit Karl erneut durch, und er stürzte sich mit einem Schrei auf den Riesen. Es kam zum Kampf, bei dem Karl rasch erfasste, dass er keine Chance hatte. Sein einziges Ziel konnte sein, zumindest Mina einen Fluchtweg zu verschaffen. Er selbst würde wohl kaum davonkommen. Er verlor die Kontrolle über den Kampf, musste überall schmerzhafte Treffer einstecken, die Riesen schleuderten ihn herum wie eine leblose Puppe. Schließlich kippte er über das Brückengeländer, er spürte noch, wie ihm die Luft wegblieb, hörte Mina schockiert aufschreien, da schien ihm auch schon der Aufprall auf der Flussoberfläche sämtliche

Knochen zu brechen. Er tauchte tief in den Main ein, dessen kaltes Wasser sich wie tausend Nadelstiche anfühlte. Dann gab es nur noch endlose Dunkelheit.

∽◎∾

15: DIE EINLADUNG

FREDDY WEINTE BITTERE TRÄNEN, als er auf das Grab starrte. Dr. Alois Alzheimer kam hinzu und legte ihm tröstend eine Hand auf die Schulter. »Ist ja gut, Freddy«, sagte er und blickte auf das Holzkreuz mit den dort niedergelegten halb verwelkten Blumen, vor dem der schluchzende Junge kniete. »Es ist doch schon zwei Jahre her.«

Sie befanden sich in Schloss Friedrichshof in Kronberg im Taunus und standen vor einem imposanten Denkmal des 1888 verstorbenen Kaiser Friedrich III. Darunter befand sich die jüngere Grabstätte.

»Und der Kaiser ist sogar schon 15 Jahre tot«, erklärte nun Karl Walz und las dabei die Inschrift auf dem Holzkreuz: »Zum Gedenken an Kaiserin Friedrich«.

»Aber die Kaiserin ist erst vor zwei Jahren gestorben«, verteidigte Freddy seine tränenreiche Trauer. »Außerdem habe ich es doch gerade erst erfahren.«

Karl und Alzheimer grinsten sich an. Freddy hatte so lange gebettelt, sie auf ihrer nunmehr wöchentlichen

Fahrt in den Taunus begleiten zu dürfen, dass der Oberarzt schließlich nachgegeben hatte. Sie hatten in der Trinkeranstalt Köppern unter anderem auch Oskar Mäder besucht, der sich dort nach eigener Aussage sehr gut machte, was auch der Hausvater bestätigt hatte. Auf dem Rückweg hatte Alzheimer spontan beschlossen, mit seinen beiden ungleichen Begleitern noch Schloss Kronberg zu besichtigen. Es war inzwischen Anfang Juni – und auch um sechs Uhr abends noch hell.

»Ich bin keine Heulsuse«, betonte Freddy und wandte sich trotzig an Karl. »Ich hab auch nicht geheult, als ich das von dir gehört habe.«

»Was meinst du?«, fragte Karl.

»Na, was der Doktor Friedländer allen erzählt hat. Dass er dich so schlimm verprügelt hat – der Zughalter.«

»Zughalter?«, hakte Alzheimer nach. Dann erriet er schmunzelnd, welches Wort Freddy da wohl vom Kollegen Friedländer aufgeschnappt hatte: »Ach, du meinst Zuhälter.«

Karl spürte seine Ohren heiß werden. War ja zu erwarten gewesen, dass Friedländer den Vorfall vom letzten Wochenende herumerzählen würde. Als ob es nicht peinlich genug gewesen wäre, von Mina und einem Schutzmann aus dem Main gezogen zu werden. Dieser Schutzmann kannte nicht nur die geflohenen Burschen, denen er noch hinterhergepfiffen hatte – nein, als er vom geretteten Karl erfuhr, wo dieser arbeitete, ließ er auch Dr. Friedländer herzlich grüßen. Der Schutzmann und Friedländer seien nämlich Nachbarn. Ausgerechnet! Aber immerhin hatte Karls Sturz in den Fluss die Angreifer in die Flucht geschlagen und solchermaßen auch Mina vor den Unholden gerettet. Dennoch war Karl das Thema merklich unangenehm, Freddy plauderte aber arglos und munter weiter: »Der Zu-Halter hat die Mina bedroht. Und dann hat er den Karl in den Fluss geworfen. Den ganz großen. Der Karl wär fast ertrunken, hat die Oberschwester gesagt. Und erfroren.«

»So schnell erfriert man Ende Mai nicht, Freddy«, beruhigte ihn Alzheimer. »Ich hab in meiner Würzburger Studentenzeit wegen einer verlorenen Wette mal den ganzen Main durchschwommen. Im Winter.«

»Die Oberschwester Ehrentraud hat gesagt, sich mit Größeren prügeln ist dumm.«

»Ach?«, fragte Karl, und Alzheimer schmunzelte.

»Ich finde es ehrenhaft, für eine Dame zu kämpfen, Freddy«, sagte der Oberarzt.

Freddy deutete auf die Narbe des Oberarztes. »Als Student hast du dir dafür deinen Schmiss geholt, gelt?«, erinnerte er sich.

Daraufhin verlangte er nach mehr Geschichten aus Alzheimers wilder Studentenzeit – und Karl war dankbar, nicht länger im Zentrum des Interesses zu stehen. Mina hatte beim Abschied gesagt: »Danke, dass Sie sich für mich geopfert hätten«, und damit hatte die unangenehme Episode für ihn ein glimpfliches Ende genommen.

☙

Als am nächsten Morgen Dr. Paul Nitsche von seiner Forschungsreise nach Göttingen zurückkehrte, suchte er Karl im Isolierzimmer auf, der dort gerade Auguste zum Essen überreden wollte.

»Keine Besserung bei der Deter, wie man sieht«, stellte Nitsche fest und fügte mit seinem typischen, leicht zynischen Grinsen hinzu: »Hast du inzwischen jedenfalls Alzheimers düstere Geheimnisse lüften können?«

»Mina … Frau Gehweiler meinte, Cecile sei an einer Nierengeschichte gestorben«, klärte ihn Karl auf.

Paul grinste breit. »Mina? Du hast Mina gesagt.«

Auf solche Anspielungen hatte Karl jetzt keine Lust. »Nein, ich sagte Frau Gehweiler. Also natürlicher Tod!«

Die Tür zum Isolierzimmer stand offen, unvermittelt zeigte sich Dr. Alzheimer im Raum. Karl fühlte sich ertappt, wusste nicht, wie viel sein Vorgesetzter von seinem Gespräch mit Paul gehört hatte.

»Ah, hier sind Sie beide«, sagte Alzheimer, und seine Stimme klang zu Karls Erleichterung gut gelaunt. »Direktor Sioli hat mich überredet, mal wieder einen Empfang in meinem Haus zu geben. Mein Geburtstag droht. Samstag, 14. Juni. Sie sind beide auf das Herzlichste eingeladen.«

»Wie erfreulich«, meinte Nitsche. »Ich komme gern.«

Karl hingegen zögerte mit seiner Antwort, was Alzheimer nicht entging. »Und Sie, Walz? Kommt Ihnen das nicht zupass?«, fragte der Nervenarzt.

»Doch, doch, ich fühle mich sehr geehrt. Aber«, sagte Karl zögerlich, »wird meine Kleidung dafür ausreichen?«

Tatsächlich hatte an seinem Sonntagsanzug trotz sorgsamer Pflege doch sehr der Zahn der Zeit genagt. Dr. Nitsche zog die Augenbrauen hoch und schaute zu Boden, so als wolle er sagen »wo er recht hat…«

Alzheimer bemerkte das und wandte sich erneut an Karl: »Nun, dann werden wir beide wohl zusammen meinen Schneider aufsuchen müssen.«

⁓⊘⌒

Tags drauf saßen Alzheimer und Karl in der Kutsche, die sie in die Töngesgasse in der Altstadt bringen sollte.

»Kennen Sie die Schneiderei Wächtershäuser zufällig?«, fragte der Psychiater kurz vor der Ankunft, was Karl verneinte.

»Ein echter Traditionsbetrieb«, erklärte Alzheimer.

Jean Michael Schäfer, der derzeitige Inhaber, erwies sich als äußerst gepflegter Mann, der in Alzheimers Alter sein mochte, nur wesentlich schlanker war und sein dichtes, blondes Haar mit viel Pomade kunstvoll gewellt hatte. Ein feiner Herr nach Friedländers Geschmack, dachte Karl noch, als der Schneider ihn musterte. »Erstklassige Figur für einen schneidigen Anzug«, urteilte er anerkennend, und Alzheimer schmunzelte verhalten. »Und ein markantes Gesicht. Ein gepflegter Schnauzer wäre en vogue«, schlug er vor.

»Ich mag an mir keine Oberlippenbärte«, erwiderte Karl, während der Schneider versiert Maß nahm. »Dann sehe ich aus wie mein Vater.«

»Und das wollen Sie nicht«, sagte Schäfer und nickte verständnisvoll. »Keine guten Erinnerungen?«

Karl deutete lediglich ein Kopfschütteln an, er mochte dieses Thema hier nicht weiter vertiefen.

»Nun gut«, sagte Schäfer. »Hier bekommen Sie ausschließlich Zwirn für die schönsten Erinnerungen. Nicht wahr, Doktor Alzheimer?«

Alzheimer nickte, versonnen lächelnd. »Die allerschönsten. Ohne ihren Hochzeitsanzug wäre ich nur halb so gut aussehend unter die Haube gekommen.«

»Zum Glück kann uns die Erinnerungen niemand nehmen«, sagte der Schneider.

Karl dachte, dass Augustes Erkrankung jene Floskel widerlegte.

»Wie geht es denn den Kindern?«, fragte Schäfer Alzheimer.

»Schlagen sich tapfer«, sagte dieser ernst.

Karl blickte in das nun traurige Gesicht seines Mentors, und war mehr denn je gespannt, bald endlich Alzheimers Zuhause kennenzulernen.

∽◦∾

Samstag, der 14. Juni 1902, der Tag an welchem Dr. Alzheimers 38. Geburtstag gefeiert werden sollte, kam schnell. Karl Walz trug den neuen Anzug, den Schneider Schäfer gerade noch rechtzeitig fertiggestellt hatte. Seinen guten Ruf hatte der Kleidermacher wahrlich verdient! Was der edle Stoff gekostet hatte, mochte Karl seinen Mentor lieber gar nicht erst fragen. Karl wollte sich noch eben von Auguste verabschieden. Als er das Krankenzimmer betrat, sah er zu seinem Erstaunen, dass Herr Deter bei ihr am Bett saß. Dieser hatte sich seit der Silvesterfeier nicht mehr auf dem Affenstein blicken lassen. Augustes Gatte klopfte leicht gereizt auf seiner Taschenuhr herum, seine Frau kaum ansehend. »Und du kriegst hier genug zu essen? Bist dürr geworden.«

»Kann mich nicht beklagen«, sagte sie, aus dem Fenster starrend.

Ihr Mann war weiter mit seiner Uhr beschäftigt. »Was gab es denn heute?«, fragte er desinteressiert.

»Suppe und Verschiedenes.«

Er sah sie fragend an. »Verschiedenes?«

Da bemerkte er Augustes verblüfften Blick in Richtung Tür und drehte sich seinerseits um. Er erkannte Karl in seinem feinen Anzug und mit dem streng gekämmten Haar offenbar kaum wieder.

»Guten Tag, Herr Deter«, grüßte er. »Nett, dass Sie auch einmal wieder da sind.«

Dem Bahnkanzlisten war der Vorwurf hinter diesem Satz merklich unangenehm. »Ich hatte noch was mit dem Doktor zu bereden.«

Auguste lächelte Karl liebevoll an, und mit einem Mal schien sie wieder sie selbst zu sein. »Bist ein feiner Herr.«

Karl strahlte. »Danke. Ich gehe auf Doktor Alzheimers Geburtstagsfeier. Wollte dir noch eine gute Nacht wünschen.«

»Verdreh den Damen nicht den Kopf!«, sagte Auguste und zwinkerte ihm zu.

Karl wandte sich an ihren Mann. »Ihre Gegenwart tut ihr gut.«

Herr Deter nickte schuldbewusst.

16: DER EKLAT

Dr. Alois Alzheimers Domizil befand sich in einem noblen Palais in der Liebigstraße 53 im Frankfurter Westend. Karl Walz stand beeindruckt vor dem mehrstöckigen sandfarbenen Gebäude mit seinen hohen Fenstern und zahlreichen Balkonen. Er rückte nochmals seinen Schlips zurecht, atmete tief durch und klingelte.

Eine knapp 30-jährige braunhaarige Frau mit strengem Dutt öffnete.

»Guten Abend, mein Name ist Karl Walz«, sagte er höflich.

»Kommen Sie rein!«, erwiderte die Frau mit demselben fränkisch rollenden »r«, das er von Alois Alzheimer kannte. »Ich bin Maja, die Schwester vom Alois. Ich weiß gar nicht, wieso er seinen Gästen nicht selbst öffnet.«

Sie führte Karl in den Salon, wo er sich eingeschüchtert umsah: Die hohen Räume waren mit exklusiven Reisesouvenirs und Antiquitäten aus aller Herren Länder ausgestattet. An einer Wand hingen Prunkschaukästen mit aufgespießten Schmetterlingen und anderen Insekten. Wenige elegant gekleidete Gäste waren bereits eingetroffen, der Jubilar war jedoch nirgends zu sehen.

»Ich hatte eigentlich gehofft, es sei endlich vorbei mit diesen verschwenderischen Empfängen«, schimpfte Maja offenherzig.

Karl beschloss, ebenso aufrichtig zu antworten. »Vielleicht ist es ja ein gutes Zeichen – dass der Dr. Alzheimer wieder Gäste empfangen mag.«

Sie sah ihn nachdenklich an. »Mögen ihn wohl sehr, den Alois.«

Karl nickte. Es stimmte schon, er mochte seinen Mentor – auch wenn es weiterhin viele offene Fragen gab.

»Der Alois war schon immer gern der fürsorgliche große Bruder«, erzählte Maja. »Aber manchmal braucht er selbst jemanden, der ihm den Kopf wieder zurechtrückt.«

Mit diesen Worten riss Maja eine Tür auf, und durch den offenen Spalt sah Karl in ein Kinderzimmer, in dem Dr. Alzheimer mit einem fünfjährigen Jungen und einem sechsjährigen Mädchen, beide im Nachthemdchen, einen Schmetterling präparierte; in der Wiege lag ein etwa einjähriges Kind.

»Bist du narrisch, Alois?«, erboste sich Maja. »Deine *Gäste* warten! Und Frieda und ich stehen mit allem allein da.«

»Das wäre anders, wenn du nicht gleich die übrigen fünf Dienstboten gefeuert hättest, als du letztes Jahr hier das Regiment übernommen hast«, konterte Alzheimer. »Wir machen das hier nur noch kurz fertig.«

Abfällig blickte seine resolute Schwester auf das Insekt. »Schimpf mal lieber mit dem Hänser, hat vorhin vom Kuchen gemopst – und danach auch noch gelogen.«

Alzheimer sah sie schmunzelnd an. »Und, hast ihm zur Strafe den Mund mit Seife ausgewaschen?«

»Das hat mir mein Lieb-Brüderlein ja verboten. Leider«, knurrte Maja. »Auf jetzt! Herr Walz ist auch schon da.«

Alzheimer sah erfreut zur Zimmertür. »Oh! Hänser, Gertrud, wir machen morgen weiter. Ab ins Bett, Kinder!«

Er kam heraus und begrüßte Karl, indem er ihm überschwänglich die Hand schüttelte und die andere auf die Schulter legte. Da sie sich fast täglich in der Anstalt sahen, waren ihre Begrüßungen sonst freilich weniger förmlich.

»Von Herzen die besten Wünsche zum Geburtstag, Doktor Alzheimer«, gratulierte Karl feierlich.

Alzheimer zog Karls Geschenk aus der Schachtel – eine Weinflasche. Nitsche hatte Karl einen Teil des Geldes dafür leihen müssen. Alzheimer quittierte das Etikett mit einem anerkennenden Nicken. »Danke sehr, Walz. Guter Jahrgang! Zum Glück ist das Alter nur eine Zahl – wenn man nicht gerade ein guter Frankenwein ist.«

»Trotzdem kommt in zwei Jahren die große vier«, neckte seine Schwester ihn. »Dann geht's bergab.«

Alzheimer machte eine abwinkende Handbewegung. »Ein Mann ist immer so alt, wie er sich fühlt.«

»Aber nie so wichtig«, konterte Maja und ging in Richtung Küche davon.

»Immer das letzte Wort«, kommentierte Alzheimer grinsend. »Schön, dass Sie hier sind, Walz.«

Er stellte den Wein auf den Gabentisch und berichtete Karl dann: »Frau Deters Gatte hat mich heute aufgesucht. Er meint, die Zahlungen für Augustes Aufenthalt bei uns ruinieren ihn. Er will sie in eine billigere Anstalt in Weilmünster verlegen lassen.«

Karl spürte unbändigen Zorn in sich aufsteigen. »Was? Dann war er nur deshalb da!«

»Keine Angst«, suchte Dr. Alzheimer ihn zu beruhigen, »ich werde da etwas mit öffentlichen Geldern deichseln. Wir lassen Ihre Mamuschka nicht aus den Augen, versprochen.«

Karl sah Alzheimer dankbar an. Wie hatte er auch nur einen Augenblick an der Integrität seines fürsorglichen Lehrmeisters zweifeln können? Dieser wandte sich nun den neu eintreffenden Gästen zu, und Karl war erleichtert, dass Dr. Nitsche zu ihnen gehörte. Dank des unkomplizierten jungen Arztes fühlte er sich nicht so deplatziert unter all den vornehmen Menschen. Ein Grammophon begann Walzermusik zu spielen. Paul Nitsche kam mit zwei Gläsern Sekt zu Karl. »Hier, du stehst umeinander wie ein Pfaffe im Freudenhaus.«

»Die stehen da nicht«, erwiderte Karl doppeldeutig.

Er beobachtete, wie Alzheimer einen streng dreinblickenden bärtigen Mittvierziger begrüßte, der militärisch-zackig sprach. Karl fragte Paul Nitsche, wer der Herr sei.

»Emil Kraepelin, Professor aus Heidelberg«, erklärte dieser.

»Der Papst der Psychiatrie?«, versicherte sich Karl.

Paul Nitsche nickte. »Eben jener. Und neben ihm steht Franz Nissl.«

Karl sah den zweiten Mann neben Alzheimer ehrfürchtig an. Der untersetzte, rundliche Mann mit Schnauz- und Kinnbart wirkte unauffällig, doch Karl wusste, dass es sich auch bei ihm um eine lebende Legende handelte. Dr. Franz Nissl hatte jene Färbetechnik erfunden, die im Grau der Gehirnpartikel krankhafte Veränderungen sichtbar machen konnte.

Da wurde Karls Aufmerksamkeit abgelenkt: Mina traf mit Dr. Laquer ein. Auch sie war in ihrer feierlichen Aufmachung kaum wiederzuerkennen. In der Hand trug sie ein Kistchen.

»Schau an, die Gehweiler«, erkannte Paul.

Mina erblickte die beiden, fing an zu strahlen und kam zu ihnen, wo sie zunächst ihr Kistchen auf den Tisch neben ihnen stellte, der bereits mit Karls Rotwein, einer Flasche Sekt und weiteren, noch verpackten Geschenken beladen war.

»Guten Abend, Doktor Nitsche«, sagte Mina kurz und wandte sich dann lächelnd an Karl: »Herr Walz, welche Erleichterung. Ich hatte schon befürchtet, hier nur adelige Damen und bornierte hohe Herren anzutreffen.«

Karl grinste. »Das haben Sie mit Dr. Alzheimers Schwester gemein.«

»Mei, wie galant sie ausschauen«, kommentierte Mina seinen neuen Anzug.

Breit grinsend fiel Paul Nitsche Karl in den Rücken: »Ein Geschenk Doktor Alzheimers. Aber *Sie* sehen … betörend aus, meine Werteste.«

Karl war wenig erfreut über Nitsches »Verrat«. Doch er

wusste auch, dass er selbst eine Verbindung zu Mina hatte, ein gemeinsames Thema, das weder Paul Nitsche noch sonst jemand nachvollziehen konnte. Als Mina höflich, aber ohne wirkliches Interesse, Nitsche mit einem »Das hört man gern, danke«, abgespeist hatte, sprach Karl das Thema an: »Wie geht es Ihrem Gatten?«

»Noch besser«, berichtete Mina strahlend. »Er hat sogar darauf bestanden, dass ich heute tanzen gehe. Und schauen Sie nur!«

Sie öffnete ihre auf dem Gabentisch stehende kleine Kiste. Begeistert zeigte sie Karl eine bildhauerische Arbeit: schöne Figurengruppen auf einer großen silbernen Fruchtschale.

»Das Geschenk für Doktor Alzheimer«, erklärte sie. »Das hat Joseph letzte Woche angefertigt!«

Karl war verblüfft. »Er kann wieder arbeiten?«

»Ja. Kaum zu glauben, nicht wahr?«, strahlte Mina. »Wie geht es denn Ihrer Ziehmutter?«

»Sie war heute auch fast wie früher – nur, weil ihr Gatte sie endlich mal wieder besucht hat. Ihre Theorie war also richtig, liebe Mina«, sagte er strahlend. »Das Vertraute scheint zu helfen!«

Das Musikstück wechselte. »Oh, mein Lieblingslied«, stellte Mina entzückt fest. Paul Nitsche stupste Karl an, doch der zögerte.

»Darf ich bitten, gnädiges Fräulein?«, kam es da nicht von Karl, sondern mit italienischem Akzent. Ein Südländer mit gepflegtem Oberlippenbart in Karls Alter, formgewandt, gut aussehend und absolut stilsicher gekleidet, stand plötzlich vor Mina. Sie sah Karl fragend an, der nicht wusste, wie er reagieren sollte – und folgte schließlich dem Südländer zu den Tanzenden.

»Du Esel!«, fuhr Paul Nitsche Karl an. »Merkst du nicht, wenn eine Dame tanzen will?«

»Ich kann nicht tanzen, verdammt!«, erwiderte Karl wütend.

Da staunte Dr. Nitsche. »Oh!«

Es klingelte an der Tür, während die Musik weiterspielte. Maja Alzheimer eilte hin. Karl starrte indes verdrossen zu den Tanzenden. Mina und der Südländer sahen aus wie ein echtes Traumpaar.

»Wer ist dieser Lackaffe überhaupt?«, fragte sich Karl laut.

Nitsche wusste die Antwort: »Gaetano Perusini. Medizinstudent aus Italien – bei Professor Sioli zu Besuch. Aus bestem Hause, denen gehört ein ganzes Schloss, die Familie ist angeblich mit den Habsburgern befreundet.«

»Verstehe«, knurrte Karl. »So einer hat dann wohl drei Frauen an jedem Finger.«

»Italiener eben – und die deutschen Frauen fallen auf diese Casanovas herein«, meinte Nitsche abfällig. Er trank sein Glas auf ex und schnappte sich dann Karls, der mal wieder nichts davon getrunken hatte. Dabei versicherte er sich: »Und du kannst wirklich nicht tanzen?«

Bevor Karl antworten konnte, kam es an der Tür zu einem Tumult. Maja hatte inzwischen geöffnet und wurde von einem stark angetrunkenen Dr. Friedländer zur Seite gestoßen.

»He da!«, schimpfte sie.

Brüllend rief Friedländer nach Alzheimer. Der Gastgeber ging von Sioli und Laquer zu Friedländer herüber. Fragte ihn verständnislos, was mit ihm sei.

Friedländers Stimme bebte: »Man hat meinen Neffen gefunden – tot!«

Alzheimer wirkte aufrichtig betroffen. »Das ist ja schrecklich. Wie …?«

»Überdosis Morphium!«, rief Friedländer hasserfüllt. »An die Droge ist er also auch ohne Ihre Anstalt gekommen. Aber der Halt der Arbeit dort fehlte ihm – wie ich es prophezeit habe.«

Klinikdirektor Sioli mischte sich ein. »Sie wollen jetzt wohl nicht Dr. Alzheimer die Schuld geben?«

Friedländer war völlig außer sich. »Aber *nein*! Der ach so hilfsbereite Doktor Alzheimer ist doch nie an etwas schuld. Cecile und ihrer gesamten Familie hat er schließlich auch bestens ›geholfen‹!«

Friedländer hatte inzwischen die Blicke der gesamten Gesellschaft auf sich gezogen.

»Sie gehen jetzt besser – sofort«, knurrte Alzheimer, dessen Stimme nun ebenfalls vor Zorn bebte.

Friedländer packte ihn am Arm und stieß hasserfüllt hervor: »Erbschleicher!«

Für eine Sekunde wirkte es, als wolle Alzheimer auf den Kollegen losgehen, doch Karl kam ihm zuvor, in blindem Zorn packte er Friedländer am Kragen. »Halten Sie Ihr Schandmaul!«

»Fassen Sie mich nicht an!«, fauchte Friedländer hysterisch. Karl stieß ihn grob gegen das Grammophon, die Nadel rutschte ratschend zum Ende der Platte. Das Tischchen mit den Geschenken kippte um, die Fruchtschale Minas krachte herunter, Sekt- und Rotweinflasche zersplitterten klirrend. Sekt schäumte, der Wein spritzte auf Minas Kleid. Perusini hielt Karls Arm fest, der erschrocken aus seiner Raserei erwachte. Friedländer löste sich angewidert von ihm.

Psychiatrie-Legende Kraepelin mischte sich entrüstet ein, Friedländers infame Unterstellung schreie nach Genugtuung, meinte er.

»Du machst dir nicht die Finger schmutzig, Alois!«, warnte Maja da ihren zornigen Bruder.

Dieser sagte mit gefährlich leiser Stimme zu Friedländer: »Raus jetzt, Sie betrunkener Narr.«

Friedländer warf ihm einen letzten verächtlichen Blick zu und ging.

Musik! Perusini, ganz Gentleman, hatte das Grammophon wieder angeschaltet.

Mina musterte ihr vom Wein beflecktes Kleid.

Karl wäre vor Scham am liebsten im Erdboden versunken. »Das tut mir so …«

»Nicht schlimm«, versuchte sie ihn zu beruhigen, »ich sollte eh nach Hause und nach meinem Mann schauen.«

Die Erwähnung ihres Ehemannes war Perusini offenbar peinlich. »Oh! Das … ja, gewiss.«

Mina lächelte Karl aufmunternd zu. »Auf bald einmal.«

Karl und Perusini standen betreten da und sahen ihr nach. »Ich wusste nicht, dass sie verheiratet ist.«

»Ihr Mann ist sehr krank, er wollte, dass Sie heute tanzen geht«, beruhigte Karl den Italiener. »Machen Sie sich also keine Gedanken.«

Perusini streckte ihm die Hand hin. »Gaetano Perusini.«

Karl ergriff seine Hand.

»Sie haben da eben sehr beherzt eingegriffen für Dottore Alzheimer«, lobte Perusini. »So musste er als Gastgeber sich nicht die Hände schmutzig machen. Sehr nobel von Ihnen, Herr …«

»Walz. Karl Walz«, sagte Karl, der erstaunt und dankbar war, dass sein Wutanfall diesmal als angebracht erachtet wurde. Hatte er sich vielleicht doch nicht komplett blamiert? Er hoffte es.

Da kam Dr. Alzheimer und erlöste ihn, indem er ihm ins Ohr raunte: »Walz, was haben Sie morgen vor?«

Karl, der am morgigen Sonntag frei hatte, erklärte, dass er außer dem obligatorischen Besuch bei Auguste noch keine Pläne habe.

»Kraepelin hat mir einen Hundertjährigen besorgt, ich will sein Gehirn entnehmen und untersuchen.«

Auf Karls verwirrten Blick hin fügte er hinzu: »Er ist natürlich bereits verstorben, keine Angst. Wenn Sie bei der Untersuchung des Hirns dabei sein wollen – dann kommen Sie morgen Abend um neun Uhr in den Sezierraum.«

17: DAS GEHEIMNIS DES DR. ALOIS ALZHEIMER

AN DER HINTERFRONT DES ANSTALTSGEBÄUDES befand sich das Leichenhaus, Karl ging zögerlich und etwas eingeschüchtert darauf zu. Er wusste von Nitsche, dass sich das Leichen- und Sektionszimmer früher mitten in einer finsteren Ecke der Abteilung für Tobsüchtige befunden hatte. Erst Professor Sioli hatte es hier in das getrennte Haus verlagern lassen, da es am alten Ort die Gefühle vieler Kranker verletzt und den Leichenbefund erschwert hatte. Der Sektionsraum hier im ausgelagerten Haus war hell erleuchtet, es roch aufdringlich nach Paraffin und anderen Chemikalien. Vor Dr. Alzheimer auf dem Seziertisch lag wie angekündigt der Körper des Hundertjährigen. Er war der erste Tote, den Karl seit dem Ableben seines Vaters sah. Unsicher näherte er sich dem Leichnam.

Alzheimer wusch sich derweil die Hände. »Er tut Ihnen nichts, Walz. Ich hoffe, Sie haben ausreichend geschlafen und sind gefestigt.«

Karl zog einen Laborkittel an, blieb dann zunächst einen Meter entfernt vor dem Seziertisch stehen. »Ja, danke nochmals für die Einladung gestern.«

Alzheimer trocknete sich die Hände ab. »Tja, unangenehme Sache, das mit Friedländer«, kommentierte er und ging zum Seziertisch. »Wie schnell 100 Jahre vergehen können, alter Junge«, sagte er fast liebevoll zum weißlichgrauen Körper des Greises. Dann hob er ein Schnapsglas: »Auf das Ewige! Auf die Schöpfung!«

Er trank, stellte das Glas ab, bekreuzigte sich, sprach kurz ein stummes Gebet und griff zu Bohrer und Säge. Ein Bohrgeräusch ertönte bald am Kopf des Toten. Karl kam näher, wagte aber zunächst nicht hinzusehen, hörte nun aber ein markdurchdringendes Sägen.

»Ich habe Cecile übrigens nicht wegen ihres Geldes geheiratet«, sagte der Arzt dabei unvermittelt.

Karl stammelte. »Nein, das …«

Alzheimer unterbrach ihn. »Ich habe sie überhaupt nur kennengelernt, weil mich seinerzeit ein Kollege nach Nordafrika rief. Um Ceciles nervenkranken Mann zu retten – und weil die Tochter auch krank war.«

»Ja, der Diamantenhändler Geisenheimer«, sagte Karl und versuchte möglichst beiläufig zu klingen. »Von ihm hat man ja schon gehört. Wann wurden Sie denn zu ihm gerufen?«

»Es war vor etwas über zehn Jahren in Algerien, März 1892. Ich war 27 Jahre jung«, erinnerte sich Alois Alzheimer. »Der Neurologe Wilhelm Erb hatte mich mit einem Telegramm in die Wüste gerufen. Geisenheimer lag in einem Zelt in einer Oase. Wimmerte auf seinem Krankenlager vor sich hin. Ich untersuchte die Reaktion seiner Augen auf das Licht meines Lämpchens. Geisenheimer war völlig benommen, fragte mich dann, wer ich überhaupt sei. Erb erinnerte ihn, er habe ihm das doch erklärt. Der Mann, dem er das Telegramm geschickt habe. Mehr als ein »Alz« brachte der Diamantenhändler aber nicht mehr zusammen. Erb half ihm mit meinem vollen Namen auf die Sprünge, erklärte, dass er mich aus seiner Zeit in Heidelberg kenne – und dass ich ein Experte sei. Ich forderte Erb mit einer kurzen Geste auf, mit mir das Zelt zu verlassen. Dann standen wir also schwitzend in der Wüstensonne, der Kollege und ich. Dem

Erb mit seinem grauen Rauschebart lief das Wasser noch mehr herunter als mir. Ich zündete mir erst mal eine Zigarre an. Auf Erbs bange Frage hin bestätigte ich seinen Verdacht: Progressive Paralyse. Geisenheimers Augen hatten nicht normal reagiert. Erb hatte gehofft, er hätte den Diamantenhändler in Heidelberg erfolgreich behandelt. Sonst hätte er dieser Expeditionsreise selbstverständlich nie zugestimmt. Aber kaum in Algerien angekommen, hatte Geisenheimer einen Nervenzusammenbruch erlitten. Als Nächstes wollte ich mir das fünfjährige Kind anschauen. Erb führte mich also zu einem weiteren Zelt. Dort tupfte Cecile Geisenheimer ihrer fiebernden kleinen Tochter Marion gerade die Stirn ab. Sie drehte sich zu uns um. Im Flüsterton stellte Erb uns einander vor. Als ich Ceciles Augen sah, war es um mich geschehen. Aber sie war nun einmal verheiratet. Und es war meine heilige Pflicht, ihren Gatten zu retten. Und ihre Tochter natürlich. Cecile bedankte sich, dass ich den weiten Weg auf mich genommen hatte. Also schaute ich mir das Kind an. Das bleiche Mädchen war zunächst natürlich recht ängstlich. Ich nahm ihr winziges Händchen und sagte ihr, dass ich der Alois bin. Von draußen hörte ich ein Kamel röhren. ›Gefallen dir die Kamele?‹ habe ich die Kleine gefragt, da hat sie schüchtern genickt. Ich meinte dann, dass die Viecher sich aber etwas laut unterhielten. Ich habe das Kamelröhren imitiert, da war das Eis endgültig gebrochen.«

Karl grinste. Das konnte er sich bildhaft vorstellen. Typisch Alzheimer! »Die Kleine hat gelächelt – und ihre Mutter auch«, fuhr der Psychiater fort. »›Wir kämpfen dafür, dass es dir bald wieder gut geht‹, hab ich der kleinen Marion versprochen. Und dass wir uns dann zusammen ausgiebig mit den Kamelen unterhalten würden.«

Obwohl Karl angesichts Friedländers Andeutungen die Antwort kannte, fragte er Alzheimer zaghaft, ob er sein Versprechen habe halten können. Alzheimer schüttelte betrübt den Kopf. »Nein. Wir erreichten gerade noch die Südküste Frankreichs. Aber Geisenheimer starb dann in Saint Rafael, zwei Monate später die sechsjährige Tochter. Zum ersten Mal verzweifelte ich an meinem Beruf.«

Ernstes Schweigen folgte. Alzheimer hob die Schädelplatte vor Karl ab. Der schwankte zwischen Ekel und Neugier, nahm instinktiv die Hand vor die Nase. »Was war die Todesursache?«

»Altersschwäche«, kam es von Alzheimer.

»Nein, ich meine das Kind.«

»Darüber waren sich die Kollegen nicht einig, eine diffuse Infektion.«

»Schlimm für eine Mutter«, meinte Karl hilflos.

Alzheimer schien nun in den Kopf des Hundertjährigen zu greifen, zumindest hörte Karl schmatzende Geräusche.

»Ja, die arme Cecile war natürlich zu Tode betrübt. Man hat so was ja nie in der Hand …« – in diesem Moment schien er die gesamte Gehirnmasse aus dem Schädel gelöst zu haben – »… aber ich fühlte mich verantwortlich, war für sie da. Erst nur als Arzt. Doch dann wurde mehr daraus. An ihr Erbe habe ich dabei keinen Moment gedacht. Ich wollte doch mit ihr *leben*!«

»Das glaube ich«, sagte Karl. »Geld ist ja nicht alles …«

Alzheimer unterbrach seine Arbeit, zündete sich eine Zigarre an. »Genau, die Menschen sind das Wichtigste, unsere Kinder. Cecile war seinerzeit noch jüdischen Glaubens. Ohne dass ich das verlangt hatte, trat sie zum evangelischen Glauben über. Im Februar '95 haben wir dann auch kirchlich geheiratet. Es war buchstäblich höchste

Zeit: Cecile war damals schon mit unserer ersten Tochter Gertrud schwanger. Das waren die schönsten Tage damals. Zwei weitere, kerngesunde Kinder hat sie mir geschenkt.« Dann verdunkelte sich sein Gesichtsausdruck: »Aber das Glück hat keiner gepachtet.«

»Was ist geschehen?« fragte Karl vorsichtig.

»Es begann letztes Jahr im Januar mit einer Halsentzündung bei Cecile«, erzählte Alzheimer stockend. »Harmlos, dachte ich zuerst. Später kamen aber Gliederschmerzen hinzu, dann ging es auf die Nieren über. Schließlich ist sie in ein Fieber verfallen – und innerhalb weniger Wochen …«

Karl sah, dass Alzheimers Augen schwammen. »Nierenversagen. Obwohl ich führende Experten hinzugezogen hatte.«

Karl ahnte, wie sehr den Arzt die Trauer schmerzte. Er musste daran denken, wie ihm selbst Auguste Deter kurz vor seinem neunten Geburtstag mitgeteilt hatte, dass seine leibliche Mutter in der grässlichen Anstalt verstorben war. Er hatte geschrien, mit den Fäusten auf Auguste eingetrommelt, sie hatte ihn an sich gezogen, er bitterlich in ihren Armen geweint. Und bis heute, zwölf Jahre später, war seine Trauer um die Mutter nicht gänzlich überwunden.

Alzheimer drückte seine Zigarre aus. »Ich habe seinerzeit viel zu lang mit meinem Antrag gewartet. Erst das Trauerjahr, dann das Gefühl, mit ihrem Reichtum nicht mithalten zu können. Verschwendete Zeit. Verstehst du, was ich meine?«

Er reichte dem verblüfften Karl die Hand. »Ich bin der Alois.«

Sein Schüler ergriff sie überwältigt. »Karl«, brachte er hervor.

Alzheimer wandte sich wieder dem Gehirn zu. »Ein Prachtexemplar.«

Karl schaute genauer hin. »Sieht ganz normal aus, alles dran.«

Alzheimer tippte ihm an die Stirn. »Fast so groß wie das eines 20-Jährigen. Tja, man kann offenbar auch bis ins hohe Alter ein ganz gesundes Hirn behalten. Demenz ist also durchaus selbst mit 100 keine Selbstverständlichkeit.«

Karl holte nun auf Bitte seines Lehrmeisters ein Mull-Tuch aus einer Schublade, Alois Alzheimer legte das aufgeschnittene Gehirn darauf. »Sehen wir es uns unter dem Mikroskop an. Wir werden von allen Teilen Präparate anfertigen.«

Karl nickte voller Vorfreude. »Da haben wir einiges zu tun.«

»Ja. Aber wir sollten jetzt auch das mit deinem Abitur angehen«, meinte Alois. »Ich möchte dich dafür am Lessing-Gymnasium anmelden. Dann kannst du später, wenn es gut läuft, ans Studieren denken. Ich kenne den dortigen Direktor sehr gut.«

Karl war skeptisch. »Ich weiß nicht, wie ich das zurückzahlen könnte.«

Alzheimer erklärte ernst, etwas geben zu können tue ihm gut, es sei wie ein Heilmittel für ihn. »Hab ich von meiner Cecile gelernt.«

»Aber dann werde ich nicht mehr so oft hier sein können wie bisher. Werden Sie --- wirst *du* mich denn entbehren können?«

»Dein alter Kollege Rottenmeier kommt zur Unterstützung hierher«, klärte Alois ihn auf. »Laquer kann seit dem Unfall nicht wirklich etwas mit ihm anfangen. Wir haben das bereits gestern besprochen.«

Überwältigt sagte Karl: »Danke, Doktor Alzheimer.«

»Alois«, korrigierte der Psychiater ihn streng.

»Alois«, wiederholte Karl ehrfürchtig. Nun war sein Wunsch also erfüllt, sein Mentor hatte ihn in sein Innerstes blicken lassen. Fast väterlich behandelte er ihn – und er wusste nun, dass Alois Alzheimer kein brutaler Mensch war. Jetzt blieb Karl nur noch die Angst vor sich selbst. War er mit seiner unberechenbaren Neigung zu Wutanfällen Alzheimers Vertrauen überhaupt wert? Er kam sich vor wie eine Zeitbombe, die nur durch viel Glück noch nicht explodiert war.

Da bemerkte er, dass der betreten wirkende Dr. Friedländer in der Tür stand. »Hier sind Sie«, sagte er mit kleinlauter Stimme. »Ich habe das Licht brennen sehen.«

Alois warf ihm einen abschätzigen Blick zu, »Friedländer. Was verschafft uns die zweifelhafte Ehre?«

Sich zu entschuldigen, war eine bittere Pille. Doch dies ausgerechnet mit Karl als Zeuge tun zu müssen, war für Friedländer gewiss noch unangenehmer. Aber auch als er Alzheimer einen fragenden Blick in Richtung des verhassten Krankenpflegers zuwarf, reagierte der Oberarzt nicht wie erhofft, insistierte lediglich: »Nun?«

Friedländer holte Luft. »Ich bin hier, um … mich in aller Form zu entschuldigen. Mein Verhalten gestern Abend war stillos, gemein und vulgär – absolut unverzeihlich. Dessen bin ich mir bewusst.«

Ein vages »Hm-hm« von Alzheimer forderte weitere Worte des Assistenzarztes.

»Ich war nicht ich selbst – die Nachricht vom Tod meines Neffen. Ich hatte getrunken. Ich …« Er senkte den Blick.

Alzheimer nickte verständnisvoll. »Die Trauer kann einem die Sinne vernebeln. Das ist schlimm. Noch schlimmer ist es, dann auch noch als Erbschleicher beschuldigt zu werden.«

Dr. Friedländer wand sich. »Im Grunde weiß ich doch, dass sie alles Geld der Welt gegeben hätten, um Cecile zu retten.«

»Das ist richtig«, erwiderte Alzheimer. »Wenn Sie sich also das nächste Mal irren, wäre es allerliebst, wenn das nicht auf meiner Geburtstagsfeier vor all meinen Freunden geschieht. Und lassen Sie die Finger vom Alkohol, sonst bring ich Sie in Köppern unter!«

Einer von Alzheimers groben Schulterklopfern, ein erschrockenes Zusammenzucken Friedländers. War es das? Vergeben und vergessen? Karl verdrehte die Augen.

❧

Als er am Montag mit Dr. Nitsche auf Visite in der Anstalt unterwegs war, erzählte Karl diesem verbittert davon, wie rasch Alzheimer Friedländers Entschuldigung angenommen hatte. »Für meine Begriffe ist der Schnösel gar zu leicht davongekommen.«

Nitsche zuckte mit den Schultern. »Alzheimer war schon immer zu großzügig.«

Das wollte Karl so nicht stehen lassen und ergänzte: »Alois meint, er will keine Zeit mit Zorn verschwenden, sondern jede Minute zum Forschen nutzen.«

Dies wiederum fand Nitsche sehr lobenswert! Das zwanzigste Jahrhundert werde das der Deutschen, kündigte er an – und er klang dabei ungewöhnlich euphorisch. »Deutsch als Sprache von Handel und Wissenschaft, Nobelpreise und grenzenloser Fortschritt.«

Sie waren am Frauenschlafsaal angelangt, Karl hielt jedoch nervös inne. »Eigentlich müsste ich schon auf dem Weg zu Alzheimer sein«, sagte er. »Er will mich um eins einem Schuldirektor vorstellen. Ich soll ab Herbst auf 's Lessing-Gymnasium.«

Nitsche machte eine abwinkende Handbewegung. »Dann geh' los.«

Karl klopfte ihm im Gehen dankbar auf die Schulter. »Hast was gut bei mir, Paul!«

»Ab jetzt mit dir! Abitur tut dir gut. Lernen, lernen, lernen!«, rief ihm Nitsche nach. »Deutschland braucht weitere Nobelpreise.«

Karl war nicht nach Lachen zumute. Von wegen Nobelpreis! Das Treffen mit dem Gymnasialdirektor jagte ihm schon genug Angst ein.

～☉～

18: AUSFLUG MIT FOLGEN

DIREKTOR CHRISTIAN BAIER, ein distinguierter Herr in Augustes Alter, empfing Alois und Karl im gerade erst bezogenen Neubau des Lessing-Gymnasiums an der Frankfurter Hansaallee. Das noch nach Baumaterial und Farbe riechende prachtvolle Gebäude mit aufwendigem Treppenhaus und seiner großen Aula war stilistisch der

Gotik nachempfunden, wie ihnen der streng wirkende Direktor nicht ohne Stolz erläuterte. Rasch wurde deutlich, dass er größten Respekt vor Dr. Alzheimer hatte. Da dieser sich nach dem Befinden der Tochter Baiers erkundigte, ging Karl davon aus, dass Alois dessen Kind einst erfolgreich behandelt hatte. »Wenn der Herr Oberarzt sich für Sie verbürgt«, sagte der Direktor zu Karl, »werden Sie mich wohl gewiss nicht enttäuschen.«

Für Karl lag durchaus etwas Drohendes in der Stimme des Mannes. Er gelobte ihm großen Fleiß. Von Herbst an würde er also das Abitur nachholen und nur noch ab spätnachmittags in der Anstalt helfen können.

Alzheimer wirkte auf der Rückfahrt zum Affenstein beschwingt. »Direktor Baier ist völlig aufgeblüht. Wundervoll, wenn man jemandem derart helfen konnte, dass die Dankbarkeit auch nach zwei Jahren noch zu spüren ist.«

Karl nickte und freute sich, dass die Trauer seines Mentors endgültig dem alten Tatendrang gewichen zu sein schien.

Als Alois bei der Mitarbeiterbesprechung am Spätnachmittag jedoch für den letzten Samstag im Juni einen Ausflug von reisefähigen Patienten und einem Teil des Anstaltspersonals in den Taunus vorschlug – insgesamt 120 Personen – war selbst Karl skeptisch. Doch den Tag im heilklimatischen Kurort Königstein setzte Alois gegen Siolis anfänglichen Widerstand und den der Kollegen durch.

Zunächst verlief die Fahrt mit Eisenbahn und dann Fuhrwerken entlang der waldreichen Hänge des Taunus und auf die Ruine der Höhenburg Eppstein reibungslos. So saßen ausgewählte Patienten des Affensteins mit Pflegepersonal und Picknickkörben in der sonnenbeschienenen Ruine. Alle waren ausgelassen, Epilepsie-Patientin Frau Schulze spielte wieder auf Karls altem Akkordeon, einige Patienten tanzten miteinander oder mit dem Pflegepersonal.

Etwas abseits hockten die Doctores Alzheimer, Friedländer und Nitsche auf einer Bank. Karl saß in der Nähe mit Auguste, die zum ersten Mal seit Silvester wieder zivile Kleidung trug, auf einer Wolldecke. Er hörte, wie die Ärzte angeregt diskutierten.

»Hätten viel Geld gespart, wenn man einfach im Garten des Affensteins gespielt hätte«, meinte soeben Dr. Nitsche.

Friedländer erklärte – wie zu erwarten – er müsse dem Kollegen Nitsche hier zustimmen. Dieser ergänzte zynisch, dass die meisten Insassen ohnehin keinen Unterschied gemerkt hätten. Alzheimer wollte diese Mutmaßung nicht auf sich sitzen lassen, stand gereizt auf und ging zu Karl und Auguste hinüber.

»Na, Frau Deter, gefällt es Ihnen hier?«, fragte Alois Alzheimer sie.

Auguste stimmte eifrig nickend zu. Ob sie denn wisse, wo man sich hier befinde, fragte sie der Nervenarzt.

»Da werden wir noch wohnen«, meinte Auguste im Brustton der Überzeugung.

Karl seufzte. »Wohl kaum. Das ist nur ein Ausflug, Auguste. Der Doktor Alzheimer wollte, dass ihr mal ins Grüne kommt. Ich habe dir doch vorhin gesagt, wo wir sind.«

Alzheimer war sich der spöttischen Blicke Friedländers und Nitsches bewusst und hakte nun bei Auguste nach: »Wissen Sie, wie das hier heißt?«

»Auguste«, antwortete Auguste.

Alzheimer blieb hartnäckig. »Nein. Wo sind wir hier?«

»Hier und überall – hier und jetzt – Sie dürfen mir nichts übelnehmen.«

Da kam Freddy angestürmt und fiel Karl übermütig um den Hals. Der tat, als kippe er nach hinten, Freddy lachte.

Alzheimer wandte sich hoffnungsvoll an den Jungen: »Weißt du, wo wir hier sind, Freddy?«

Es klang gut auswendig gelernt, als der Junge referierte: »Burg Eppstein. Hier hat der Ritter Eppo das schöne Burgfräulein Bertha von Bremthal befreit. Ein Riese hat sie gefangen gehalten. Der Eppo hat den dann in eine Schlucht gestoßen – dann war der Riese tot. Das hat mir der Karl erzählt.«

Karl schmunzelte stolz, und Alzheimer sah triumphierend zu Nitsche und Friedländer herüber.

»Aber das ist lange her, und der Riese war eh böse«, erklärte Freddy. »Man muss nicht traurig sein. Man darf feiern.«

Alzheimer lächelte. »Richtig. Mit Musik und Tanz.«

»Zumindest die, die tanzen können …«, murmelte Paul Nitsche mit Seitenblick auf Karl.

Friedländer, der die Spitze gegen den Pfleger nicht durchschauen konnte, war etwas verwirrt. »Wie meinen?«

Nitsche gab Friedländer keine Antwort darauf. Da wechselte die Musik zu einem Ländler. Auguste stand plötzlich wortlos auf und streckte die Hand nach Karl aus. Dieser erhob sich, etwas verwirrt, seinerseits. Und dann wurden die anderen Zeuge, wie Auguste Karl zur Akkordeonmusik vor der schönen Kulisse das Tanzen beibrachte.

Dies war Karl nur anfangs ein wenig peinlich. Es brachte ihm spätestens Spaß, als er Augustes glückliches Gesicht sah und Alois Alzheimer strahlend feststellte: »Die Beine erinnern sich noch.«

～☙～

Bei der Rückkehr zum Frankfurter Hauptbahnhof waren die Ausflügler vom Affenstein erschöpft, aber noch ganz beschwingt. Alzheimer stieg als Letzter aus dem Zug. Karl zählte die Patienten durch, einmal, und dann – unruhiger – ein zweites Mal. »Da fehlt jemand«, sagte er nervös.

Schwester Ehrentraud sah neben sich. »Der Freddy! Eben stand er noch hier.«

Alzheimer und Karl sahen sich, zunehmend aufgeregt, um.

Als Karl Freddy endlich in der Menschenmenge ausgemacht hatte, wurde dieser gerade vor einem Kiosk mit Reiseproviant von drei Halbstarken gehänselt und malträtiert. Sie imitierten spöttisch Affenlaute und stießen den panischen Jungen, den sie umkreist hatten, hin und her. Karl spürte einmal mehr unbändige Wut in sich aufsteigen, mutierte zur Kampf-Maschine, ging auf die Kerle los. Diesmal war der Schlüsselreiz der Erinnerung an Karls schreckliche Jugend so groß, dass die Halbstarken keine Chance gegen ihn hatten in seiner Raserei. Karls Blick verengte sich zu einem Tunnel, er nahm nur noch sie wahr, parierte kampferprobt jede Attacke, wich aus, schlug wirkungsvoll zu, ließ Körper zu Boden krachen.

Auguste näherte sich neugierig mit einer anderen Patientin, aufgeregt gefolgt von Oberschwester Ehrentraud. »Was haben die Männer?«, fragte die Mitpatientin einfältig.

»Fröhlich!«, mutmaßte Auguste, nicht ganz zutreffend.

Bei der Prügelei entstand erheblicher Sachschaden am

Kiosk. Der schmächtige Budenbesitzer brüllte, traute sich aber nicht einzugreifen. »Aufhören!«

Zwei pfeifende Schutzmänner mit Pickelhelmen kamen herbei und hatten Schwierigkeiten, den tobenden Karl zu bändigen. Freddy warf sich heulend vor die Füße des Polizisten, der ihm Angst einjagte. Erst jetzt hielt Karl inne – und ließ sich verhaften. Kurze Ketten wurden ihm angelegt, als außer Atem Alois Alzheimer angehetzt ankam. Helfen konnte er vorerst nicht. Karl Walz wurde abgeführt. Wenig später wurde geräuschvoll von außen der Schlüssel im Schloss einer Zellentür herumgedreht. *Ratter-klack!*

~~⊙~~

Erst am nächsten Morgen saß Karl dem Oberwachtmeister gegenüber. Einem dürren Mann, der erstaunlicherweise fast jünger wirkte als Karl selbst. Er hatte blonde Locken, etwas auseinander stehende Zähne und große, fragende Augen, für seinen Beruf wirkte er fast zu zerbrechlich.

»Dann erzählen Sie mal, Herr …« – er sah auf einen Zettel – »… Walz! Wie kommen Sie dazu, drei Männer zu verprügeln und einen halben Kiosk zu zerstören?«

Statt zu antworten starrte Karl auf eine Narbe, die vom Handrücken des Oberwachtmeisters bis unter seinen Ärmel reichte.

»Ludo, bist du das?«, fragte er vorsichtig.

Der Beamte sah ihn verblüfft an. »Kennen wir uns?«

»Ich bin Karl Walz – aus dem Heim«, erklärte Karl. »Du hast mich damals vor Rüdiger und seiner Bande gewarnt. Und dann warst du fort. Ich dachte …«

Ludo wirkte nun erschüttert. Karl bemerkte, dass der hagere Oberwachtmeister leicht zitterte.

»Ich habe das meiste vergessen, was in dem Heim war«, behauptete er mit belegter Stimme.

»Besser so«, murmelte Karl.

Schließlich brach Ludo die kurze Stille: »Weißt du, was aus diesem Rüdiger Beuß wurde?«

Karl schüttelte den Kopf. »Ich habe ihn mit seinem verfluchten Akkordeon halb totgeschlagen, dann kam er woanders hin.«

Ludo sah ihm nun wieder direkt in die Augen, wirkte erschrocken – und Karl fragte sich angesichts seiner derzeitigen Situation, ob er sich gerade um Kopf und Kragen geredet hatte.

»Ich habe immer noch deine Boxhandschuhe«, lenkte er rasch ab. »Hast du deine Kusine je wiedergesehen?«

Erneut wirkte Ludo erstaunt. »Habe ich von ihr erzählt?«

Karl nickte.

Für einen Moment schien Ludo in Gedanken woanders.

»Vielleicht sollte ich sie mal besuchen«, meinte er schließlich, mehr zu sich selbst. Dann wurde seine Stimme wieder fester. »Ich hoffe, wir beide sehen uns nicht wieder. Es ist manchmal schwer, all die Gewalt nicht zurückzugeben an die Welt. Aber wir dürfen nicht so sein wie … – wie die!«

»Ich weiß«, stimmte Karl zu.

»Du kannst gehen«, sagte Ludo. »Wenn wir uns hier wiedersehen – haben sie gewonnen. Dann kann dir niemand mehr helfen.«

Mit zerzausten Haaren und dunklen Rändern unter den Augen kam Karl schließlich im Foyer des Affensteins an. Dort traf er auf Paul Nitsche, der wie immer einen zynischen Kommentar auf den Lippen hatte. »Na, du wilder Schlagetot. Entlassung oder Urlaub auf Ehrenwort?«

»Irgendwie beides«, erwiderte Karl. »Weißt du, wie es Auguste …«

Nitsche unterbrach ihn sogleich. »Ich muss los. Besprechung mit den Kollegen und Sioli.«

Karl sah ihn mit einer bösen Vorahnung an. »Worum geht es?«

»Um dich.«

∽෧ඦ

19: ABSCHIED VON WILHELMINE GEHWEILER

AM SPÄTNACHMITTAG BEGLEITETE Karl Walz seinen Mentor Dr. Alzheimer auf dessen Wunsch hin auf den Frankfurter Südfriedhof. Er fühlte sich zwar geehrt, dass Alois ihn hierher mitnahm, hatte jedoch Angst vor dem Ergebnis der Sitzung, die Sioli seinetwegen einberufen hatte. Er würde es wohl hier zwischen den Grabsteinen mitgeteilt bekommen.

»Das eine habe ich in der Hüttenmühle gelernt«, sagte Alois, der einen Blumenstrauß in Händen hielt, während Karl neben ihm über den Friedhof ging. »Sucht ist ein Ungeheuer, das nur schläft, aber nie ganz stirbt. Und ich denke, mit dem riesigen Zorn in dir ist es ähnlich.«

Karl senkte den Blick und antwortete kleinlaut: »Als die Freddy malträtiert haben, ging es einfach mit mir durch.«

»Sicher«, erwiderte Alzheimer, »aber um ihm zu helfen, hättest du die drei Unholde nicht krankenhausreif schlagen müssen. Und dem armen Mann seinen halben Kiosk demolieren!«

Karl nickte ergeben.

Eindringlich fügte Alois hinzu: »*Iram coercere!*«

»Was heißt das noch?«, fragte Karl hilflos. Latein würde er erst am Lessing-Gymnasium ausführlicher lernen.

»Beherrsche deinen Zorn!«, übersetzte Alzheimer. »Sonst riskierst du alles, was du dir aufgebaut hast. Erwachsen sind wir, wenn wir die Wunden der Kindheit endlich begraben.«

Dem Sinn nach hatte Ludo Karl heute Morgen ja etwas ganz Ähnliches gesagt. Die Wunden der Kindheit … »Freud sagt, die werden wir nie los«, fiel ihm ein.

Alois schmunzelte verhalten. »Nun, selbst der Kollege Freud wird uns ein gewisses Entwicklungspotenzial zubilligen.«

Sie waren am Grab Cecile Alzheimers an der Mauer zum jüdischen Friedhof angelangt. Den Grabstein zierte eine Doppelfigur, die allegorisch den immerwährenden Kampf zwischen Leben und Tod darstellte. Karl nahm respektvoll die Mütze ab, Alzheimer kniete nieder und tauschte im Verlauf des weiteren Gesprächs verwelkte Blumen gegen seine neuen.

»Ich habe Sioli in die Hand versprechen müssen, dass ein derartiger Wutausbruch nicht mehr vorkommt«, berichtete er, »auch wenn ich in Heidelberg bin.«

»Gewährt er dir nochmal einen Forschungsmonat?« wunderte sich Karl.

Alois schüttelte den Kopf. »Kraepelin hat mich nach Heidelberg berufen – ganz.«

Karl starrte seinen Lehrmeister bestürzt an.

»Das ist eine großartige Gelegenheit«, erklärte dieser. »Psychiatrie als Wissenschaft habe ich hier doch allenfalls nachts betreiben können. Du weißt selbst, wie wenig Zeit wir beispielsweise für Augustes eigenartige Erkrankung hatten.«

Karl nickte trübsinnig.

Alzheimer zündete sich eine Zigarre an. »Bei Kraepelin geht das viel besser. Führende Köpfe aus aller Welt sind bei ihm versammelt. Auch Franz Nissl. Der hat dort habilitiert. Hat mich am Telefon überredet zu kommen.«

»Und Auguste?«, brachte Karl hervor.

»Erst wollte ich sie mitnehmen«, erläuterte der Oberarzt. »Aber die Heidelberger Klinik ist derzeit leider völlig überfüllt. Einige Patienten müssen sogar auf Matratzen am Boden liegen. Vorerst muss sie hier bei Sioli bleiben.«

»Wann gehst du denn?«

»Nicht vor März. Und natürlich kommst du dann dort vorbei, so oft es geht. Tut deinem Studium mehr als gut. Und ich werde öfters herkommen. Es ist doch nur ein Katzensprung nach Heidelberg.«

Karl war noch nicht recht überzeugt. Diese Änderungen gefielen ihm nicht. Aber es sollte noch schlimmer kommen.

Deutlich wurde dies, als Karl sich am Samstag, den 5. Juli 1902 wieder mit Wilhelmine Gehweiler in der Anstaltsbibliothek traf. Gleich bei der Begrüßung merkte er, dass etwas nicht stimmte. Ihr Gesichtsausdruck verriet es ihm. Sie kam auch rasch zur Sache.

»Joseph geht es leider schlechter denn je«, berichtete sie. »Und seine Mutter zwingt mich nun, dass wir zu ihr nach Holstein kommen.«

Karl fiel aus allen Wolken. »Was?«

»Sie bildet sich ein, unter ihrer Pflege würde er besser genesen. Deshalb weiß ich leider nicht, wann ich wieder in Frankfurt sein werde. Natürlich geben wir unsere Wohnung hier nicht auf.«

Das machte Karl ein wenig Hoffnung. »Und natürlich können wir uns schreiben«, sagte er, und er erinnerte sich freudlos: »Jemand hat mir mal erzählt, dass viele berühmte Freundschaften jahrelang nur über Briefkontakt liefen.«

Mina nickte. »Selbstverständlich. Sie hatten geschrieben, Sie wissen mittlerweile alles über Doktor Alzheimer – aus erster Hand?«

»Ja, er hat Cecile wirklich geliebt«, berichtete Karl. »Er bereut es nur, ihr nicht früher einen Heiratsantrag gemacht zu haben.«

Mina sah ihn fragend an. »Warum hat er denn seinerzeit gezögert?«

»Na ja, das Trauerjahr ...«, mutmaßte Karl. »Und dann hatte er vielleicht Angst, ihr nicht genug bieten zu können.«

»Was nicht bieten zu können?«, hakte Mina nach. »Geld?«

Karl erläuterte ernst: »Wenn ein Mann eine Frau unversorgt hinterlässt, kann das schreckliche Folgen haben.«

Mina mutmaßte, dass er nun von seinen Eltern sprach – oder an welches Paar dachte er? Sie fixierte ihn fragend. »Sicher kann das vorkommen, aber in *jenem* Fall wird das doch nicht das Problem gewesen sein. Cecile war ja selbst mehr als gut abgesichert.«

Karl schmunzelte. »Zugegeben, das stimmt wohl.«

»Vielleicht auch zu gut für Dr. Alzheimers Geschmack«, mutmaße Mina. »Und er musste erst seinen männlichen Stolz überwinden? Erkennen, dass heutzutage auch mal die Frau einen Mann versorgen darf?«

Karl zuckte überfordert die Schultern. »Na ja ...«

»Meine Eltern waren auch nicht begeistert, dass ich einen Bildhauer nehme«, erzählte Mina und wurde ernster. »Manchmal habe ich das Gefühl, Joseph ist gar nicht mehr bei mir. Als sei das, was ihn ausgemacht hat, schon lange fort. Als verlasse ich Frankfurt nun mit einer leeren Hülle an meiner Seite.«

Karl wollte aufmunternd nach ihrer Hand greifen, da fiel Freuds »Traumdeutung« vom Tisch. Sie bückten sich gleichzeitig danach, ihre Gesichter waren plötzlich ganz nah – ein Klassiker. Ein Kuss lag in der Luft. Sollten sie? Vielleicht war dies ihr letztes Treffen! Doch bevor all die aufgestaute Leidenschaft sich wirklich entladen konnte, gerade als sich ihre Gesichter weiter einander annäherten, hörten die beiden eine scharfe Stimme brüllen: »Auseinander! Aber sofort! AUS! AUS!«

Karl erkannte an dessen eigentümlichem Wiener Akzent augenblicklich, dass es sich um Dr. Friedländer handelte.

Karl und Mina trennten sich erschrocken, blickten zur Tür. »Das war auf dem Gang«, stellte Mina aufatmend fest. Beide waren erleichtert, aber der Zauber des Augenblicks war gebrochen, sie waren peinlich berührt, ihre Blicke wichen einander aus. Karl erhob sich und fragte ablenkend: »Was ist denn dort draußen los?«

Sie gingen ins Treppenhaus, wo sich ihnen ein merkwürdiger Anblick bot: Dr. Friedländer versuchte, mit einem Besenstiel bewaffnet, einen Patienten und eine Patientin, beide mit Down-Syndrom, zu trennen. Die beiden klammerten sich halb entkleidet und völlig verängstigt aneinander.

Alois Alzheimer kam mit Paul Nitsche hinzu, griff nach dem Besenstiel. Aufgebracht fragte er Dr. Friedländer, was um Himmelswillen er denn da treibe.

»Sieht man denn das nicht?«, fuhr der Assistenzarzt den Oberarzt an.

»Das sind doch keine Tiere«, rief Alzheimer aufgebracht.

»Warum benehmen sie sich dann so?«, fauchte Friedländer.

»Solche Bedürfnisse sind doch *menschlich.*«

Karl und Mina wussten gar nicht, wohin mit ihren Blicken. Alzheimer beruhigte die Patienten, half ihnen beim Ankleiden. Oberschwester Ehrentraud kam mit einem Pfleger herbeigeeilt.

»Bringen Sie die beiden nach unten«, ordnete Alzheimer an.

»Dieser peinliche Vorfall zeigt es wieder einmal überdeutlich«, ereiferte sich Friedländer. »Wir *müssen* Frauen und Männer strikter trennen.«

Dr. Alzheimer war diesbezüglich skeptisch. »Die menschlichen Bedürfnisse haben unsere Patienten trotzdem«, gab er zu bedenken. »Die werden sich immer ihren Weg bahnen.«

»Mag sein«, erwiderte Paul Nitsche. »Aber was geschieht, wenn es zu einer Schwangerschaft kommt?«

Friedländer schüttelte sich angewidert. »Nicht auszudenken!«

»Dann pflanzt sich der Irrsinn endlos fort«, meinte Paul, »breitet sich von Generation zu Generation immer weiter aus.«

»Ach, Nitsche, wenn das wirklich so automatisch vererbt würde, wie Sie hier behaupten, dann wäre doch schon die ganze Menschheit degeneriert«, entgegnete da Alzheimer. »Es gibt aber eben nicht nur Degeneration in Stammbäumen, es muss erwiesenermaßen auch Regeneration geben.«

»Ziemlich vage Hoffnung«, befand Nitsche. »Es wäre wohl dennoch ein künstlicher Schwangerschaftsabbruch indiziert.«

Alzheimer schüttelte entschieden den Kopf. »Der ist nur als letzte Maßnahme geboten, wenn das Leben der Mutter gefährdet wäre. Das Leben eines Kindes hat immer Priorität.«

Karl vermutete, dass Alois hier so leidenschaftlich reagierte, da der Verlust des ersten Kindes seiner Frau gewiss eine seiner schmerzlichsten Erfahrungen gewesen war.

Paul Nitsche fuhr unbeirrt fort: »Geisteskrankheiten können ein Leben komplett unlebenswert machen. Soll man solchem Leben voller Leid auch noch die Möglichkeit geben, sich fortzupflanzen?«

Karl war schockiert über die Ansicht seines Freundes und war froh, als Alzheimer erbost einwarf: »Und wer entscheidet, was lebenswert ist und was nicht? Sie, Herr Doktor Nitsche?«

Er deutete durch das weit geöffnete Fenster auf die glücklich in der Sonne sitzenden, spielenden oder tanzenden Patienten. »Sieht das lebensunwert aus?«

Mina signalisierte Karl nun wortlos, dass sie gehen müsse. Er nickte. Den Abschied hätte er sich wahrhaft anders gewünscht. Und der nächste stand bald bevor.

❧

20: ABSCHIED VON ALOIS ALZHEIMER

DER ABSCHIED VON Wilhelmine Gehweiler erwies sich sogar als endgültiger als befürchtet. Im Oktober hörte sie auf, Karls Briefe zu beantworten. Nachdem er ihr noch zwei weitere Male geschrieben hatte und immer noch keine Antwort erhielt, gab er, zutiefst gekränkt, auf. Hatte er sie mit dem Beinahe-Kuss doch vergrault? Oder war inzwischen ihr Mann gestorben und sie in tiefer Trauer? Wenn ja, warum ließ sie es ihn nicht wissen? Zu allem Übel verschlechterte sich Augustes Zustand weiterhin.

Eine willkommene Ablenkung bot das Gymnasium. Zwar galt er dort aufgrund seines Alters und der Tatsache, dass er stets sofort nach der Schule verschwand, um in einer Irrenanstalt zu arbeiten, als Sonderling, die Lehrer schätzten jedoch sein großes Interesse und seinen außergewöhnlichen Fleiß.

Kurz vor Weihnachten spielte Karl mit dem Gedanken, Mina eine Karte nach Holstein zu schicken und von seinen Lernfortschritten zu berichten. Aber dann siegte sein Stolz. Sie würde ja doch nicht antworten.

Zumindest Alzheimer hielt sein Versprechen. Nachdem er am 1. März 1903 von Sioli auf dem Affenstein mit einem Festakt verabschiedet worden war, lud er Karl gleich für das kommende Wochenende zu einem Besuch in seine neue Wirkungsstätte ein – die Psychiatrische Klinik in Heidelberg. Empfangen wurde er dort ausgerechnet von Freddy. Alzheimer hatte dem Jungen tatsächlich eine Arbeitsstelle besorgt – als Wart der Versuchstiere. Der Junge, der einen etwas zu großen weißen Laborkittel trug, begrüßte Karl mit einer herzlichen Umarmung und führte ihn stolz auf das Gebäude zu. Im Mikroskopier-Keller wurde Karl von Alois begrüßt. »Karl, endlich!« Neben ihm stand Oberarzt Dr. Franz Nissl, den Alzheimer als seinen besten Freund vorstellte. Sein Gefährte vieler gemeinsamer Nächte im Labor.

»Karl Walz, sehr erfreut.«

Der rundliche Zytologie-Experte erwiderte herzlich Karls festen Händedruck. »Ebenfalls. Der Alois lobt selten einen Studenten, da können S' sich was drauf einbilden«, sagte Nissl, und seine bayerische Herkunft war ihm deutlich anzuhören.

Karl lächelte dankbar und sah auf die Fotografien von Gehirnzellen an der Wand.

»Ich weiß, der Loiserl zeichnet halt gern«, kommentierte Nissl. »Aber ich ziehe die Mikrofotografie vor. Das ist objektiver. Das Subjektive birgt stets Gefahren. Man sieht dann nur das, was man glaubt intellektuell erfasst zu haben.«

Karl erfuhr, dass Nissl bereits vor acht Jahren hierher zu Kraepelin in die Heidelberger Klinik gewechselt war. »Ein Riesenverlust für den Affenstein«, erklärte Alois. Hier habe Nissl sogleich das mikrofotografische Laboratorium in Beschlag genommen.

»Na, dann schauen wir mal, dass der Bub hier auch was lernt«, schlug Nissl vor. »Gehma an die Arbeit?«

»Gern«, erwiderte Karl voller Tatendrang.

Die Apparatur für die Mikrofotografie erwies sich als etwas umständlich, man musste innerhalb der Kamera arbeiten. Alzheimer und Karl beispielsweise waren wegen ihrer Größe gezwungen, sich darin zu bücken. Außerdem rauchte Nissl ebenso gern Zigarren wie Alois, daher war Karl bald völlig umnebelt von deren Rauch. Doch auch das tat seiner Begeisterung über die für ihn neue und faszinierende Technik keinen Abbruch. Er war überglücklich, Nissl und Alzheimer bei ihren Exkursionen in das Innerste vom toten Gewebe begleiten zu dürfen. Am Ende des arbeitsamen Wochenendes war ihm klar, dass er so oft wie möglich nach Heidelberg fahren wollte.

Seine Rückkehr zum Affenstein gestaltete sich allerdings weniger erfreulich. Im dortigen Besprechungsraum traf er auf Paul Nitsche, der am Tisch saß und erschöpft den Kopf in den Händen vergrub.

Karl sprach ihn an, und Paul sah müde auf. »Ach du. Na, wie war es?«

»Großartig«, schwärmte Karl. »Franz Nissl hat mir die Mikrofotografie erklärt. Ist bei dir alles in Ordnung?«, erkundigte er sich.

»Deine liebe Ziehmutter hat mal wieder stundenlang geschrien, Patienten im Saal Wasser ins Gesicht geschüttet, andere angegriffen und verletzt«, berichtete Paul, und es klang wie ein Vorwurf an Karl.

»Es tut ihr nicht gut, wenn ich sie drei Tage nicht besuche«, mutmaßte dieser besorgt.

Paul war wenig überzeugt von dieser These. »Ach, den Großteil der Zeit weiß sie doch gar nicht, wer du bist. Ich musste Chloroform verwenden und sie ans Bett fixieren.«

»Chloroform?«, versicherte Karl sich erschrocken. »Ist das nicht etwas drastisch?«

»Das war ihr Zustand auch«, entgegnete Nitsche gereizt.

»Für die schweren Fälle wünsch' ich mir manchmal wirklich die Zwangsjacke zurück.«

Karl schüttelte empört den Kopf. »Das Restraint ist doch finsterstes Mittelalter.«

»Die Bädertherapie ist letztlich auch nichts anderes als eine Zwangsmaßnahme«, widersprach Nitsche geringschätzig. »Zwangsbäder, Zwangsfütterung, Zwangsreinigung. Da kommt es auf die Zwangsjacke auch nicht mehr an.«

Karl konnte es nicht fassen, was sein offenbar völlig erschöpfter Freund da von sich gab. »Das ist doch etwas ganz anderes!«

Nitsche zuckte mit den Schultern. »Wenn du meinst. Aber vielleicht könnte die Zwangsjacke das Leben eines weniger schweren Falles retten, wer weiß.«

Karl wollte davon nichts wissen. »Unsere Patienten sind doch keine gefährlichen Tiere.«

»Ach ja?«, entfuhr es Nitsche spöttisch. »Dann frag doch mal deinen neuen Freund Nissl nach von Gudden!«

Karl wiederholte den Namen verwirrt. Von Gudden? Wer sollte das sein?

✧

Als er zwei Wochen später samstags mit Alois und Nissl nach der Arbeit im Labor noch in einer Heidelberger Weinstube saß, bot sich Karl die Gelegenheit, nach dem von Nitsche genannten Namen zu fragen. Draußen tobte ein heftiges Frühlingsgewitter, der Regen rauschte, Donner grollte, und Blitze ließen bisweilen alles taghell erscheinen.

»Nitsche meint Dr. Bernhard von Gudden«, wusste Alois.

Franz Nissl nickte. »Das war mein Chef in München.«

Karl erfuhr nun, dass die Arbeit seines Mentors Alois Alzheimer nicht nur auf Nissls Erkenntnissen beruhte, sondern ursprünglich auf denen eben jenes Dr. von Gudden. Selbst Psychiatrie-Papst Kraepelin habe bei dem Psychiater in München gelernt. Von Gudden habe das sogenannte Mikrotom eingeführt, jenes Gerät, welches es erst ermöglichte, das Hirngewebe in feinste Zell-Partikel zu zerlegen. Die Grundlage der Arbeit Nissls und Alzheimers also. »Von Gudden war auch der Leibarzt von König Ludwig. Der litt an Paranoia, war extrem selbstmordgefährdet«, verriet Nissl.

»Davon habe ich gehört«, erinnerte sich Karl, der nicht mit einer Geschichte von solcher Tragweite gerechnet hätte. »Soll der König der Beweis für Nitsches Theorie sein, dass unsere Patienten gefährlich sind?«

Alois nickte ernst. »Ich befürchte, der Kollege beurteilt den Fall so, ja.«

»Und was geschah wirklich?«, wandte sich Karl an Nissl.

»Das war vor 17 Jahren bei Schloss Berg am Starnberger See. An Pfingsten 1886 nahm das Unglück seinen Lauf. Kurz vor sieben Uhr abends«, erzählte der Nervenarzt voller Trauer in der Stimme. »Von Gudden war mit König Ludwig spazieren. Ein trüber Abend, leichter Nieselregen, der See kaum gekräuselt. Ihr Weg war etwa zehn Schritte vom Ufer entfernt. Zwei Wärter folgten ihnen in respektvollem Abstand. Sie sagten später aus, dass der König seinem Leibarzt vertraulich etwas ins Ohr geflüstert habe. Daraufhin drehte der sich um und bedeutete den Wärtern angeblich wiederholt, sich ganz zurückziehen. Als sie schließlich wiederkamen, schwamm van Guddens Zylinder im Wasser.« Nissl trank einen Schluck von seinem Bier.

»Was war geschehen?«, fragte Karl gebannt.

»König Ludwig muss plötzlich losgerannt sein, um sich zu ertränken«, mutmaßte Nissl. »Mein Chef hat vielleicht versucht, ihn daran zu hindern. Das wurde ihm zum Verhängnis. Fünfzehn Schritte vom Ufer entfernt befand sich seine Leiche. Dort war das Wasser kaum mehr als knietief. Nicht einmal vier Fuß. Von Guddens Füße waren ausgestreckt im aufgewühlten Lehmboden, der Rücken stark gebogen, ragte etwas aus dem Wasser. Der Kopf war vollständig untergetaucht. Das Gesicht erwies sich später als blutig gekratzt.«

»Und der König?«, fragte Karl voller Neugier.

»Dessen Schlapphut trieb ebenfalls im See, war vorn zerfetzt«, erzählte Nissl. »Fünfzehn Schritte weiter in den See hinein war Ludwigs Leiche zu sehen. Er ist offenbar in derselben merkwürdigen Körperhaltung wie sein Leibarzt gestorben, das Wasser war dort kaum tiefer.«

Erneut donnerte es draußen. Nissl fuhr fort: »Die Sektion König Ludwigs ergab hochgradige degenerative Veränderungen von Hirn und Hirnhaut.«

Karl fragte nach der Ursache dafür.

»Teils abnorme Entwicklung, teils ältere und jüngere chronische Entzündungen«, schilderte Nissl. »Man hatte von Gudden vor der Unberechenbarkeit des Königs gewarnt, aber er hat seinem Patienten scheinbar völlig vertraut. Der hat ihn vielleicht getäuscht.«

»Aber selbst wenn der König seinen Leibarzt umgebracht hätte – an so einer niedrigen Stelle kann er sich dann hinterher doch kaum selbst ertränkt haben«, gab Karl zu bedenken.

Nissl zuckte mit den Schultern. »Vielleicht ist der König weiter im See ertrunken und dann an seinen Fundort getrieben worden? Wer weiß?«

Karl schürzte die Lippen. »Und wenn es jemand anders war, der beide umgebracht hat?«

Alzheimer klopfte ihm anerkennend auf die Schulter. »Dann hätte Nitsche ein schlechtes Beispiel gewählt. Dann wären nämlich nicht die Irren die Bestien, sondern die Raffinierten.«

»Mich hat die ganze Geschichte jedenfalls buchstäblich krank gemacht«, erinnerte sich Nissl betrübt.

Alzheimer klopfte nun auch ihm aufmunternd auf die Schulter und erklärte Karl: »Ein Gutes hatte es zumindest. Deshalb kam der gute Nissl 1889 zu Sioli nach Frankfurt – ein Segen für uns.«

»Wie auch immer«, wandte sich Nissl an Karl. »Sie brauchen sich keine Sorgen zu machen, Herr Walz. Egal, wie sehr die Patienten den Kollegen Nitsche zurzeit ermüden mögen, der Direktor Sioli wird auch bei Schwierigkeiten nicht mehr vom *Non Restraint* abweichen.«

Alzheimer bestätigte: »Deine Mamuschka wirst du nie in Ketten sehen«, und fügte dann zu Karls Irritation hinzu: »Auch nicht, wenn ich in München bin.«

Karl spürte eine vage Angst in sich aufsteigen. »München?«

Alois nickte. »Kraepelin sucht einen Leiter für das hirnanatomische Labor der psychiatrischen Klinik in München.«

»Du gehst fort? Ganz?«

Alois nickte ernst. »Hier ist zu wenig Platz. Und zu großes Chaos mit den vielen Patienten. In München gibt es größere Experimentiermöglichkeiten als hier. Großartige anatomische Arbeitsräume.«

»Aber deine Habilitationsschrift?«, gab Karl zu bedenken.

Alzheimer erwiderte, dass er diese in München einreichen werde. »Dort habe ich auch dafür mehr Zeit. Forschung pur.«

Karl fühlte sich erneut ein wenig hintergangen. Er fragte Franz Nissl, ob dieser Alois begleiten werde, doch der erklärte, den »Verlockungen der Metropole« widerstehen zu wollen. Er werde hier in Heidelberg bald einen eigenen Lehrstuhl erhalten.

»Aber dein Freund Nitsche könnte sich bei mir in München von seiner Überarbeitung erholen und wieder zur Vernunft kommen. Er möchte mich wohl begleiten«, berichtete Alois seinem Schüler. »Willst du nicht auch mitkommen?«

Karl schüttelte niedergeschlagen den Kopf. »Ich kann nicht. Auguste geht es schon schlechter, wenn ich nur drei Tage fort bin.«

Alzheimer nickte verständnisvoll. »Dann besuchen wir einander eben regelmäßig. Ich hoffe, in München mehr Fälle wie sie zu finden. Wenn Kraepelin mir eines in Hülle und Fülle bieten kann, dann sind es Patienten. Halte mich bitte über Augustes Zustand auf dem Laufenden, ja?«

Karl stimmte betrübt zu.

»Ich wollte noch eine fotografische Aufnahme von ihr erstellen lassen«, versuchte Alois seinen Schützling aufzuheitern. »Falls sie unruhig wird, wäre es gut, wenn du dabei bist.«

❧

Der Tag des Abschieds kam viel zu schnell. Während der Fotograf im Isolierzimmer seinen Apparat einrichtete, standen Karl und Alzheimer bei Augustes Bett. »Bevor ich Ihnen Adieu sage, wollen wir Sie fotografieren lassen, Frau Deter«, verkündete der Arzt seiner interessantesten Patientin.

Auguste war erbost. »Ach, machen Sie doch, dass Sie davonkommen; ich kann das nicht – sprechen.«

Sie sprang auf, wanderte planlos umher, so als sei sie auf der Suche nach ihren verlorenen Erinnerungen. Dann schrie sie angsterfüllt: »Ach Gott – ach Gott – Heinrich!«

Karl erklärte Alois mit gesenkter Stimme, dass Heinrich der Name des jung verstorbenen Bruders von Auguste war. Offenbar wurden durch die Krankheit alte Erinnerungen wach, während das Kurzzeitgedächtnis zusehends versagte. Der Fotograf blickte ratlos zu Alzheimer und Karl. Dieser legte behutsam den Arm um Augustes Schultern und führte sie zum Bett zurück. Dort stopfte er das Kissen hinter ihren Rücken, damit sie aufrecht sitzen konnte. »So hast du es bequem, Mamuschka.« Danach wurde kaum mehr gesprochen, es herrschte gedankenvolle Stille. Karl gab dem Fotografen ein Zeichen, dass er noch warten solle. Der Ziehsohn versuchte, Auguste eine ordentliche Frisur herzurichten. Alois Alzheimer beobachtete gerührt, wie Karl Auguste liebevoll die Wange streichelte.

»An so eine hübsche Frau braucht man doch eine Erinnerung«, brach der Oberarzt kurz das Schweigen.

Auguste deutete ein Lächeln an. Sie faltete ihre Hände vor der Brust, schaute dann versonnen auf – da kam der Blitz des Fotografen, der nun einen Moment einfror, den Karl selbst auch gern festgehalten hätte.

Wenig später wartete vor der Anstalt die Kutsche auf Alois Alzheimer und Paul Nitsche, der sich tatsächlich entschieden hatte, den Oberarzt in die Bayernmetropole zu begleiten. Nicht nur Karl trauerte bei Alzheimers Weggang, auch der kleine Freddy, der nun wieder auf den Affenstein ziehen musste. Er wollte Alzheimer gar nicht mehr loslassen, weinte bitterlich. Karl umarmte den Kleinen tröstend und befreite den Nervenarzt von ihm. Alzheimer ging Professor Sioli entgegen, der aus der Anstalt kam. Freddy riss sich von Karl los und rannte Alois hinterher. Nitsche sah den beiden mit abfälligem Blick nach. »Ich habe nie verstanden, warum ihr dem Mongolen immer derart viel Fürsorge gewidmet habt«, murmelte er. »Verschwendung von Arbeitsressourcen.«

»Der Hippokratische Eid umfasst doch auch hoffnungslose Fälle«, sagte Karl verärgert. »Zahlen-Pragmatismus allein greift hier zu kurz.«

»Nun, auch der gute Hippokrates würde Prioritäten setzen müssen, wenn er mit dem Pensum hier auf dem Affenstein zurechtkommen müsste«, erwiderte Nitsche. »Denk an meine Worte.«

»Wenn der Mensch anfängt zu entscheiden, welches Leiden der Hilfe wert ist und welches nicht, hat das mit Hippokrates herzlich wenig zu tun«, gab Karl das wieder, was er von seinem Mentor gelernt hatte.

»Und ich denke, dass es ganz genau darum geht«, beharrte Nitsche unbeirrt.

»Bereit, Kollege Nitsche?«, fragte Alzheimer, der nun zur Kutsche kam. Er wandte sich noch an Karl und drückte dessen Hand. »Du wirst fleißig weiterstudieren, Junge, versprochen?«

Karl gelobte es.

Kurz darauf fuhr die Kutsche davon, und Karl sah ihr mit Professor Sioli und dem schniefenden Freddy hinterher. Jetzt würde ein anderes Leben beginnen. Nach Mina hatte er schließlich auch noch Alois verloren. Er würde das Abitur und das zunehmende Verschwinden Augustes allein bewältigen müssen.

❧

21: ABSCHIED VON HERRN DETER

FAST EIN JAHR lang geschah nichts Außergewöhnliches im Leben des Karl Walz. Nichts außer Arbeiten und Lernen – mit zunehmender Angst vor der näher rückenden Abiturprüfung. Doch dann, im Juni 1904, kam ein Tag, der so ereignisreich werden sollte, dass er *alles* veränderte. Um die Mittagszeit stand Karl in dem Anzug, den ihm Alois Alzheimer vor zwei Jahren hatte schneidern lassen, in schwindelnder Höhe auf einer Leiter an der Fassade des Affensteins. Er hängte ein Transparent auf: »40 Jahre Anstalt für Irre und Epileptische in Frankfurt am Main«.

Unten stand Klinikchef Professor Sioli und lobte lautstark: »Großartig, Walz. Großartig.«

Oberschwester Ehrentraud kam aus dem Gebäude geeilt. Ohne Karl oder das aufgehängte Schriftband zu beachten, wandte sie sich aufgebracht an Sioli: »Herr Direktor, es fehlt schon wieder eine Ampulle!«

Der Klinikleiter runzelte besorgt die Stirn: »Wieder Morphium?«

Die Schwester nickte. »Ja, ist jetzt schon die siebte. Wie damals …«

Besorgt schürzte Sioli die Lippen. »Nicht, dass sich das Drama mit Friedländers Neffen wiederholt. Ich komme.«

Sie gingen ins Gebäude, Karl stieg von der Leiter, klopfte seinen Anzug ab. Er ging im Geiste das Klinikpersonal durch. Wem traute er eine Morphiumsucht zu? Da bremste vor ihm schwungvoll ein brandneuer »Wolseley 5 hp«, ein britisches Automobil. Karl wurde mit Kies bespritzt, Staub wirbelte auf; dann stieg der Verursacher der Sauerei aus: Dr. Adolf Friedländer!

»Morgen, Walz. Staubiger Tag, was?«, sagte er grinsend, und Karl empfand Friedländers Wiener Schmäh heute als besonders arrogant. Er klopfte sich den Staub ab, konnte jedoch seinen Blick nicht von dem Wunderwerk britischer Automobilherstellerkunst wenden.

»Aus England?«, versicherte er sich bei Friedländer.

»Richtig«, bestätigte der Arzt. »Habe ich über einen Grafen aus Yorkshire beziehen können. Seine Frau ist bei mir in Behandlung.«

»Demnach ist Ihre Privatklinik also fertig«, kombinierte Karl.

Dr. Friedländer nickte. »Schon seit 1. März. Hohe Mark im Taunus heißt sie – und genießt schon jetzt einen hervorragenden Ruf.«

Karl grinste ironisch. »Und trotz Ihres großen Erfolges haben Sie unsere bescheidene Anstalt nicht vergessen?«

»Wie könnte ich?«, erwiderte Friedländer, nicht minder ironisch. »Ihr Mentor Alzheimer kommt doch auch zum Jubiläum!«

Karl strahlte nun aufrichtig erfreut. »Das hat er gar nicht geschrieben.«

»Na, dann hoffe ich, ich habe keine Überraschung verdorben«, meinte Friedländer. »So long!«

Erhaben ging der wohlhabende Mediziner nun in Richtung Anstalt und ließ Karl neben dem Luxusauto zurück. Dieser hatte nur noch einen Gedanken: Alois kommt!

Doch der Tag hatte noch mehr zu bieten. Als Karl ins Foyer kam, überreichte ihm Oberschwester Ehrentraud einen Brief. Karl erkannte die Schrift sofort – und ertappte sich dabei, dass seine Finger zitterten. Ihm fiel auf, dass auf der Rückseite wieder Minas Frankfurter Adresse als Absender stand, nicht mehr wie bei ihrem letzten Brief vor fast zwei Jahren die Anschrift ihrer Schwiegermutter in Holstein.

Karl öffnete den Brief und las:

Mein lieber Herr Walz, endlich verstehe ich, warum Sie sich fast zwei Jahre lang nicht gemeldet haben. Doch eins nach dem anderen. Joseph ging es, wie zu erwarten, bei seiner Mutter nicht besser. Im Gegenteil. Vor einem Monat starb Mutter Gehweiler dann überraschend selbst. Sie fiel während des Abendmahls in der Sonntagsmesse einfach tot um. Ich denke, das hätte ihr gefallen. Sie war ja immer so bibelfest und moralisch. Als ich nach der Beerdigung ihre Hinterlassenschaften ordnete, fand ich darin zwei ungeöffnete Briefe von Ihnen an mich – und drei von mir an Sie. Sie muss ihr Dienstmädchen daran gehindert haben, sie zuzustellen. Als sie mich nämlich zu Beginn unseres Aufenthalts in ihrem Hause vorfand, wie ich Ihnen schrieb, und sie dafür von mir eine Erklärung verlangte, teilte sie mir auf meine kurze Ausführung hin mit, es sei höchst

unschicklich für ihre Schwiegertochter, einem unverheira-
teten jungen Mann zu schreiben, während mein Gatte, ihr
Herr Sohn, krank darniederliege. Ich teilte ihr mit, dass
das allein meine Angelegenheit sei, aber offenbar war sie
anderer Meinung. Sie wollte wohl, dass Sie denken, ich
wolle nichts mehr von Ihnen wissen. Und umgekehrt. Nun,
irgendwie ist ihr das durch das Unterschlagen unserer Post
wohl leider auch gelungen. Zumindest bis jetzt – hoffe ich.
Joseph geht es täglich schlechter, aber wir sind zurück. Und
vielleicht höre ich doch noch einmal von Ihnen. Ich würde
mich sehr freuen. Ihnen und Frau Deter wünsche ich wie
immer von Herzen nur das Beste. Ihre Mina Gehweiler.

Karl war zutiefst schockiert. Nach zwei endlos langen Jahren wusste er also endlich: Mina hatte nie das Interesse am
Kontakt mit ihm verloren. War ihre wunderbare Freundschaft tatsächlich das Opfer einer intriganten Schwiegermutter geworden?

～☙～

Nachdem er seinem Kollegen Rottenmeier aufgeregt von
dem Brief erzählt hatte, versuchte Karl im Isolierzimmer vergeblich, die mittlerweile erschreckend abgema-
gerte Auguste zum Essen zu überreden. Er war unter Zeit-
druck und daher sehr gereizt. »Du musst essen. Das ist
ein gutes Essen!«
    Auguste platschte ihre Hand auf den Teller. Karls Anzug
wurde bekleckert. Wütend nahm er die Gabel und versuchte, ihr das Essen in den Mund zu stopfen. »Das wird
jetzt gegessen. Herrschaft noch mal!«
    Er wollte ihr den Mund mit Gewalt aufdrücken. Sie

heulte auf ob seiner Grobheit. Karl erschrak über sich selbst und nahm sie impulsiv in den Arm. Was hatte er getan? »Ich will doch nur, dass du nicht verhungerst.« Liebevoll streichelte er ihr über den Kopf. »Mamuschka!«

Da bemerkte er erschrocken, dass Herr Deter, seinen Oboen-Koffer in der Hand, in der Tür stand. Peinlich berührt, fragte sich Karl, wie viel Augustes Gatte mitbekommen hatte. »Herr Deter, Sie habe ich hier ja ewig nicht gesehen.«

Der Mann nickte Karl zu, wandte sich steif an seine Frau. »Grüß dich, Auguste.«

Keine Reaktion. Karl deutete auf die Oboe. »Wollen Sie Auguste was vorspielen?«

Deter nickte. »Ich dachte, das wäre vielleicht schön für sie. Ich habe Professor Sioli um Erlaubnis gefragt.«

Er begann, die Oboe auszupacken und fürs Spiel vorzubereiten. »Eure neue Pfleger-Kleidung?«, kommentierte er ironisch Karls noblen Aufzug.

»Nein, wir feiern heute den 40. Jahrestag der Klinik.«

»Und was macht das Abitur?«

»Prüfung ist in zwei Wochen.«

»Dann drücke ich die Daumen.«

Statt weiterer bemühter Worte begann Herr Deter nun Oboe zu spielen: »Der Mond ist aufgegangen«.

Auguste beruhigte sich augenblicklich und lächelte.

Alois hatte Karl einmal erzählt, wie sehr Musik das emotionale Gedächtnis wecken könne, und er hatte recht gehabt. Karl fühlte sich bei Deters Oboen-Spiel augenblicklich in die Vergangenheit versetzt. Statt des Anstaltsgeruchs glaubte er kurz, den vertrauten Duft wahrzunehmen, der aus Augustes Küche in die gesamte Deter'sche Wohnung strömte.

Doch dann endete Deters Spiel, und er schloss den Oboen-Kasten rasch wieder. Zuletzt gab er seiner Frau einen Kuss auf die Wange. »Leb wohl, Auguste.« Er stand auf und ging.

Karl sah, dass Herr Deter Tränen in den Augen hatte. In ihm keimte der Verdacht, dass es sich für Deter um einen endgültigen Abschied handelte. Misstrauisch folgte er seinem ehemaligen Nachbarn auf den Anstaltskorridor. »Was soll das heißen: ›Leb wohl‹?«

»Ich werde nicht mehr herkommen«, bestätigte Deter Karls Befürchtung. »Ich muss das hinter mir lassen.«

»Sind Sie verrückt geworden?«, rief Karl außer sich. »Auguste braucht vertraute Menschen.«

»Ich bin ihr doch schon seit drei Jahren nicht mehr vertraut, Karl!«, erwiderte Deter, und dem konnte Karl kaum widersprechen. Deter ließ ihn stehen.

Aber Karls Zorn ließ ihm keine Ruhe, er stürmte schließlich hinter Augustes Gatten her aus der Anstalt. Dort wartete die Nachbarin Frau Hensler auf Herrn Deter. Sie fielen sich in die Arme. Karl glaubte seinen Augen nicht zu trauen, als sie … sich küssten!

Derart wütend stürzte er heran, dass Frau Hensler erschrocken zurückwich. »Karl!«

Er ignorierte sie und wandte sich mit vor Zorn versagender Stimme an Herrn Deter: »Hatte Auguste damals etwa doch recht mit ihrer Eifersucht?«

»Unsinn«, rief Deter. »Damals war da gar nichts. Aber jetzt, jetzt habe ich mich für das Leben entschieden – ich will endlich wieder mal glücklich sein.«

Karl starrte ihn hasserfüllt an. »Und was ist mit Auguste?«

»Ich kann doch schon lange nichts mehr zu ihrem Glück oder Unglück beitragen«, erwiderte Deter resigniert. »Ein schönes Lied ist traurig zu Ende gegangen, aber die Oper ist noch nicht zu Ende. Das, was Auguste, meine Auguste, ausgemacht hat, ist schon lange fort.«

Karl war so getroffen, dass er nichts mehr sagen konnte. Nach einem fragenden Blick gingen Herr Deter und Frau Hensler den Weg hinunter.

»Er hat nicht unrecht, Karl«, hörte er plötzlich eine vertraute Stimme sagen und schrak aus seinen düsteren Gedanken auf. Erst jetzt bemerkte er den Pfleger Rottenmeier: Dieser kniete mit Gartenwerkzeug neben dem Eingangstor und jätete Unkraut. Ohne Karl anzuschauen, sprach er weiter: »Frau Deters Zustand wird sich nicht mehr bessern. Und auch nicht der von Wilhelmines Gatten. Sich für's Leben entscheiden – wäre auch gut für dich!«

Karl sah ihn fragend an. »Was soll das heißen?«

»Dass das Leben kurz ist. Zu kurz.« Jetzt erst drehte sich Rottenmeier zu Karl, und dieser dachte einmal mehr, wie eingefallen und müde sein Kollege ausschaute. »Warum hat sie dir wohl geschrieben?«, setzte Rottenmeier nach.

»Damit ich weiß, dass sie nicht unhöflich war.«

»Das ist nur die halbe Wahrheit, und das weißt du. Du solltest zu ihr gehen!«

»Darum hat sie mich aber nicht gebeten«, wollte Karl sich herausreden.

»Der Laquer sagt, es geht ihrem Mann mittlerweile so schlecht, dass sie keine freie Minute mehr hat«, berichtete Rottenmeier ernst.

Karl versuchte, all das zu verarbeiten. »Ich will sie in der Situation nicht bedrängen.«

Als Rottenmeier sich aufrichtete, stöhnte er gequält auf. »Wer keine Zeit für einen Hilferuf hat, braucht Hilfe vielleicht am nötigsten«, brachte er hervor.

Karl blickte nachdenklich ins Leere.

»Komm jetzt«, forderte ihn sein hagerer alter Kollege nun auf, »sonst werden wir nicht mehr fertig bis heut Abend.«

Zusammen gingen sie durch den geschmückten Torbogen, was Rottenmeier nur mit schmerzverzerrtem Gesicht gelang.

22: DAS UNGEHEUER IN KARL WALZ

DIE JUBILÄUMSFEIER FAND IM INNENHOF DER ANSTALT STATT. Einer der ersten Gäste war Gaetano Perusini. Karl schüttelte ihm erfreut die Hand. Der sympathische junge Italiener erzählte ihm, dass er inzwischen »Dottore« sei. »Und wie ich höre, sind Sie auf dem besten Wege, ein Kollege zu werden.«

Karl lächelte zurückhaltend. Was, wenn er all diese erwartungsvollen wohlwollenden Menschen enttäuschen würde? Wenn er bei der Abschlussprüfung am Lessing-Gymnasium versagte? Diese Frage brachte ihn oftmals um den Schlaf. Besonders mit den Lateinvokabeln stand er auf Kriegsfuß. »Na ja … Erst das Abitur, dann das Studium. Sind Sie mit dem Kollegen Alzheimer aus München gekommen?«

»Nein, mit *mir*!«, rief da eine vertraute Stimme.

Karl erblickte Paul Nitsche in der Tür, der sich den Kopf nunmehr komplett kahl rasiert hatte und einen buschigen Schnauzbart pflegte. Er ging auf den Assistenzarzt zu und schüttelte ihm als Versöhnungsgeste die Hand. Ihr Abschied vor einem Jahr war ja inmitten einer hitzigen Diskussion geschehen.

»Alzheimer ist mit Tochter Gertrud noch am Grab seiner Frau«, erklärte Paul.

Im Augenwinkel bemerkte Karl, wie Freddy Dr. Nitsche unbemerkt die Zunge herausstreckte, Rottenmeier schmunzelte.

»Lebt deine Deter noch?«, fragte Nitsche provokant.

»Natürlich!«, rief Karl entrüstet.

»Und wie geht es ihr?«

»Ach, mal so, mal so.«

»Aber meistens eher so!«, mischte sich Rottenmeier ein und deutete mit dem Daumen nach unten. Karl verstand die Spitze des alten Kollegen. Er wollte ihm erneut signalisieren, dass er der Meinung war, Karl solle endlich ein neues Leben beginnen: Mina treffen oder nach München gehen – oder beides. Er hielt Auguste erklärtermaßen für ein Hindernis auf Karls Weg in künftiges Glück. »Hat gestern Abend wieder ewig herumgekreischt«, betonte Rottenmeier deshalb vor Nitsche, »musste sie die halbe Nacht in die Wanne packen.«

Nitsche zwinkerte Karl ironisch zu. »Alles beim Alten also, auf dem guten alten Affenstein.«

Karl war über seine beiden Freunde verärgert. Sie verstanden gar nichts!

Seine Laune besserte sich erst am Abend, als ihn Alois, der mit Laquer gekommen war, auf das Herzlichste begrüßte. Bald standen die beiden bei Zigarren, Most und Äbbelwoi zusammen und unterhielten sich. Karl erfuhr, dass sein einstiger Lehrmeister Ende November vorigen Jahres endlich seine Habilitationsschrift fertiggestellt und die *Venia Legendi* beantragt hatte. Am 23. Juli sollte nun in München die Probevorlesung stattfinden; danach würde Alzheimer der Titel »Privat-Dozent« verliehen werden. Zu seinem Erstaunen offenbarte Alois Karl schließlich auch in einem Nebensatz, dass Kraepelin ihm bisher kein Gehalt bezahlte. Offenbar offerierte der Papst der Psychiatrie lediglich gute Forschungsbedingungen in seiner Münchner Klinik – mit dem wichtigsten Rohstoff für pathologische Untersuchungen: kranken Gehirnen. Darüber hinaus finanzielle Anreize zu schaffen, dazu war Kraepelin nicht in der Lage, sondern nur das Bayerische Kultusministerium – theoretisch. Doch Alois ergänzte: »Auch die Bezahlung weiterer Mitarbeiter und Assistenten haben sie mir gleich verweigert, die Vögel von Kultusministerium und Universität.«

Karl war empört. »Aber wer bezahlt dann Perusini?«

»Ich vergüte vorerst jeden in meiner Forschungstruppe aus eigener Tasche – alle anderen und mich selbst. Damit einher geht freilich das Privileg, frei über meine Zeit zu verfügen – und mir selbst meine Mitarbeiter auszusuchen. Der grandiose Perusini – und noch mehr Talente aus aller Welt.« Dann sah er Karl direkt in die Augen. »Und dich werde ich bald auch rekrutieren.«

Sein Schützling setzte an zu protestieren, doch Alzheimer unterbrach ihn: »Diesmal gibt es kein Aber, mein Junge. Vielleicht gelingt es sogar, Auguste zu uns zu verlegen. Auf jeden Fall wirst du nach dem Abitur in München studieren.« Ironisch fügte er hinzu: »Keine Widerrede! Ich bin jetzt der Chef.«

»Aber nur, weil der Kraepelin keinen anderen Bewerber hatte, du Notnagel«, meinte da feixend Franz Nissl, der mit Kollege Laquer und Anstaltsdirektor Sioli herangekommen war. »Genau wie damals, als du hier auf dem Affenstein angefangen hast.« Der rundliche Arzt wandte sich schmunzelnd an den Anstaltsleiter: »Stimmt doch, Kollege Sioli, oder?«

»Na ja, aber dann war ich ausgesprochen glücklich mit ihm«, entgegnete Sioli etwas verlegen. Die vier Mediziner lachten, Karl stimmte mit ein. Er gehörte dazu. Wie gut sich das anfühlte!

»Wie geht es Ihnen eigentlich, Walz?«, fragte nun Laquer. »Man hört, man macht sich etwas rar in letzter Zeit.«

Das musste Karl zugeben. »Das Abitur fordert seinen Tribut. Arbeit, Studium, Arbeit …«

»Da vergessen S' mal die Damenwelt nicht!«, mahnte daraufhin Nissl feixend.

»Nun, auch in jener Hinsicht habe ich einen Entschluss gefasst«, sagte Karl lächelnd, der über Rottenmeiers Worte nachgedacht hatte. Dieser Abend hatte ihm deutlich gemacht, dass er Wilhelmine Gehweiler nach dem Tode ihres Gatten mehr zu bieten hatte als Freundschaft. Unter anderem eine sichere Zukunft. Er war nicht sein Vater. Er würde Mina gleich morgen früh schreiben und sie aufsuchen. Auf einmal wirkte alles so einfach.

Alois hakte neugierig nach: »Hört, hört. Was …«

Plötzlich stand Oberschwester Ehrentraud vor ihnen, eine zerbrochene Phiole in der Hand. Sie wandte sich an Karl. »Weißt du, wo ich das gefunden habe?«

Karl sah sie verwirrt an. »Nein?«

Dr. Friedländer kam neugierig hinzu.

»Unter deinem Schrank«, erwiderte die Oberschwester. »Was wolltest du denn mit dem Morphium, Jungchen?«

»Ich habe kein Morphium genommen!«, rief dieser aufgebracht.

Zu seinem Entsetzen wirkte Sioli nun ernsthaft verstimmt. »Es lag aber unter *Ihrem* Schrank! Und es verschwindet wieder verdächtig oft etwas in jüngster Zeit.«

Er sondierte Karl mit seinen Blicken.

Dieser wurde zunehmend verzweifelt. »Ich habe damit nichts zu tun!«

»Ich weiß, Sie stehen unter großem Druck, aber wenn Sie uns diesbezüglich etwas verheimlichen«, drohte der Anstaltsdirektor, »hat das Konsequenzen, Walz. Ich hoffe, Sie sind sich darüber im Klaren.«

Ausgerechnet Friedländer schien sich daraufhin für Karl einzusetzen. »Nun mal langsam, Professor Sioli. Wenn Walz süchtig ist, braucht er Hilfe, keine Drohungen.«

Karl starrte Dr. Friedländer an – plötzlich glaubte er alles zu durchschauen: Dieser Schnösel wollte ihn im Moment des größten Glücks um alles bringen!

»*Sie! Sie* haben mir das untergeschoben!«, rief er.

Friedländer lachte perplex auf. Walz war einfach zu dämlich, dem konnte man nicht helfen, glaubte Karl in seinem Blick zu lesen.

»Haben Sie gehört, meine Herren?« Lachend schaute Friedländer in die Runde, einige schmunzelten mit, dann wandte er sich abfällig an Karl. »Lächerlich!«

Karl nahm seine Umgebung nur noch schemenhaft wahr, stürzte sich in blindem Zorn auf Friedländer. Schreie drangen nur dumpf wie aus weiter Ferne an sein Ohr, wie durch eine Schicht aus Watte. Schließlich hörte Karl nur noch sein Keuchen und Friedländers Wimmern. Der Arzt lag mit blutüberströmtem Gesicht vor Karl, alle starrten ihn an.

Ohne sich zu erinnern, wie sie dort hingelangt waren, stand Karl kurz darauf benommen Alzheimer auf dem Korridor in der Anstalt gegenüber.

»Das Ungeheuer, Karl«, sagte Alois betroffen, »es hat dich besiegt!«

Karl schwieg, den Blick auf seine noch blutigen Hände gesenkt. Eine Tür hinter ihnen wurde einen Spalt weit geöffnet – von Rottenmeier.

»Es tut mir leid, aber ich bin jetzt auch am Ende mit meinem Latein«, sagte Alzheimer resignierend zu Karl.

Rottenmeier kam langsam, aber zielstrebig zu ihnen.

»Doktor Alzheimer …«, begann er zögerlich. »Ich habe das Morphium gestohlen … wegen der Schmerzen …«

Alzheimer hob eine Augenbraue. »So?«

»Eine Phiole muss mir bei den Mitarbeiterschränken zu Boden gefallen sein.« Rottenmeier sah Karl in aufrichtiger Verzweiflung an. »Es tut mir leid, Karl. Entschuldige.«

»Wir reden später, Rottenmeier«, sagte Alzheimer.

Rottenmeier zog sich mit mitleidigem Blick auf Karl zurück.

Hoffnungsvoll wandte sich dieser an Alois: »Hörst du? – Ich bin unschuldig.«

Der schüttelte betrübt den Kopf. »Darum geht es jetzt doch gar nicht mehr. *Alea iacta est.* Sioli hat dir Hausverbot erteilt. Diesmal konnte auch ich nichts mehr für dich tun.«

Karl stand unter Schock. »Aber – was wird aus Auguste?«

»Sioli wird mich über alles auf dem Laufenden halten«, erklärte Alois. »Du erfährst, wie es ihr geht. Mehr kann ich im Augenblick nicht …«

Da trat Sioli auf den Gang hinaus und stürmte zu ihnen. Mit einer unwirschen Geste drückte er Karl dessen Tasche in die Hand. »Doktor Alzheimer hatte sich für Sie verbürgt«, brachte der Direktor voll zorniger Empörung hervor. »Schämen Sie sich, Walz!«

Betreten ging Karl mit seiner Tasche den Gang hinab ins Licht des Foyers. Alois Alzheimer sah ihm voller hilflosem Mitleid nach. Ein kühler Abendwind zerwühlte Karls Haar vollends, als er aus dem Gebäude trat. Die Anstaltstür fiel zu und wurde geräuschvoll verschlossen. *Ratterklack!* Der gebrochene Karl Walz blickte ein letztes Mal auf das Gebäude, das er nun nicht mehr betreten durfte.

DRITTER TEIL:

DIE UNHEIMLICHE KRANKHEIT

23: DIE WASSERLEICHE

WAS ICH HIER TUE, ist wichtig, versuchte Karl Walz sich einzureden. Er stand unter dem grauen Aprilhimmel inmitten von weiteren Straßenarbeitern, mit denen er neues Kopfsteinpflaster verlegte. Doch eine Stimme in seinem Inneren wusste es besser. Was du hier tust, könnte jeder andere arme Tropf erledigen, der körperlich einigermaßen gut beieinander ist. Dein wahres Talent wirst du nie mehr ausleben. Nie mehr! Und was du hier tust, ist im Grunde völlig belanglos.

Da bemerkte er eine schwarz gekleidete Frau neben sich. Karl erkannte sie erst, als sie den Schleier vor ihrem bleichen Gesicht anhob. »Frau Gehweiler«, brachte er hervor.

Augenblicklich wurde sich Karl gewahr, wie er aussehen musste: schmutzig, zerzaust – in der lumpigen Kleidung und mit dem Schnauzbart, den er seit ein paar Monaten trug, kaum zu erkennen.

»Sie sind wirklich hier«, sagte Mina, und ihre Stimme zitterte. »Ich habe es nicht geglaubt, als ich es gehört habe. Keiner hatte Ihre Adresse.«

Tatsächlich hatte ihm Mina ihre Post früher immer auf den Affenstein geschickt. »Mein Kellerzimmer hat nicht mal einen Briefkasten«; brachte er hervor.

Erst jetzt wurde ihm der Grund für ihre dunkle Kleidung klar: »Ist Ihr Mann …?«

Mina nickte und erwiderte gefasst: »Herzinsuffizienz.«

Karl suchte nach den richtigen Worten, doch bevor er etwas sagen konnte, sprach Mina weiter: »Dr. Alzheimer hat auch vergeblich versucht, Sie ausfindig zu machen. Dann hat mich Dr. Laquer aufgesucht, er will Josephs Fall auf einem Kongress vorstellen. Von ihm habe ich endlich Ihre Adresse erfahren. Er sagte mir, Sie haben die Abiturprüfung nie angetreten.«

Karl nickte grimmig. »Wozu denn noch? Damit Doktor Alzheimer noch mehr Geld für mich verschwendet? Friedländer hatte recht: Ich bin nur der Sohn eines Straßenarbeiters und einer gefallenen Frau.«

Mina platzte so lautstark heraus, dass er zusammenzuckte: »Wen schert das?«

Da hielten auch die Arbeiter neben ihm inne. Mina senkte daraufhin die Stimme und sah ihn fast beschwörend an: »Ich habe dich so lange gesucht! Ich würde dir helfen, Karl. Das ist doch eine Freud'sche Fehlleistung wie sie im Buche steht – du bringst dich selbst um die Prüfung, die du Angst hattest nicht zu bestehen.«

Karls Blick verdüsterte sich. Mina fuhr unbeirrt fort: »Doktor Alzheimer hatte recht: Das Leben ist zu kurz, um Zeit zu verschwenden. Und du verschwendest sie hier – deine Bestimmung ist die Medizin. Denk doch auch an Auguste!«

Da platzte Karl seinerseits lautstark hervor: »Glaubst du, das tue ich nicht? Mehr als anderthalb Jahre durfte ich nicht mehr zu ihr!«

Der stämmige Bauleiter, der zu Beginn noch mit einem gewissen Amüsement beobachtet hatte, wie sich die feine Dame in Schwarz an seinen Jüngsten gewandt hatte, brüllte nun herüber: »He, Walz, an die Arbeit, aber *sofort*!«

Karls Stimme war bitter, als er sich ein letztes Mal an Mina wandte: »Verschwenden Sie keine Zeit mit einem Straßenarbeiter, Frau Gehweiler.«

Mina sah ihn verletzt an. »Du bist so feige«, stieß sie hervor.

Karl schlug mit aller Kraft seines inneren Schmerzes die Spitzhacke in den steinigen Boden. Es brach ihm das Herz, die schwarz gekleidete Mina gehen zu sehen. Doch welchen Sinn hätte es gehabt, sie zurückzurufen? Er hätte doch nur ihr Leben auch noch ruiniert.

◦~⊕~◦

Aber wie es manchmal so ist mit dem Tadel von Menschen, die es gut mit einem meinen: Mag die Kritik anfangs auch gegen eine Mauer eitlen Widerstands prallen, bisweilen beginnt doch etwas zu bröckeln. Den ganzen restlichen Tag hatte Karl Minas eindringliche Worte nicht vergessen können; und auch als er ausgelaugt und schmutzig nach Hause radelte, war er tief in Gedanken versunken. An der unteren Mainbrücke bemerkte er eine Menschentraube und mehrere Schutzmänner. Karl sah, dass eine Frauenleiche aus dem Wasser gezogen wurde. Sie trug zu seinem Entsetzen schwarze Kleidung. Er nahm nicht mehr wahr, wie er vom Rad sprang, das Gefährt umfiel, unter Schock drängte er sich durch die Menschentraube nach vorn.

Dort wurde er von Oberwachtmeister Ludo Sinzheimer erkannt. »Karl, was hast du hier zu suchen?«

»Wer ist sie?«, fragte er angstvoll.

Zu Karls Erleichterung hörte er nun einen Mann im Arztkittel zu Ludo sagen, dass die Frau schon mindestens zwei Tage im Wasser gelegen haben musste. Daher werde die Identifikation sicher noch dauern, Kleidung und Aufmachung nach zu urteilen, handelte es sich aber wohl um eine Prostituierte. Ludo blieb nicht verborgen, dass Karl auf diese Aussage hin offensichtlich erschrak.

Mit schwacher Stimme fragte er: »Hat sie jemand … umgebracht?«

»Weißt du etwas über sie?«, fragte Ludo statt einer Antwort.

»Dazu müsste ich ihr Gesicht sehen«, sagte er. »Eine Freundin meiner verstorbenen Mutter hatte vor vier Jahren Ärger mit einem ziemlich brutalen Zuhälter. Ich habe sie länger nicht gesehen. Ich habe mich gerade gefragt …«

Ludo nickte. »Wie hieß sie?«

»Das … weiß ich nicht.«

Karl traute Ludo nicht genug, um ihm Grete Quillings Namen zu verraten. Falls sie doch noch lebte, sollte sie wegen ihm keine Scherereien bekommen. Da ihr Gewerbe als »sittenwidrig« galt, befand sich jede Prostituierte im rechtsfreien Raum und lief Gefahr, bestraft zu werden. Ludo merkte wohl, dass Karl etwas verschwieg und fixierte ihn argwöhnisch, musterte dessen staubige Straßenarbeiterkleidung. »Wohnst du noch in der Wallstraße?«, fragte der Oberwachtmeister. Er erinnerte sich offenbar erstaunlicherweise noch immer an Karls Adresse aus dessen Polizeiakte, die im Sommer 1902 anlässlich seiner Nacht im Gefängnis erstellt worden war. Karl bejahte.

»Wir melden uns bei dir, falls Fragen auftreten«, kündigte Ludo ernst an.

Karl sah nochmals auf die auf dem Bauch liegende Frauenleiche, versuchte einen Blick auf das Gesicht zu erhaschen, sie wurde jetzt jedoch mit einem Tuch vor den Augen der Schaulustigen verborgen.

Wenig später kam Karl an der Lieblingskneipe von Wilhelmine Gehweilers Gatten vorbei. Spontan beschloss er, hier noch einen Apfelmost zu trinken. Er stellte sein Fahrrad ab, schloss es an einen Laternenpfahl und betrat das Lokal. Tief in seinem Inneren hoffte er, auf Mina zu treffen, denn natürlich erinnerte diese Schänke ihn hauptsächlich an die verlorene Freundin. Sie war nicht anwesend, doch zu seinem Erstaunen erblickte er ein anderes vertrautes Gesicht am Klavier: Oskar Mäder! War auch er von seinen alten Dämonen besiegt worden? Die Tatsache, dass Karl ihn hier antraf, schien dafür zu sprechen. Im Grunde sah Oskar Mäder noch genauso aus wie vor über drei Jahren, als er ihn bei seinem letzten Besuch in der Trinkeranstalt Hüttenmühle gesehen hatte. Karl selbst schien sich jedoch – nicht nur durch den Oberlippenbart – mehr verändert zu haben, denn auch als Oskar sein Klavierspiel beendet und sich ganz in seine Nähe gesetzt hatte, wurde er von diesem nicht sofort erkannt.

»Wie geht es dir, Oskar?«, fragte er schließlich, und Mäder erschrak.

»Karl«, bemerkte er erst jetzt. Nach einer kurzen peinlichen Pause fügte er hinzu: »Ich habe gehört, dass du den Affenstein verlassen hast.«

Karl nickte und nippte an seinem Saft. Sein Blick fiel auf Oskars Weinglas. »Und du? Bist du noch in der Hüttenmühle?«

Oskar schüttelte den Kopf und senkte den Blick. »Vor drei Wochen hat die Gattin des Bürgermeisters unsere Anstalt besucht. Sie hatte elegante Schuhe an …«

»Und dann bist du ihr hinterher?«, mutmaßte Karl.

Oskar bejahte trübsinnig. »Wie hypnotisiert. Bis nach Frankfurt, da verlor ich sie dann. Danach war ich wieder ganz niedergeschlagen. Ich hab mich besoffen. Seitdem lebe ich wieder vom Schnorren.«

Karl riet Oskar eindringlich, sich beim Hausvater der Trinkeranstalt in Köppern zu entschuldigen und dorthin zurückzukehren. »Der wird mich niemals zurücknehmen«, erwiderte Oskar resigniert. Karl dachte an die Worte, die Auguste vor über 17 Jahren an ihn gerichtet hatte: »Wir dürfen nie aufgeben. Leben heißt kämpfen!«

Mit der Faust zeigte er dieselbe kämpferische Geste wie Auguste seinerzeit. Doch er kam sich vor wie ein Betrüger, denn natürlich hatte Mina mit ihren Vorwürfen recht gehabt. Er selbst war ein Feigling, der zu früh aufgegeben hatte! Bei Oskar zeigten die kämpferischen Worte dennoch Wirkung, er versprach Karl, es zumindest zu versuchen. Dieser sah zur Tür, als eine hochschwangere junge Frau hereinkam – und war enttäuscht, dass es sich nicht um Mina handelte. Oskar Mäder schien seine Gedanken zu erraten. »Siehst du Frau Gehweiler noch?«

Karl schüttelte den Kopf.

»Schade«, meinte Oskar. »Sie war sehr nett.«

Karl lenkte von dem ihn bedrückenden Thema ab, indem er von der Wasserleiche erzählte. Und dass er befürchte, es könne sich um Grete Quilling handeln. Zu seiner großen Erleichterung hörte er Oskar Mäder nun sagen: »Nein, das war nicht die Quilling, einer der Gäste hier hat es vorhin erzählt, er war beim Auffinden der Leiche dabei. Er hat ihr Kleid erkannt. Es war scheint's eine jüngere Kollegin von Grete.«

»Weißt du ihren Namen?«, fragte Karl aufgewühlt.

Oskar schüttelte den Kopf. »Das nicht. Aber sie war öfter hier.«

»Glaubst du, sie wurde ermordet?«

»Kann gut sein«, erwiderte Mäder. »Und wenn dem so wäre – dann könnte ich mir vorstellen, wer es war!«

Karl starrte ihn fassungslos an. »Wer?«

Vor zwei Tagen sei hier ein feiner Herr gewesen, kaum älter als Karl. An den habe die Dirne sich herangemacht, erklärte der Fetischist mit gesenkter Stimme. »Er hat ihr einen Korb gegeben, sie schließlich angeschrien und sogar geohrfeigt. Als sie sich dann getrollt hat, hat er bezahlt und ging kurz darauf auch. Er war wirklich erstaunlich grob zu ihr.«

»Kommt er öfter her?«

»Ich habe ihn da zumindest das erste Mal gesehen. Seinen Namen weiß ich aber. Er hatte sich hier mit einem Geschäftspartner getroffen, der nannte ihn Herr Preuß.«

Karl fasste für sich gerade den Entschluss, diese Aussage schnurstracks Ludo mitzuteilen, da bemerkte er, dass Oskar Mäder fassungslos zur Tür starrte. Karl sah nun auch hin: Ein Mann hatte die Kneipe betreten, dessen Anblick ihn erschaudern ließ.

»Das ist der Mann«, raunte Oskar Mäder ihm aufgebracht zu. »Mit ihm hat sich die Dirne gestritten.«

Karl antwortete benommen. »Ja, aber er heißt Beuß, nicht Preuß. Rüdiger Beuß.«

»Du kennst den?«

Schreckliche Bilder kehrten zu Karl zurück.

»Wir waren mal im selben Heim.«

Verwirrt beobachtete Karl nun, wie Rüdiger zu der schwangeren jungen Frau hinging, die vorhin das Lokal betreten hatte, und sie küsste. Dessen Gesicht nahm dabei einen solch ungewohnt liebevollen Ausdruck an, dass Karl kurz dachte, es handle sich doch nur um eine Verwechslung.

»Wir müssen die Polizei rufen«, zischte Oskar aufgeregt.

»Guten Abend, ihr zwei!« – Karl und Oskar fuhren erschrocken herum. Von ihnen unbemerkt, hatte Grete Quilling die Schänke betreten. Sie freute sich ganz offensichtlich, die beiden zu sehen. Allerdings hatten ihr die letzten vier Jahre augenscheinlich nicht gutgetan. Das graue Haar ließ sich immer schlechter verbergen, sie hatte dunkle Ränder unter den Augen und wirkte äußerst erschöpft. Da die beiden Männer offenbar zu perplex waren, um zu antworten, ergriff sie das Wort. »Wieso Polizei?«

»Der Mann da drüben – wir denken, er hat eine Dirn…« – Oskar unterbrach sich selbst – »… eine junge Frau in den Main geworfen.«

Gretes Blick verdunkelte sich. »Die Luise? Nein, die ist wohl eher selbst ins Wasser gegangen. Grund genug hatte sie. Der Beuß bringt niemand um, der ist selbst ein ganz armer Hund.«

Karl war überfordert durch die vielen neuen Enthüllungen, Oskar Mäder fragte, ob Beuß denn ein Bekannter von Grete sei. Diese lächelte freudlos. »Oh nein, er hasst unsereins.«

»Und wieso ist er ein armer Hund?«, hakte Karl nun nach.

»Er berät den Wirt hier in Gelddingen. Der hat mir erzählt, dass Beuß oft panische Angst vor Menschen hat, nachts selten schlafen kann. Offenbar haben sie ihn im Kinderheim halb totgeschlagen.«

Karl starrte zu Rüdiger hinüber. Jeder Täter war einst ein Opfer, erinnerte sich Karl an die Worte seines Mentors Alois Alzheimer. Das traf andersherum wohl auch zu. Er hatte den Mann zum Opfer gemacht, der mit seinen Jüngern so viele Seelen zerstört hatte. Doch im Augenblick sah Rüdiger bei seinem schwangeren Liebchen harmlos und friedlich aus.

»Schön, dass er jetzt vielleicht sein Glück gefunden hat«, kommentierte Grete.

»Weshalb glaubst du, hat sie sich in den Main gestürzt?«, begehrte nun Oskar zu erfahren.

»Sie war auch schwanger«, erklärte Grete betreten. »In ihrem Fall keine ganz so glückliche Nachricht. Ihr Zuhälter hat ihr verboten, das Kind zu bekommen, wollte sie zur Engelmacherin zwingen. Da dachte das arme Ding wohl, ein schnelles Ende wäre besser.« Dann murmelte sie: »Wer könnt's ihr verdenken?«

Karl nutzte das Telefon des Wirtshauses und rief Ludo an, den er tatsächlich noch im Revier erreichte, um ihm mit Gretes Erlaubnis die Information über die Schwangerschaft und den Zuhälter der Verstorbenen mitzuteilen. Ludo bedankte sich verblüfft und wollte anweisen, dass bei der bevorstehenden Autopsie überprüft werde, ob die Frau tatsächlich schwanger gewesen war.

Karl spendierte Grete einen Äbbelwoi, Krapfen gab es hier und heute ja nicht. Da saßen sie nun – eine alternde Prostituierte, ein Schläger und ein Fetischist – und hingen den trüben Gedanken über ihre unsichere Zukunft nach. Zwei Äbbelwoi und einen Schnaps später erzählte Grete mit vom Alkohol gelöster Stimme, dass sie bald 50 werde. Von ihrer Angst davor, dass sie wohl bald kein Freier mehr haben wolle. Sie aber auch keine andere Arbeit mehr finden würde. Nicht in ihrem Alter, nicht mit ihrem Ruf. Weder Oskar noch Karl wussten etwas Tröstliches zu erwidern.

∽ଛ∾

Gegen elf Uhr nachts kam Karl vor seiner Kellertür in der Wallstraße an. Er wollte soeben aufschließen, da bemerkte er am Boden ein an die Tür gelehntes Buch. Er hob es auf: »Das Zeichen der Vier«. Karl schlug es auf und entdeckte eine Widmung.

Wer die Wahrheit nicht mehr sucht, ist kein Forscher mehr. In Liebe Mina.

Dann hatte sie also hier auf ihn gewartet. Vielleicht sogar so lange, wie er in der Kneipe sehnsüchtig zur Tür gesehen hatte? Noch Stunden später lag Karl regungslos auf dem Bett und starrte an die Decke. Ein Streifen Licht fiel durch das schmale Fenster in das winzige Kellerzimmer. Plötzlich erhob er sich mit einem Ruck und zog eine Kiste unter seiner Pritsche hervor. Sie enthielt unter anderem seine Medizinbücher. Er nahm eines heraus und drückte es instinktiv an sich wie ein Kind ein wiedergefundenes geliebtes Spielzeug. Dann rasierte er seinen Oberlippenbart ab. Gründlich entfernte er auch die letzten Stoppeln. Er sah sich so lang selbst in die Augen, bis die Person im Spiegel ihm unheimlich fremd wurde. Und schließlich wusste er, was er zu tun hatte. Donnern und Blitzen zum Trotz zog er sich an, verließ das Haus und fuhr mit dem Rad los.

Bald stand er vor dem Haus, zu dem er Mina einst begleitet hatte. Zu seiner großen Enttäuschung waren die Vorhänge der Wohnung verschwunden. Ein Blick ins Innere bestätigte seine Befürchtung: Das Licht der Straßenlaterne offenbarte nur leere Räume. Hier wohnte niemand mehr. Wer konnte wissen, wo Mina war? Karl fiel nur eine Person ein.

24: WAS AUS AUGUSTE DETER WURDE

KARL WALZ KAM AUSSER ATEM vor Laquers Praxis an, in welcher tatsächlich wie erhofft auch kurz vor Mitternacht noch Licht brannte. Durch das Fenster sah er seinen ehemaligen Chef wie früher so oft über einem Text brüten. Er wagte nicht zu stören, wollte warten, bis Laquer die Ordination verließ, um nach Hause zu gehen. Auch als es zu tröpfeln begann, verharrte Karl in jenem Vorgarten, vor dem sich vor fast einem halben Jahrzehnt der schwere Kutschenunfall ereignet hatte. Damit hatte seine inzwischen beendete Laufbahn in der Welt der Medizin begonnen. Heute gingen heftige Regenschauer auf das Pflaster hinab, auf dem er damals mit Mina das Leben Rottenmeiers gerettet hatte. Karl war triefnass, als endlich das Licht in Laquers Arbeitszimmer gelöscht wurde.

Der Kinderpsychiater kam schließlich heraus und spannte seinen Regenschirm auf; da trat Karl vor ihm in den schwachen Lichtkegel.

»Guten Abend, Dr. Laquer.«

Der Arzt erkannte ihn verblüfft. »Herr Walz?«

»Entschuldigen Sie die späte Störung«, haspelte Karl, der ahnte, dass er nicht viel Zeit hatte. »Darf ich Ihnen nur eine einzige Frage stellen?«

»Scheint wohl sehr wichtig zu sein.« Dr. Laquer winkte derweil einem Kutscher zu, der soeben vorfuhr.

»Können Sie mir sagen, wo ich Wilhelmine Gehweiler finden kann?«

Laquer musterte ihn prüfend. »Ist etwas geschehen, das ich erfahren sollte?«

Er ging in Richtung der wartenden Kutsche. Karl schritt, ohne dabei unter Laquers Schirm zu treten, neben ihm her. »Sie ist heute nach München abgereist«, berichtete der Psychiater zu Karls Enttäuschung. »Möchte dort Medizin studieren.«

Karl blieb abrupt stehen. »Studieren?«

Laquer ging strammen Schrittes weiter und erklärte eilig: »Ja, in Bayern ist das mittlerweile auch den Damen gestattet. Hier in Frankfurt erinnert das arme Ding doch alles an ihren verstorbenen Gatten. Die gemeinsame Wohnung hat sie Anfang des Monats bereits aufgegeben, bis heute war sie deshalb zu Gast bei meiner Familie.«

Sie waren an der Kutsche angekommen. Laquer schloss den Schirm und öffnete die Kutschentür, blieb jedoch noch kurz stehen. »Es ist mir übrigens ein Rätsel, wie Sie glauben konnten, der Kollege Friedländer habe Sie anschwärzen wollen. Selbst nachdem Sie ihm die Nase gebrochen hatten, weigerte er sich, Sie bei der Polizei anzuzeigen. Hat sogar versucht, Sioli zu überreden, Ihnen noch eine Chance zu geben.«

Dr. Laquer stieg in die Kutsche und schlug die kleine Tür zu. Karl sah ihn durch das kleine Fenster beschämt an.

»Dr. Friedländer ist momentan auf dem Affenstein«, klärte ihn Laquer auf. »Wenn noch ein Funke Anstand in Ihnen glimmen sollte, Walz, dann wissen Sie, was Sie zu tun haben.« Dann rief er dem Kutscher zu, er möge abfahren.

Karl Walz blieb im strömenden Regen zurück.

Am nächsten Morgen ging er zum ersten Mal seit über 19 Monaten auf die Anstalt auf dem Affenstein zu. Er fühlte sich übernächtigt und sah sich angestrengt um. Sein müder Blick wurde augenblicklich wacher, als er einen Mercedes heranfahren sah. Friedländer parkte genau neben ihm. Der Arzt stellte den Motor ab und blieb einen Moment sitzen, als er Karl Walz erkannte. Langsam nahm er seine Schutzbrille ab. Karl kam zögerlich näher. Leicht fiel es ihm nicht. Doch Laquer hatte recht: Gewiss war es ein sehr guter erster Schritt, um das Ungeheuer in sich zu zähmen – sich bei den Opfern jenes Ungeheuers zu entschuldigen.

»Neues Modell?« fragte er, da ihm zunächst nichts Besseres einfiel.

Der Assistenzarzt traute dem Frieden nicht, stieg zögerlich aus. »Was wollen Sie, Walz? Sie wissen, Sie haben hier nichts verloren.«

Friedländer griff nach einem großen Schraubenschlüssel wie nach einer Waffe und brachte die Motorhaube zwischen sich und Karl. Er öffnete sie und hantierte scheinbar beiläufig am Motor.

»Ich … ich möchte mich bei Ihnen entschuldigen«, brachte Karl kleinlaut hervor. »Ich weiß nicht … ich war wie von Sinnen.«

Friedländer hielt inne, nickte gedankenvoll. »So geht es einem manchmal, ja. Und hinterher bereuen wir es dann.«

Er blickte Karl nun in die Augen. »Aber haben Sie wirklich geglaubt, ausgerechnet ich treibe Schindluder mit Morphium? Nach allem, was mit meinem Neffen passiert ist?«

Karl sah ihn hilflos an. »Ja, diesen einen Moment schon. Es tut mir leid.«

Keiner von beiden sprach, und für Karl erschien der Augenblick wie eine Ewigkeit.

»Nun, vielleicht hat jeder eine zweite Chance verdient«, sagte Friedländer schließlich erlösend. »Meinem Neffen wurde sie seinerzeit verwehrt.«

Der Arzt ließ die Motorhaube zufallen. »Sie haben wegen der Sache Ihre Ziehmutter ja über anderthalb Jahre nicht gesehen. Vielleicht sollten Sie sich beeilen, es geht ihr sehr schlecht.«

Karl sah ihn erschrocken an. Er hatte es befürchtet! »Ich konnte doch nicht …«

Zu seinem großen Erstaunen kündigte Friedländer nun an, mit Professor Sioli zu sprechen, damit dieser Karls Hausverbot aufheben werde. »Er kommt morgen von seiner Forschungsreise zurück.«

»Danke«, sagte Karl aus tiefster Seele und war so bewegt, dass er Friedländer die Hand reichte. Dieser deutete in einer abwehrenden Geste mit den ölverschmierten Handschuhen gegen Karl. »Schon gut, schon gut.«

~⚭~

Noch am selben Abend führte Karl ein ihm unbekannter junger Pfleger zu Auguste Deter. Bei ihrem Anblick kämpfte der einstige Ziehsohn mit den Tränen: Sie war nur noch Haut und Knochen, lag starr und zusammengekrümmt in einem Holzwollbett, die Knie fest an den Thorax gezogen. Als Karl versuchte, Augustes Beine zu strecken, spürte er starkes Spannen und Widerstand. Er blickte den jungen Pfleger so vorwurfsvoll an, dass dieser begann, Augustes Zustand zu rechtfertigen: »Sie lag eh immer auf der Bettdecke. Und sie ist unrein geworden. In solchen Fällen ist ein Holzwollbett das geeignetste Lager.«

»Ich will sie waschen«, verkündete Karl mit zittern-
der Stimme.

Der Pfleger spürte, dass dies keine Bitte war und sagte
hastig: »Ich hol Ihnen das Waschzeug.« Er eilte hinaus.

Karl streichelte liebevoll Augustes Wange, sie starrte
weiter unbeteiligt vor sich hin. Besorgt bemerkte er, dass
sie zu fiebern schien.

~⊛~

Tags drauf berichtete Friedländer auch Dr. Laquer von
Karls Entschuldigung. Daraufhin erfüllte der Kinderpsychiater Karls Wunsch und vertraute ihm Minas vorläu-
fige Münchner Adresse an. Gleich in der nächsten Nacht
schrieb Karl einen Brief an die verlorene Freundin. Während er die Zeilen ins Reine schrieb, stellte er sich vor, wie
Mina den Text las. Vielleicht auf dem Hof der Münchner Universität? Im Hintergrund ein paar dumme Kerle,
die hinter ihrem Rücken Scherze machten, weil eine Frau
sich erdreistete zu studieren? Wie gerne wäre er ihr zur
Seite gestanden. Wie sah wohl ihr Gesichtsausdruck beim
Lesen seines Briefes aus? Würde sie ihn überhaupt öffnen?

»Liebste Mina«, las er sich selbst noch einmal leise vor,
»ich kann dir nicht genug danken für deinen Weckruf in
dem Holmes-Buch. Ich habe mich bei Doktor Friedländer
entschuldigt. Auguste geht es indes sehr schlecht, sie hat
sich wundgelegen und fiebert, aber immerhin hat Professor Sioli dank Friedländers Fürsprache mein Hausverbot
dauerhaft aufgehoben. So kann ich sie nun täglich nach der
Straßenarbeit besuchen. Ich wasche sie sogar selbst. Das,
was du für deinen Mann jahrelang getan hast. Ja, du hattest recht – ich war zu feige. Für so vieles! Jetzt aber werde

ich mich zur Prüfung anmelden. Und wenn ich endlich ehrlich zu mir bin, spüre ich: Von dir getrennt zu sein, ist die wahre Zeitverschwendung.«

❧

Als Karl Walz am übernächsten Abend, es war Montag, der 8. April 1906, nach der Arbeit erneut auf seinem Weg zu Auguste Deter war, passierte er zwei Pfleger, die eine Bahre mit einem abgedeckten Toten schoben. Kurz bevor er an das Isolierzimmer kam, bemerkte Karl, dass dessen Tür offenstand. Die letzten zwei Meter ging er zögerlich weiter, von bösen Vorahnungen geplagt. Ein Blick in das Zimmer bestätigte seine schlimmsten Befürchtungen: Es war leer. Der junge Pfleger wischte den Boden. Karl drehte sich nach der Bahre um und sah, wie sie am Ende des Flures um die Ecke geschoben wurde. In diesem Moment gab es für Karl Walz keinen Zweifel mehr: Das war Auguste Deters Körper, der fortgebracht wurde. Seine Ersatzmutter war tot.

❧

25: SONDERLIEFERUNG NACH MÜNCHEN

BENOMMEN GING KARL DURCH DIE ANSTALTSGÄNGE, brachte beim bestürzten Rottenmeier, dem man also offenbar trotz des Morphium-Diebstahls nicht gekündigt hatte, in Erfahrung, wohin man Auguste gebracht hatte. Nicht ins Leichenhaus, wo Karl einst mit Alzheimer das Gehirn des Hundertjährigen seziert hatte, sondern in den Baderaum der Frauen.

Oberschwester Ehrentraud, die seit Alzheimers Weggang alt und gram geworden schien, hatte es sich nicht nehmen lassen, die verstorbene Auguste ein letztes Mal an jenem Ort zu waschen, wo sie sich zu Lebzeiten immer so wohl gefühlt hatte. Karl stand zunächst erschüttert abseits, dann ging er zu Augustes Leichnam und strich ihr liebevoll eine Haarsträhne aus dem Gesicht. Es erinnerte ihn an jenen Tag vor knapp drei Jahren, als er sie für die Fotografie hergerichtet hatte, deren Abzug ihm Alois geschenkt hatte und den er immer bei sich trug. Alois … Karl fasste trotz seiner Trauer einen Entschluss.

～⚜～

Obwohl ihm der Bauleiter deshalb mit Kündigung drohte, nahm sich Karl am nächsten Morgen frei. Um zehn Uhr saß er Direktor Sioli in dessen Büro gegenüber. »Es kommt ja leider vor, dass sich Patienten wund liegen«, erklärte dieser, peinlich berührt. »Aber dass es zu solchen Komplikationen kommen musste ... Ich werde mit dem Kollegen Nitsche sprechen, was da in meiner Abwesenheit los war.«

Karl kam ein furchtbarer Verdacht. »Doktor Nitsche war Ihre Vertretung?«

»Ja«, bestätigte der Anstaltsdirektor, »war wohl recht anstrengend, er hat sich vor seiner Rückkehr nach München nun selbst einen Urlaub gegönnt. Sie sagten, Sie hätten eine Frage bezüglich Frau Deter?«

Karl verdrängte den Gedanken an seinen einstigen Freund Paul Nitsche und antwortete Sioli nun: »Ich weiß, dass Doktor Alzheimer Sie gebeten hat, ihm Auguste Deters Gehirn zu übersenden. Ich möchte Sie höflichst um Erlaubnis bitten, es ihm persönlich bringen zu dürfen.«

Prof. Sioli sah ihn erstaunt an. Karl fügte hinzu, es sei ihm wirklich ein dringendes Anliegen. Augustes Witwer Herr Deter habe bereits zugestimmt. Sioli nickte schließlich ernst.

⟿⟾

Als Karl einige Tage später in aller Herrgottsfrühe mit einem unscheinbaren Paket in der Hand aus der Anstaltstür kam, wartete bei seinem Fahrrad der mittlerweile 14-jährige Freddy. Der Junge verbarg etwas in der Hosentasche.

Karl kam heran. »Freddy, hier bist du.«

»Ich hab auf dein Fahrrad aufgepasst«, erklärte der Junge. »Musst du jetzt zum Bahnhof?«

Karl nickte lächelnd. »Ja, sonst fährt der Zug ohne mich ab.«

Freddy griff in seine Hosentasche und zog eine kleine Figur heraus, die er offenbar aus einer Mohrrübe geschnitzt hatte. Schlicht – aber erkennbar: ein Hase. »Hast du den gemacht?«, fragte Karl gerührt.

Freddy nickte eifrig. »Meister Lampe.«

»Mensch, Freddy ...«, sagte Karl mit brüchiger Stimme, »das ist wirklich lieb von dir.«

Karl umarmte den Knaben, der tapfer die Tränen unterdrückte. Karl steckte die Figur in die Jackentasche. Freddy deutete auf das Paket. »Ist das für mich?«

Karl konnte nicht umhin zu schmunzeln. Augustes Gehirn als Geschenk für Freddy? »Nein, aber ... vielleicht habe ich eine andere Überraschung für dich. Ich frage Doktor Alzheimer, ob du auch nach München kommen darfst. Dort gibt es auch ein großes Labor und viele Tiere, auf die du aufpassen kannst. Hm, was meinst du?«

Freddy erwiderte zu Karls Erstaunen weinerlich: »Aber da ist der Doktor Nitsche. Der mag mich nicht. Das war ganz schlimm, wie der hier Chef war. Da haben sie mich eingesperrt.«

»Was?«, versicherte sich Karl.

Freddy nickte traurig. »Ja, und er hat zu den Pflegern gesagt, die Auguste muss in eine Kiste – wie mein Hase.«

Karl spürte einen Hass in sich aufsteigen, gegen den sein einstiger Zorn auf Friedländer ein laues Maienlüftchen gewesen war. Ausgerechnet sein einstiger Freund Paul Nitsche war also verantwortlich für Augustes Tod!

෴

Zu Beginn seiner Zugreise nach Bayern konnte Karl an kaum etwas anderes denken als die Erkenntnis, dass Dr. Paul Nitsche Augustes Unterbringung in einer Kiste mit Holzwolle veranlasst hatte. All die zynischen Bemerkungen Nitsches über die Hoffnungslosigkeit ihres Zustandes – sie ergaben jetzt ein schreckliches Gesamtbild. Und anstelle der früheren Dankbarkeit für Pauls offene Art war brennender Hass alles, was Karl noch für ihn übrighatte. Allmählich lenkte ihn die Frühlingslandschaft ein wenig ab, die an ihm vorüberflog. Außer Frankfurt kannte Karl inzwischen nur den angrenzenden Taunus, daher blickte er mit zunehmender Neugier aus dem Zugfenster. Das kolossale Ulmer Münster sah er, viele Weiden mit Kühen sowie Kirchen mit exotisch anmutenden Zwiebeltürmen.

Bei seiner Ankunft in München an diesem warmen Aprilnachmittag gab es freilich noch mehr zu bestaunen. Besonders beeindruckten ihn einige japanische Herren in feinen Anzügen, die gemessen Bier in einer Straßenwirtschaft tranken. Hier in der Bayernmetropole traf sich wirklich die Welt. Und natürlich schlug ihm auch überall der Dialekt Franz Nissls entgegen, den er vor drei Jahren schätzen gelernt hatte. Eine Ewigkeit schien das nun her.

Schließlich ging Karl auf die imposante königliche psychiatrische Klinik am Eckplatz der Goethe- und Nussbaumstraße zu. Es war ein imposanter Gebäudekomplex in Form eines in die Breite gezogenen Hufeisens, umgeben von zahlreichen weiteren Anstalten der medizinischen Fakultät der Universität. Das städtische Krankenhaus links der Isar schloss sich der Klinik im Nordwesten an. Medizinische Arbeitsstätten so weit das Auge reichte. Eine wahre Festungsanlage im Kampf gegen Krankheiten. Alzheimers neue Wirkungsstätte war wirklich weitaus größer als die Anstalt auf dem Affenstein.

Am Klinikeingang wurde Karl von Dr. Gaetano Perusini begrüßt, der sich aufrichtig zu freuen schien, ihn zu sehen. Er führte den nervösen Karl über die Korridore zu Alzheimers Büro. Als er den Raum betrat und Alois von hinten am Fenster stehen sah, wie so oft mit der obligatorischen Zigarre in der Hand, hielt Karl vor Anspannung den Atem an.

»Dottore Alzheimer«, sagte Gaetano, und Alois drehte sich um, schaute Karl erstmals seit 19 Monaten in die Augen. Dieser stand mit der Kiste in der Hand unsicher da. Wie würde sein Mentor reagieren?

»Karl!«, ertönte die vertraute, fränkisch gefärbte Stimme Alzheimers. »Mein Beileid, Junge.«

Und dann schloss er den unendlich erleichterten Karl in die Arme wie ein Vater seinen Sohn. Schließlich sah Alois seinen Schüler kopfschüttelnd an. »Straßenbau! Keine Adresse hinterlassen!«

»Ich dachte eben ...«, stammelte Karl.

»Ich weiß, dass ein Rückschlag schmerzt«, räumte Alois ein. »Aber weißt du, was man tut, wenn einem etwas wirklich wichtig ist? Weiterkämpfen! *Vivere militare est!*«

Karl blickte lächelnd auf die Kiste. »Das hat mir schon mal jemand gesagt.«

Alzheimer wusste, wen er meinte und sagte anerkennend: »Danke, dass du zugestimmt hast.«

»Willst du es öffnen?«, fragte Karl.

Alois zögerte. »Fühlst du dich denn ... stark genug dafür?«

Karl nickte entschlossen. »Ich will dabei sein.«

Alzheimer begann also, Siolis Paket zu öffnen. Er holte zunächst ein Holzkistchen mit Zigarren hervor. »*Romeo y Julieta*. Kubanisch. Seit 1850 – Augustes Geburtsjahr!«, erkannte er. »Natürlich ... Sioli, der alte Zyniker.«

Schließlich hob er das in einem gläsernen Behältnis in Alkohol konservierte Gehirn heraus und betrachtete es interessiert. Auch Karl schaute ehrfürchtig auf das Glas, versuchte aber Haltung zu wahren.

»Tiefe, breite Furchen«, stellte Alois fest.

Sie bemerkten zahlreiche kleine Ablagerungen von der Größe eines Reiskornes und verklumpte Bündel von Nervenfasern.

»Deutlich kleiner als ein normales Gehirn«, ergänzte Perusini.

»Gut ein Viertel«, bestätigte Alois. »Bereiten Sie im Labor schon mal alles vor.«

Der italienische Arzt nickte. »Jawohl«, sagte er voller Tatendrang und eilte hinaus. Alzheimer holte die Akte aus dem Paket und begann darin zu lesen.

»Professor Sioli bittet um gelegentliche Rückgabe ...«, richtete ihm Karl aus, »fürs Archiv.«

»Ja, sicher«, sagte Alois und las vor: »Todesursache: Sepsis infolge Dekubitus.«

Karl nickte und dachte voller Hass an Paul Nitsche.

Alzheimer setzte sich, legte die Akte auf den Tisch und schaute auf das Glas mit dem Gehirn. »Karl, ich will, dass du bei uns bleibst«, sagte er schließlich zur Verblüffung und Freude seines Schützlings. »Die Abiturprüfung kannst du auch hier nachholen.«

Karl fehlten zunächst die Worte. »Ich habe noch gar kein Hotel gebucht«, fiel ihm schließlich wieder ein. Die Fahrkarte nach München hatte seine letzten Ersparnisse verschlungen. Er hatte beschlossen, es Oskar Mäder gleichzutun, und Quartier und Heimfahrt notfalls zu erbetteln. Immerhin hatte der Fetischist so jahrelang überlebt.

»Wir haben genug Platz«, erwiderte Alois. »Unsere Wohnung ist gleich hier gegenüber in der Rückertstraße. Also, hol dir vorne einen Kittel und komm dann zu mir ins Labor hoch. Dritter Stock.«

Karl strahlte, das ließ er sich nicht zweimal sagen. Gerade wollte er in Richtung Tür, da hörte er eine vertraute weibliche Stimme, die ihn erstarren ließ. »Doktor Alzheimer, die Doctores …«

Vor Karl stand in einem Laborkittel – Wilhelmine Gehweiler. Bei seinem Anblick fiel ihr um ein Haar das Präparat aus ihren Händen.

»Karl!«, erkannte sie, um Fassung kämpfend. »Ich … habe es gehört. Mein Beileid.«

Karl bedankte sich mit schwacher Stimme. Sie wollten sich tausend Dinge sagen, was sie vor Alzheimer aber nicht wagten.

»Danke für deinen Brief«, sagte Mina lediglich.

»Was machst du hier?«, erkundigte sich Karl.

»Vorpraktikum. Und du?«

»Ich bringe …«

Sanft mischte sich Alzheimer ein, der die Situation bestens durchschaut hatte. »Was wollten Sie mir denn mitteilen, Mina?«

»Die Doctores Creutzfeldt und Jakob wollen Sie oben im Labor sprechen«, erinnerte sich Mina schließlich an den eigentlichen Grund ihres Kommens.

»Danke, richten Sie den Kollegen doch bitte aus, ich sei gleich auf dem Weg«, bat Alois sie.

Während sie hinausging, lächelten sich Karl und Mina noch einmal zu. Alois bemerkte es nicht ohne Sorge. »Karl, ich muss dir noch was sagen. Etwas Privates«, sagte er, als Mina fort war.

»Ja?«

»Kollege Perusini hat Mina einen Heiratsantrag gemacht.«

Der Stich saß. Karl konnte sich nicht rühren. »Was hat sie geantwortet?«, brachte er mit belegter Stimme hervor.

»Hat um Bedenkzeit gebeten.«

Karl nickte. Immerhin – Zeit.

～❦～

Weiterhin an Perusinis Heiratsantrag denkend, eilte Karl Minuten später mit seinem Laborkittel die Treppen hinauf. Auf der Empore, die aufgrund von Bauarbeiten statt des Geländers nur ein Absperrband mit Warnschild aufwies, traf er auf einen kahlköpfigen jungen Mann im Arztkittel.

»Paul!«, erkannte Karl ihn mit kalter Stimme.

Dr. Nitsche drehte sich zu ihm um. »Karl. Tut mir leid wegen deiner Ziehmutter. Nun wurde sie am Ende doch noch geschnitten, was?«

Karl nickte nur.

Hinter Paul ging es drei Stockwerke in die Tiefe.

Der äußerte nun, es sei für die Deter aber gewiss das Beste, dass ihr Leiden ein Ende gefunden habe. »Zuletzt war es nicht mehr menschenwürdig.«

»Wenn du das sagst …«, presste Karl hervor.

Nitsche sagte genau das Falsche. Wieder und wieder. »Ich habe sie ja noch gesehen.«

»Ich weiß«, sagte Karl tonlos. »Du hast auch alles Weitere veranlasst.«

Nitsche wurde es mulmig, er trat einen Schritt vom Rand auf Karl zu, der so stand, dass er dem einstigen Freund den Weg in die Sicherheit versperrte.

»Was meinst du?«, fragte Paul. Er hatte zu schwitzen begonnen.

»Warum hast du Auguste ihre Pflege nicht gegönnt?«

»Nichts Persönliches. Es ging um die sinnvolle Verteilung von Ressourcen.«

»Ressourcen?«

»Als ich auf dem Affenstein eintraf, herrschte dort heilloses Durcheinander«, begann Dr. Nitsche, sich zu rechtfertigen. »Das Pflegepersonal war völlig überfordert. Wir haben nun mal eine Verpflichtung gegenüber den heilbaren Patienten.«

»Auguste ist nicht an ihrer unheilbaren Krankheit gestorben, sondern an den Folgen ihres Wundliegens«, sagte Karl, ohne sich von der Stelle zu bewegen.

Er bemerkte Schweißperlen auf Nitsches hoher Stirn, als dieser erklärte, ein Dekubitus könne auch bei bester Pflege vorkommen.

»Ist er aber nicht«, erwiderte Karl, als Nitsche jetzt an ihm vorbeizugehen versuchte.

»Lass mich durch!«

Ein einziger Stoß Karls würde genügen. Drei Stockwerke. Man würde es ihm nicht einmal nachweisen können.

26: DER VORTRAG

EIN MOMENT WIE EINE EWIGKEIT. Schließlich trat Karl zur Seite. Als Nitsche sich in Sicherheit wähnte, rief er ihm noch zu: »Willst du mich mit diesem Unfug bei deinem Alois diskreditieren?«

»Das kriegst du schon selbst hin«, entgegnete Karl.

Er spürte, wie die Wirkung des Adrenalins nachließ, einem Gefühl inneren Triumphs wich. Er hatte sich seinen Aggressionen diesmal nicht hingegeben!

Befreit, ja, nahezu beschwingt suchte er nun das Labor im dritten Stock auf. An der Fensterfront des großen Raumes befanden sich mehrere Arbeitstische mit höhenverstellbaren Hockern. Die Schränke waren mit Reagenzgläsern gefüllt. Am Ende des Labors stand ein Wägelchen, darauf die Behälter mit den Flüssigkeiten zur Präparation.

Außer Perusini und Alzheimer arbeitete hier im Moment noch ein dunkelhäutiger Wissenschaftler, den Alois Karl sogleich vorstellte: »Dr. Louis Casamajor aus dem fernen New York. Einer meiner besten.«

Fester Händedruck. »Pleasure«, sagte Karl, und Louis Casamajor erwiderte in gutem Deutsch, dass er gleichfalls erfreut sei. Nur das Beste habe er von Karl gehört.

Diese Aussage erstaunte ihn. Gab es nach seinem Angriff auf Friedländer wirklich noch Gutes über ihn zu berichten? Doch bald ließ ihn die Untersuchung von Augustes Gehirn seine Selbstvorwürfe vergessen. Alzheimer wandte sich, ins Mikroskop schauend, an Gaetano. »Und Dottore Perusini, ihr erster Eindruck?«

»Wucherungen und faserige Zellveränderungen«, stellte der Italiener fest.

»Eigentümliche Stoffwechselprodukte – Plaques – über die gesamte Hirnrinde verteilt«, ergänzte Alois.

»Kennt man vom Altersblödsinn«, meinte Dr. Casamajor. »Aber hier sind die Veränderungen viel weitgehender als in vergleichbaren Fällen von Patienten über 70.«

»Diese Präparate werden auch Ihre Zweifler überzeugen, Dottore Alzheimer«, war Perusini überzeugt.

Alois selbst wirkte zurückhaltender. »Abwarten.«

Schließlich bemerkten sie, wie spät es geworden war, und vertagten die weitere Analyse auf den nächsten Morgen.

Alois Alzheimer nahm Karl Walz wie angekündigt mit hinüber in sein dreistöckiges Stadtwohnhaus in der Rückertstraße. Das Mondlicht beschien das hochherrschaftliche Gebäude mit seinen zwei spitzen Turmerkern. Frieda Eiermann, das Hausmädchen, schmierte ihnen ein paar Wurstbrote. Maja Alzheimer war verreist. »Meine Schwester ist derzeit auf einer Zeppelinfahrt. Die ist ganz verrückt nach den Dingern«, berichtete Alois.

Und dann erzählten sie einander, was bei ihnen in den letzten 19 Monaten geschehen war. Alzheimer hatte von Kollege Laquer auch das Gehirn von Minas verstorbenem Gatten zur Untersuchung bekommen. Der Befund war eindeutig: Joseph Gehweiler hatte an einer Paralyse gelitten, nicht an Augustes seltsamer Krankheit. Karls Ersatzmutter war also derzeit ihr einziger Fall.

Karl bekam nun ein hübsches Turmzimmerchen mit Blick auf die Klinik zur Verfügung gestellt. Die weiche Daunenbettwäsche roch nach Lavendel. Zunächst fand er jedoch keinen Schlaf. Zu vieles ging ihm durch den Kopf. Wie ernst stand es zwischen Perusini und Mina? Würde er auf Dauer die Zusammenarbeit mit Augustes Mörder ertragen?

∽❦∾

Eine Woche später, es war Donnerstag, der 19. April 1906, brüteten Karl, Perusini und Casamajor konzentriert über ihren Arbeitsergebnissen bezüglich Auguste Deters Gehirn. Karl hatte viel nachzuholen, schließlich hatte er sich monatelang nicht mehr mit der Medizin beschäftigt. So erfuhr er nun, dass sich für Alois mit dem Thema Progressive Paralyse wohl keine Weltkarriere mehr begründen ließ. Am 3. März des vorigen Jahres waren Karls Mentor Alzheimer nämlich zwei Forscher namens Schaudinn und Hoffman zuvorgekommen: Sie hatten den Erreger der Syphilis entdeckt und damit letztlich belegt, dass Geisteskrankheiten eben auch Hirnerkrankungen waren. Schließlich entstand die Paralyse bekanntermaßen in den meisten Fällen durch Syphilis – und war somit den Infektionskrankheiten zuzuordnen. Umso interessanter war folglich Augustes ungewöhnliche Krankheit für Alzheimer und seine Mediziner-Truppe. Die diesbezügliche Forschung war für sie derzeit noch ein Alleinstellungsmerkmal. Wohl deshalb las selbst Paul Nitsche mit seinerseits nie gekanntem Interesse in Augustes Akte. Karl warf ihm einen finsteren Blick zu, so als werde die Akte dadurch beschmutzt, dass sein ehemaliger Freund sie in Händen hielt.

»Doktor Alzheimer?« Im Türrahmen des Labors stand Mina Gehweiler. Perusini und Karl schauten erfreut auf.

»Professor Kraepelin verlangt nach Ihnen«, berichtete sie Alois. »Ich glaube, es drängt.«

Alzheimer seufzte hörbar. »Der alte Hund will mich unbedingt befördern.«

»Ist das so schlecht?«, fragte Karl unsicher.

»Kraepelins jetziger Oberarzt ist nach Tübingen berufen worden«, erklärte Alois, legte achtlos seine noch brennende Zigarre auf den Labortisch. »Ich werde dessen Nachfolger, wenn es nach Kraepelin geht – dann kann ich vor lauter Tagesgeschäft wieder nicht mehr frei forschen.«

Der reiselustige Klinikdirektor Kraepelin war wohl bekannt für sein sicheres Gespür dafür, sich mit talentierten Kollegen zu umgeben – und seine Arbeit gerecht auf deren Schultern zu verteilen. »Trüffelschwein«, hatte ihn Franz Nissl in Heidelberg scherzhaft genannt.

Während Alois an ihr vorüber ging, wandte Mina sich an Dr. Casamajor: »Professor Kraepelin also wants to see you, Doctor. He needs you for an urgent telegraph to overseas. Reportedly there has been a terrible earthquake in San Francisco yesterday.«

Casamajor erschrak über die Nachricht eines schweren Erdbebens in seinem Heimatland. »Oh? Sure.«

Perusini räusperte sich, damit Mina zu ihm hinüberschaute. Er zeigte mit den Fingern eine Sieben – dann die Geste ein Getränk hinunter zu kippen. Mina erwiderte nichts darauf und verließ zusammen mit Casamajor das Labor. Nitsche nutzte die Situation, um zu lästern, deutete zynisch an, Dr. Casamajor sei ihm für seinen Geschmack zu dicht an der Nase vorbeigelaufen. Etwas angewidert drehte er sich zur Seite und fragte Karl und Perusini, ob es hier nicht etwas streng rieche. Perusini schnupperte arglos. »Was meinen Sie?«

Karl war misstrauisch und schwieg.

»Na ja, so nach Zuckerrohrplantage«, lachte Nitsche über seinen eigenen Scherz. »Ist ja auch eine schweißtreibende Arbeit. Früher haben solche im Busch getrommelt – und heute meint der Alzheimer, die könnten ein Mikroskop genauso gut bedienen wie wir.«

Von Nitsche unbemerkt, war Alois zurückgekommen, um seine Zigarre zu holen. Nitsche drehte sich überrascht um. Karl und Perusini sahen gespannt auf die beiden Ärzte. Alzheimer schien gefasst, nahm langsam seine Zigarre vom Arbeitstisch. »Ich hatte Sie gewarnt, Dr. Nitsche«, sagte er kühl. »Keine solchen Bemerkungen mehr! Was ich gehört habe, reicht. Regeln Sie das mit Kraepelin wie Sie wollen. In meiner Forschergruppe sind Sie jedenfalls nicht länger erwünscht.«

»Man wird doch wohl …«, setzte Nitsche an zu sagen, doch Alois unterbrach ihn unwirsch: »HINAUS!«

Und daraufhin erlebte Karl seinen einstigen Freund Paul erstmals in offensichtlichem Zorn. »Gut, dann sage ich Ihnen die Wahrheit über Ihre Forschergruppe«, kündigte Nitsche wütend an. »Sie kreieren aus einem Einzelfall den Mythos einer Krankheit, die überhaupt nicht existiert. In ein paar Jahren wird kein Mensch mehr von Alois Alzheimer und seiner Phantomkrankheit sprechen.«

Alzheimers Faust zuckte, Karl umschloss sie mit der Hand und flüsterte ihm zu: »*Iram coercere!*« Daraufhin bemerkte Karl tiefe Anerkennung in Alois' Gesicht. Nitsche warf ihnen einen letzten angewiderten Blick zu und ging. Alzheimer unterbrach schließlich das nun einsetzende betretene Schweigen: »Strafen wir den Nitsche Lügen. Heute Abend erzähl' ich euch, wie wir vorgehen.«

Karl Walz, Louis Casamajor, Gaetano Perusini und Alois Alzheimer saßen in der Abenddämmerung inmitten von Einheimischen und Touristen in einem Biergarten. Alois erklärte, er hätte Nitsche nie nach München mitnehmen sollen. »Aber Kraepelin mag ihn, er kann so gut mit Patienten umgehen.«

»Wenn er will«, erwiderte Karl bitter.

Und schließlich offenbarte er seinen Kollegen, was ihm Freddy erzählt hatte – wie Dr. Nitsche Augustes Tod durch »Rationalisierung« bei der »Ressourcenverteilung« mitverursacht hatte. Louis, Gaetano und Alois waren gleichermaßen bestürzt.

»Es ehrt dich, dass du ihm nicht den Hals umgedreht hast«, konstatierte Alois anerkennend. »Schade um ihn. Er hat am Ende wirklich verdammt gute Präparate erstellt.«

»Meine sind besser«, erwiderte da selbstbewusst Perusini. Anerkennendes Lächeln und Lachen der anderen. Alzheimer hob seinen Bierkrug. »Darauf trinke ich!«

Sich den Bierschaum vom Schnurrbart wischend, verkündete Alois schließlich feierlich: »Kollegen! In Tübingen findet Anfang November die 37. Versammlung der Süddeutschen Irrenärzte statt. Dort werde ich den Fall Auguste D. vorstellen.«

»Great idea«, lobte Casamajor.

»Das Forum hat eine jahrzehntelange Tradition«, klärte Gaetano Perusini Karl auf. »Auch Teilnehmer aus Österreich und der Schweiz werden anwesend sein.«

»Korrekt«, bestätigte Alois. »Leider wird dieses Jahr Professor Hoche den Kongress leiten. Das heißt – eine gründliche Vorbereitung ist unabdingbar.«

Karl wusste nicht, wer das war – »Hoche?«

»Der Freiburger Psychiater Alfred Friedrich Hoche«, erklärte ihm Casamajor. »Kraepelins Erzfeind.«

Und Alois ergänzte bitter: »Er wirft uns vor, dass die Suche nach verschiedenen Krankheitstypen ein Phantom sei. Ebenso wie Nitsche. Meint, aus anatomischen Befunden könnten keine psychischen Symptombilder erstellt werden.«

»Die sind alle so vernarrt in Freud, dass sie die körperlichen Aspekte missachten«, eiferte sich Karl.

Alzheimer nickte zustimmend. »Aber wenn wir in diesem Forum den Durchbruch schaffen, war der Tod deiner Mamuschka nicht vergeblich.«

Er hob erneut sein Glas. »Auf Auguste Deter!«, sagte Alois feierlich, und Karl schluckte gerührt, als die Mediziner miteinander anstießen.

∽✲∾

Am Donnerstag, den 1. November 1906 saßen Alois und Karl wie geplant im Zug nach Tübingen. Karl sah hinaus in die auch zu dieser Jahreszeit liebliche Hügellandschaft Schwabens. Alzheimer ging indes fahrig seine Unterlagen durch. Karl bemerkte: Sein Mentor war äußerst nervös. »Aufgeregt?«

Alois seufzte. »Ach, ich bin einfach ein miserabler Redner. Wenn ich an der Universität etwas erkläre, wird es oft nicht richtig begriffen. Und diesmal steht so viel auf dem Spiel!«

Karl erklärte verblüfft, er habe Alois stets bestens verstanden. Dieser lächelte matt. »Das, lieber Karl, habe ich schon immer an dir bewundert.«

»Dann üben wir eben«, schlug Karl vor. »Du liest es mir so oft vor, bis du es selbst nicht mehr hören kannst.«

»Also gut«, sagte Alois und holte tief Luft. »Geschätzte Kollegen, ich … äh … berichte Ihnen heute über ein Hirn – eine eigenartige Erkrankung der Hirnrinde. Es handelt sich um einen Krankheitsfall, den ich in der Irrenanstalt zu Frankfurt beobachtet habe und dessen Zentralnervensystem mir von Direktor Sioli zur Untersuchung überlassen wurde.«

Karl lauschte seinem Mentor nahezu melancholisch, als dieser nun den Fall Auguste D. Revue passieren ließ, den er selbst Schritt für Schritt miterlebt hatte. Er war sich sicher, dass ihre Krankengeschichte zur medizinischen Sensation werden würde.

In Tübingen hatte Alzheimer ihnen Zimmer im Hotel »Prinz Karl« vis-à-vis des Hauptpostamts in der Hafengasse reserviert. 20 Jahre war es her, dass Alois hier ein Semester lang gewohnt hatte, berichtete er Karl ein wenig wehmütig. Die dortige weiß gelockte Rezeptionsdame, Frau Rosalia Bernauer, war bereits weit in ihren 80ern und freute sich sehr, Alois wiederzusehen. »Bist ein Mords-Kerle geworden«, schwäbelte sie und kniff ihm in die Wange. »Mein Lieblings-Rabauke.«

»Als ich gehört habe, dass Sie noch immer hier sind, hat mein Herz vor Freude einen Hüpfer getan«, schmeichelte Alzheimer.

»Danke, Loisle. Ich wär' natürlich lieber mehr in meinem Garten draußen«, meinte Frau Bernauer. »Aber wir finden keine, die ausschenken kann, kochen, und die bereit ist, nachts zu arbeiten – und mit betrunkenen Gästen umgehen kann. Und mit Verbindungsstudenten!« Sie zwinkerte Alois zu und fuhr fort: »Alle Bewerberinnen haben nach kürzester Zeit Reißaus genommen.«

»Ich wüsste vielleicht jemand«, meldete sich Karl zu Wort. »Allerdings wohnt die betreffende Dame derzeit in Frankfurt.«

»Und Sie meinen, sie wäre sich nicht zu fein?«, hakte Frau Bernauer nach.

Karl schüttelte schmunzelnd den Kopf. »Oh, ganz bestimmt nicht. Sie hat in einer Schänke gearbeitet und weiß den Herren der Schöpfung gehörig den Marsch zu blasen, wenn es sein muss.«

Als Alois und Karl allein in der Gaststube bei einer von Frau Bernauer zubereiteten Vesper saßen, hakte der Oberarzt wegen des Vorschlags seines Schützlings nach. Karl, der Alois inzwischen völlig vertraute, offenbarte ihm Frau Quillings vollständige traurige Geschichte.

»Referenzen kann sie somit natürlich nicht vorweisen«, resümierte Karl schließlich, »aber das größere Problem wird sein, dass sie wohl kaum das Geld für die Fahrkarte zum Vorstellungsgespräch wird aufbringen können. Schade. Hier kennt sie keiner, da wäre ein Neuanfang vielleicht noch möglich gewesen.«

Alzheimer nickte nachdenklich und bat Karl um Frau Quillings Adresse. Dann wollte er mehr über Karls leibliche Mutter vor der Zeit ihrer Paralyse wissen. Der junge Mann erzählte bis spät in die Nacht, trank dabei Apfelmost, während Alois sich Sekt aus Frau Bernauers Heimatstadt Esslingen gönnte, den er hier in Tübingen schätzen gelernt hatte. Schließlich bedankte sich Alois für Karls große Offenheit und versprach im Gegenzug, ihm morgen die Neckarstadt zu zeigen.

Frühmorgens hatte Alois nach eigenen Angaben noch einige Telefonate und Telegramme zu erledigen, doch um halb elf begann er mit der versprochenen Stadtführung. Karl war begeistert von der malerischen Universitätsstadt, auf deren Hügeln ein Schloss thronte und deren hübsche Fachwerkhäuser bis hinunter an den Fluss Neckar reichten. Zu guter Letzt zeigte ihm Alois noch den Botanischen Garten. Dann sah er auf seine Taschenuhr und erklärte Karl, sie hätten um vier Uhr nachmittags noch eine Verabredung in ihrem Hotel. Als sein Schüler verwundert nachfragte, mit wem Alois sich denn treffen wollte, lächelte dieser nur. »Lass dich überraschen.«

Die angekündigte Überraschung konnte man als gelungen bezeichnen, denn als sie das Foyer des Hotels betraten, fiel Karl buchstäblich die Kinnlade herunter. Verschüchtert wurden sie begrüßt von – Frau Quilling! Alzheimer hatte ihr frühmorgens, von Karl unbemerkt, nach Frankfurt telegrafiert, sie solle sich umgehend auf den Affenstein begeben, um ihn mit dem dortigen Telefon im Tübinger Hotel »Prinz Karl« anzurufen. Sioli hatte er gebeten, Frau Quilling eine Fahrkarte vorzustrecken und sie zum Bahnhof bringen zu lassen.

»Und jetzt habe ich gleich ein Bewerbungsgespräch«, berichtete Frau Quilling so entgeistert, als könne sie es selbst nicht fassen.

»Für eine hübsche Dame wie Sie ist ein solches Gespräch bestimmt kein Hindernis, sondern eine großartige Gelegenheit«, sagte Alois höflich, und Karl war seinem Mentor äußerst dankbar dafür, dass sich dieser keine Sekunde lang anmerken ließ, was er alles über Grete Quillings Lebenswandel wusste. »Trotzdem sind wir hier, um Ihnen den verdienten Erfolg zu wünschen.«

Als Frau Bernauer und der rundliche Hotelbesitzer Theodor Ocker sie ins Büro baten, warf Frau Quilling Karl und Alois nochmals einen aufgeregten, aber dankbaren Blick zu.

Karl wandte sich bewegt an seinen Lehrer. »Danke!«

Alois nickte. »Irgendwo freut sich Cecile darüber, dass ihr Geld für Sinnvolles verwendet wird.«

Als Grete Quilling nach kaum 20 Minuten das Büro wieder verließ, fiel sie Karl mit Tränen im Gesicht um den Hals. »Sie nehmen mich, ich soll gleich hierbleiben.«

Schließlich löste sie sich vom vor Freude gleichermaßen fassungslosen Karl und berichtete zutiefst bewegt von dem Bewerbungsgespräch. Wie wunderbar sie sich mit Frau Bernauer verstehe und dass diese sie so sehr an ihre selige Großmutter erinnere. Dann wandte sie sich an Alois. »Dr. Alzheimer, Frau Bernauer hat erzählt, wie Sie mich bei Herrn Direktor Ocker mit Vorschusslorbeeren bedacht haben. Dabei kennen Sie mich doch nur durch Karlsches Erzählungen. Ich weiß nicht, wie …« Mehr brachte sie nicht hervor.

Alzheimer drückte aufmunternd ihre Hand. »Ach, das ist es doch, worauf wir Ärzte immer hinarbeiten – ein glückliches Ende für die Menschen.«

Karl nickte gerührt, und musste an Paul Nitsche denken. Irgendwie schien der jenes Ziel vergessen zu haben. Oder er wollte nur für das Glück derer arbeiten, die seiner persönlichen Definition von »lebenswert« und »nützlich für den Volkskörper« genügten. Alzheimer hingegen hatte von seiner verstorbenen Frau offenbar die Großherzigkeit gelernt. Erst vor ein paar Tagen hatte Karl von Alzheimers Schwester Maja erfahren, dass Alois ihrem Halbbruder eine Apotheke in Schwabing geschenkt hatte. Einfach so. Wie verbittert muss ich selbst gewesen sein, diesem Mann so lange misstraut zu haben, schalt sich Karl.

Bereits am Abend wurden die beiden amüsiert Zeuge, wie Frau Bernauer und Grete Quilling mit Schalk im Nacken und sehr wirkungsvoll mit ein paar betrunkenen Hotelgästen umgingen. Da Karl bemerkte, dass sein Mentor immer nervöser wegen des morgigen Vortrages wurde, versuchte er Alois abzulenken, indem er ihn Anekdoten aus seiner Zeit hier an der Eberhard Karls Universität erzählen ließ. Einerseits hatte Alzheimer in jenem Semester hart gearbeitet, acht Kurse abgeschlossen, unter anderem sogar in der Theorie der Geburtshilfe, andererseits gab es in Tübingen ein Haus seiner Studentenverbindung Franconia – mit den dafür typischen Gelagen und Streichen. Damals war Alois Karl wohl wirklich ein wenig ähnlich gewesen. »Im Februar '87 habe ich so laut vor einer Polizeistation herumgegrölt, dass ich drei Mark Strafe an die Universitätskasse zahlen musste.«

Mit derlei war an diesem Abend nicht zu rechnen, auch Alois verzichtete heute auf Alkohol, und beide gingen früh zu Bett. Morgen war schließlich ein wichtiger Tag – vielleicht der wichtigste!

∼◦∼

Am Samstagnachmittag um drei Uhr begann die Versammlung der süddeutschen Irrenärzte im Hörsaal der psychiatrischen Klinik in der Nähe des Botanischen Gartens. Frau Bernauer hatte ihnen eine Flasche des von Alois so geliebten Sektes aus ihrer Heimatstadt mitgegeben. »Den gönnt ihr euch, wenn der Vortrag ein Erfolg ist«, hatte sie gesagt. Karl fragte sich unsicher, ob diese Sektflasche heute wohl noch geköpft werden würde. Im Publikum saßen über 90 Ärzte, unter anderem auch der aus Alzheimers Forschertrupp verstoßene Paul Nitsche. Dieser unterhielt sich angeregt mit dem Tagungsleiter Alfred Friedrich Hoche, einem Mann Anfang 40 mit einem äußerst buschigen Kinnbart. Da nahm der frühere Klinikdirektor Tübingens das Pult ein, um die Gäste zu begrüßen. Nach einigen Nachrufen und Beglückwünschungen sowie einem Vortrag über die Thermodynamik des Muskels verkündete Hoche etwas gelangweilt: »Herr Doktor Alzheimer aus München wird uns nun berichten: Über einen eigenartigen schweren Erkrankungsprozess der Hirnrinde. Herr Kollege Alzheimer, Sie haben das Wort.«

Während nun Alois ans Rednerpult schritt, überprüfte Karl den Diaprojektor. Seine Finger zitterten vor Aufregung. Es war also endlich so weit: Jetzt würde sich Alzheimers weitere Karriere entscheiden – und die Frage, ob Augustes Tod umsonst gewesen war.

Alois referierte Augustes Krankheitsgeschichte, ohne zu stocken, fast fünf Jahre Forschung, kompakt zusammengefasst. Seine Ausführungen wurden durch Dias der Präparate illustriert, den Apparat bediente der nervöse Karl. Während er Alois lauschte und betete, dass dieser weiterhin von Versprechern verschont blieb, versuchte er, Reaktionen im Publikum zu erkennen. Doch er sah nur unbeteiligte Poker-Gesichter. Gähnte dort hinten jemand?

Nach ungefähr 20 Minuten erläuterte Alzheimer das letzte Dia. »Über die gesamte Hirnrinde zerstreut zeigen sich

Herdchen, welche durch Einlagerung eines eigenartigen Stoffes in die Hirnrinde bedingt sind. Diese Beobachtung wird uns nahelegen müssen, dass wir uns nicht damit zufriedengeben sollten, irgendeinen klinisch unklaren Krankheitsfall in einer der uns bekannten Krankheitsgruppen unterzubringen. Es gibt zweifellos viel mehr psychische Krankheiten, als sie unsere Lehrbücher aufführen. Danke für Ihre Aufmerksamkeit.«

Vergeblich warteten Karl und Alois auf Beifall – oder irgendeine Reaktion.

»Diskussionsbemerkungen?«, versicherte sich Hoche mit unbeteiligter Stimme. Keine Reaktion – Karl und Alzheimer fieberten danach. Doch der Beitrag wurde offenbar ignoriert. Statt hilfreich einzugreifen, verharrte Hoche distanziert und kommentarlos auf seinem Sitz. »Keine, meine Herren?«, fragte er noch pro forma, wandte sich dann aber rasch an den ganz offensichtlich aufs Tiefste enttäuschten Alois: »Tja, Herr Kollege Alzheimer, dann danke ich für Ihre Ausführungen, offenbar besteht kein Diskussionsbedarf«, sagte er, und Karl hätte schwören können, ein kurzes schadenfrohes Schmunzeln erkannt zu haben. »Als Nächstes berichten die Kollegen Frank aus Zürich und Beezzola von der Krankenanstalt Schloss Hardt über die Analyse psychotraumatischer Symptome.«

Karl und Alois verließen erschüttert das Rednerpult. Nitsche griente sie triumphierend an. Er hatte recht behalten: Die medizinische Welt interessierte sich einen Dreck für die Erkrankung der Auguste Deter.

27: WAS LEBEN HEISST...

AM MONTAGABEND SASS KARL IN MÜNCHEN ernüchtert
mit Dr. Louis Casamajor im Labor über Augustes Gehirn-
präparaten. Alois Alzheimer war heute nicht in der Klinik
erschienen. Er saß wahrscheinlich zu Hause und leckte
seine Wunden, mutmaßte Karl. Wer konnte es ihm verdenken?

Casamajor zeigte sich betroffen über Karls Bericht.
»Wirklich keine einzige Wortmeldung?«

»Nein«, bestätigte Karl, »und dem Hoche schien das
auch ganz recht so. Dem Nitsche natürlich sowieso. Umso
heftiger wurde nach dem nächsten Beitrag über Freuds
Psychoanalyse gestritten.«

Dr. Casamajor nickte verstehend. »Kann sein, dass die
Mehrheit Freuds Theorie ablehnt – aber sie beschäftigt
momentan alle.«

»Allerdings«, sagte Karl voller Bitterkeit. »Es ging um
hypnotischen Schlaf zur Rekonstruktion von Kindheits-
Traumata. Sollte ich vielleicht mal ausprobieren.«

Casamajor lachte leise auf.

»Hoche wollte natürlich gleich die gesamte Psycho-
analyse als verwerflich und wertlos abtun«, erzählte Karl,
was Dr. Casamajor typisch für Alzheimers Gegner fand.
»Der alte Zyniker meinte, an Freuds Theorien sei zwar
Gutes und Neues, das Gute daran sei aber nicht neu, und
das Neue nicht gut.« Karl erinnerte sich: »Ein gewisser
Carl Joseph Jung aus Zürich war anwesend, der hat seinen
Lehrmeister Freud leidenschaftlich verteidigt.« Karl imi-

tierte nun einen Schweizer Akzent: »Die Sexualität spielt überall eine gewaltige Rolle!«

Casamajor grinste. Dann versicherte er sich mit wieder ernsterer Miene: »Und bei euch auch anschließend keine einzige Frage?«

Karl nickte. »Kannst dir ja vorstellen, wie es uns danach ging.«

»Die tun das also wirklich als Einzelfall ab«, empörte sich Casamajor.

Karl blickte auf das bekannte Foto von Auguste Deter an der Wand des Labors. Nun war ihr Tod doch umsonst gewesen.

Noch als Casamajor längst nach Hause gegangen war, saß Karl allein im Labor, das nunmehr ein stiller, fast gespenstischer Ort war. Schnee wurde gegen die Scheibe geweht. Einen unheimlichen Moment lang glaubte Karl, in der Spiegelung Auguste stehen zu sehen – wieder so jung und blühend wie vor zwei Jahrzehnten. Sie zeigte dieselbe kämpferische Geste mit der Faust wie damals. Ganz langsam drehte sich Karl um, vergewisserte sich, dass sie nicht wirklich dastand. Wie zu erwarten, war dort niemand. Nur das sterile Labor. Da zerriss plötzlich ein schrilles Geräusch die Stille, und Karl erschrak auf das Heftigste: Nebenan klingelte das Telefon.

Er begab sich in den Nebenraum und hob den Hörer ab. Sein zweites eigenes Telefonat. Das erste hatte er vor knapp einem halben Jahrzehnt vom Affenstein aus mit Dr. Laquer geführt, um von diesem Wilhelmine Gehweilers Frankfurter Adresse zu erfahren. »Königliche Psychiatrische Klinik, München, Karl Walz am Apparat«, meldete er sich unsicher. Am anderen Ende der Leitung befand sich – Oskar Mäder. Beide waren gleichermaßen erfreut und verblüfft, wen sie da am Hörer hatten. Oskar erklärte, er habe heute schon mehrmals probiert, Alois Alzheimer im Auftrag des Hausvaters von Gut Hüttenmühle zu erreichen. »Dr. Alzheimer hatte angefragt, ob einer seiner Münchner Patienten hier in der Trinkeranstalt aufgenommen werden kann. Wir wollten ihm dies bestätigen. Es gibt eine Vakanz.«

»Dann bist du wieder in Köppern?«, versicherte sich Karl freudig.

»Ja, großartig, oder?«, hörte er Oskars verzerrte, aber deutlich euphorische Stimme sagen. »Der Hausvater sagt, er will nicht auf meine gute Mitarbeit verzichten. Das ist das Wundervolle am Leben: Man kann immer wieder neu anfangen. Danke für deinen Rat. Ohne dich hätte ich aufgegeben.«

Karl spürte nach Beenden des Gespräches neue Kraft und sprang voller Tatendrang auf. »Ja, du hast recht, Mamuschka!«

◦⁄◦

Wenig später klingelte Karl an Alzheimers Haus in der Rückertstraße. Maja öffnete ihm und nahm ihm seinen vollgeschneiten Mantel ab. »Ach, Karl«, wisperte Alzheimers Schwester resigniert, »ich glaube, der Alois will heute nichts mehr von eurer Forscherei wissen. Er ist so niedergeschlagen und müde …«

»Genau deshalb bin ich hier«, erklärte Karl beharrlich. »Mir hat mal wer gesagt, der Alois braucht manchmal jemanden, der ihm den Kopf zurechtrückt.«

Er zwinkerte ihr zu, sie sah ihn fragend an.

Karl ging in den Salon und sah sich um: Eine leere Flasche Frankenwein, ein halb leeres Glas. Keine Spur von Alois. Aus dem Arbeitszimmer roch er jedoch Zigarrenrauch. Da hörte Karl einen lauten Knall.

Voller schlimmer Vorahnungen rannte er in den Nebenraum. Dort lehnte Alzheimer über dem Schreibtisch. Die Zigarre neben ihm halb abgebrannt. »Alois?«, rief Karl in vager Sorge.

Alzheimer drehte sich um. Erst jetzt sah Karl, dass sein Mentor über dem Mikroskop saß und Frau Bernauers Sektflasche geöffnet hatte. Erfreut sagte Alois: »Karl! Trink mit mir! Ausnahmsweise! Wir dürfen nicht aufgeben. Ich werde meinen Vortrag veröffentlichen. Mögen die auch jetzt noch behaupten, Auguste sei ein unwichtiger Einzelfall – wir beweisen das Gegenteil.«

Karl strahlte ihn glücklich an.

»Und was wolltest du mir sagen?«, fragte Alois.

Sein Schüler lächelte. »*Vivere militare est.*«

»Zwei Narren, ein Gedanke«, sagte Alois amüsiert. »Wir suchen jetzt systematisch nach verwirrten Patienten unter 60 mit Gedächtnislücken.«

Genau das sei seine Idee gewesen, berichtete ihm Karl. »So lange forschen, suchen und recherchieren, bis wir ein unanfechtbares Ergebnis haben. Mag es auch Jahre dauern.«

Alois nickte gerührt. »Es dauert so lange, wie es dauert. Wir haben ja tatkräftige Unterstützung.«

»Eben«, sagte Karl. Dann fügte er grinsend hinzu: »Und Perusini wird berufliche Ablenkung bald nötig haben.«

Alzheimer hob leicht überrascht die Augenbrauen. Sein Monokel fiel herab.

Es war ein märchenhaft winterlicher Tag im Englischen Garten. Kinder rodelten den Hügel hinab. Über dem Monopteros spannte sich ein blauer Himmel mit schnee-weißen Schönwetterwolken – und es war bitterkalt. Karl lehnte mit Kappe, Schal und dickem Mantel mit dem Rücken an einer Säule des Ziertempels. »Erst dachte ich, dein Trauerjahr ist noch nicht vorüber.«

Mina lehnte, ebenfalls in warmem Mantel, an der Rück-seite derselben Säule und sah lächelnd in die entgegen-gesetzte Richtung. Sie wartete, ob noch mehr von Karl kommen würde.

Schließlich fuhr er fort: »Natürlich wäre es pietätlos und skandalös, nicht zu warten. Aber dann fiel mir ein, was Alois über das Trauerjahr gesagt hat. Natürlich dachte ich, der Perusini ist eine viel bessere Partie für dich«, räumte Karl ein, »der hat immerhin ein Schloss. Aber um eine Person zu zitieren, die ich sehr schätze: Wen schert das?«

Langsam linste Mina um die Säule, griff nach seiner Hand. Auch Karl löste sich und stand schließlich ganz nah vor ihr. Sie schauten sich sehnsuchtsvoll in die Augen.

»Die Person hat recht«, bestätigte Mina. »Ich will ja nicht Prinzessin werden, sondern Ärztin.«

Sie küsste ihn. Sie hatten so viel nachzuholen.

EPILOG

An einem heissen Tag im Hochsommer 1910 fuhr ein offenes Automobil durch Münchens Innenstadt. Am Steuer saß Dr. Wilhelmine Walz, daneben Dr. Alois Alzheimer, auf dem Rücksitz Dr. Karl Walz.

»Sie beherrschen das Fahrzeug wirklich bestens«, lobte Alzheimer die Fahrerin.

»Danke, Herr Kollege«, antwortete Mina. »Karl hat mir erzählt, dass Professor Kraepelin Auguste D.'s Krankheitsbild in seinem neuen Buch Alzheimers Krankheit nennt. Ich gratuliere.«

»Ja. Großartig, nicht wahr?«, entgegnete Alois spöttisch. »Künftig benennt alle Welt Gehirn-Plaques nach mir.«

»Alois scherzt nur«, klärte Karl da seine Gattin auf. »In Wirklichkeit ist er verdammt stolz, dass Kraepelin ihn verewigt hat.«

Der Weg vom Fiasko in Tübingen bis zur Anerkennung der Krankheit war mehr als steinig gewesen – die Suche nach der sprichwörtlichen Nadel im Heuhaufen. Drei Jahre lang hatten sie zusammen mit dem unermüdlichen Dr. Perusini Dutzende von Krankengeschichten analysiert. Dann endlich hatten sie drei weitere Fälle mit ähnlichen Symptomen und Hirnbefunden wie bei Auguste Deter nachweisen können: ein Korbmacher, der mit nur 45 Jahren verstarb, eine etwas kleinwüchsige Witwe, Besitzerin einer Likörfabrik, die 65 Jahre alt wurde, und ein Landesgerichtssekretär, der mit 63 starb.

Plötzlich bremste Mina das Fahrzeug ab, so dass Alois

und Karl leicht nach vorne kippten. Ihren Weg blockierte –
ein Elefant!

Die Ärztin strahlte fasziniert. »Nicht zu glauben.«

Karl wandte sich an einen Passanten und fragte diesen, woher das Tier denn komme. Angeblich sei es einem
Zirkus entlaufen, erklärte der Mann. Zwei Zirkusarbeiter
kamen angerannt und zerrten an dem Elefanten. Vergeblich. Er mochte sich nicht bewegen, trompetete störrisch.

»Da wird der Kongress wohl etwas auf uns warten müssen«, sagte Mina amüsiert und schaltete den Motor ab.

Alois schürzte nachdenklich die Lippen. Schließlich
fragte er das junge Paar, ob sie das Gleichnis von den blinden Männern und dem Elefanten kannten. Sie vernein-
ten und schauten Alzheimer daraufhin erwartungsvoll an.

»Ein indischer Handelsreisender hat die Geschichte
Cecile und mir auf unserer Hochzeitsreise nach Flo-
renz erzählt«, berichtete der Psychiater. »In dieser Para-
bel untersuchen blinde Männer jeweils nur einen Teil des
Elefanten. Der eine den Rüssel: ›Aha – ein Schlauch!‹, der
andere das Ohr: ›Aha – ein Fächer!‹, wiederum ein anderer den Schwanz und so fort. Es kommt kein schlüssiges
Gesamtbild zustande. So ähnlich ist es wohl noch bei den
verschiedenen Perspektiven von uns Forschern auf die
Krankheit Auguste Deters.«

Dr. Karl Walz lächelte. Ausgerechnet das Tier, dem man
ein hervorragendes Gedächtnis nachsagte, als Symbol für
die Krankheit des Vergessens? Schließlich sah er seinem
Mentor ernster ins Gesicht. »Aber du hast den Elefanten
definiert, ihm einen Namen gegeben – jetzt kann seine
Untersuchung erst richtig beginnen. In aller Welt. Und
eines Tages? Wer weiß? Vielleicht verstehen wir dieses
riesige Wesen dann ganz?«

Dr. Alzheimer nickte. Er ahnte, dass es tatsächlich so kommen würde.

ENDE

DANKSAGUNG

ALLEN VORAN DANKE ICH Hardy Martins und Bernd Schwamm, meinen kreativen Co-Autoren bei unserem gemeinsamen Drehbuch über Alois Alzheimer – und Roland Pellegrino, der uns miteinander bekanntgemacht hat. Hardy, insbesondere deine Idee vom Kutschenunfall ist »ganz großes Kino«. Und Bernd, die persönlichen Emotionen, die du bei Augustes Verabschiedung in die »Irrenanstalt« in unser Skript eingebracht hast, haben mich sehr berührt.

Ein herzliches »Thank you!« geht auch nach New York an Roger Spottiswoode, dessen Feedback zur englischen Fassung des Drehbuchs ebenfalls im vorliegenden Roman berücksichtigt wurde.

Ich danke Lena Bast, Marita Grimke und Elias Konradi fürs Gegenlesen. Meinen Kollegen Prof. Dr. Eva Stadler, Prof. Dr. Michael Müller, Prof. Stuart Marlow, Prof. Boris Michalski und Prof. Oliver Curdt danke ich für meine Vertretung im Rahmen des Forschungssemesters an der Hochschule der Medien.

Besonders herzlich danke ich Professor Konrad Maurer, der nicht nur Mitte der 1990er-Jahre mit seinem Team Auguste Deters verschollene Akte entdeckt hat, sondern bei der von ihm als »Tour Démence« bezeichneten Stadtführung durch Frankfurt wie kein anderer Alzheimer-Spuren zeigen kann. Gemeinsam mit seiner Frau Ulrike hat er *die* Biografie zu Alois Alzheimer geschrieben. Wer also wissen will, was der große Psychiater tat, bevor Auguste Deter in sein Leben trat – und wie es nach 1910 mit ihm weiterging, dem sei dieses Buch sehr ans Herz gelegt. Dr. Sven Rahming hat für seine Doktorarbeit noch mehr Fakten über Auguste D. recherchiert. Es wird in diesem Roman nicht erwähnt, aber Auguste Deter trug ein künstliches Gebiss! Wer also weitere Alltagsdetails über diese erste verbürgte Alzheimer-Patientin sucht, dem sei Sven Rahmings Dissertation wärmstens empfohlen.

Für meine eigene diesbezügliche Recherche konnte ich mich unter anderem auf das freundliche Team des Instituts für Stadtgeschichte im Karmeliterkloster in Frankfurt am Main stützen – danke dafür!

Professor Sibylle Knauss danke ich für die »Schule des Erzählens«, Carla und Vilhelm Hansen sowie Syd Field und Julian Fellowes für einige Storytelling-Erleuchtungen – und Prof. Dr. Wilfried Stroh für die Überprüfung der lateinischen Zitate.

Ein ganz besonderer Dank gebührt natürlich dem Gmeiner-Verlag, dessen Lektorin Claudia Senghaas und meiner großartigen Agentin Anna Mechler, die mich ihr vermittelt hat. Ich danke auch meiner Autoren-Freundin Eva-Maria Bast und Michael Stehle in Überlingen. Ohne euch hätte ich Anna nicht kennengelernt.

Das Wichtigste zum Schluss: Ich danke meiner Familie, die mir in unserem wunderbaren Haus den Rücken stärkt: Charlotte, Marie Therese, Gaby, Sven und meine Mutter Erika sowie die »Baumeister«: Hilde, Albert und allen voran Andreas. Ich danke meinem Vater für seinen Satz bei einem Ausflug an den Uracher Wasserfall in meiner Kindheit: »Wenn es eine Geschichte noch nicht gibt, musst du sie eben selbst schreiben.«

Ich danke auch meinen Verwandten in meinem Schreibdomizil an der Flensburger Förde, Tante Marie Luise mit

Familie, Onkel Hans-Gerhard und meiner Oma Louise. Wo immer du jetzt bist: Dir ist dieses Buch über einen langen Abschied gewidmet.

LITERATUR UND QUELLEN

Alzheimer, Alois: »Ein ›Geborener Verbrecher‹« In: *Archiv für Psychiatrie, XVIII. Band mit 20 lithographirten Tafeln,* Berlin 1896, S. 327–353.

»Bericht über die 31. Wanderversammlung der Südwestdeutschen Neurologen und Irrenärzte in Baden-Baden am 26. und 27. Mai 1906« in: *Archiv für Psychiatrie, Bd. 42, Heft 1, S. 284–286.*

Bleckmann, Dörte: »Wehe wenn sie losgelassen – Über die Anfänge des Frauenradfahrens in Deutschland«, Leipzig 1999.

Böhm, Boris / Markwardt, Hagen: »Hermann Paul Nitsche (1876–1948) – Zur Biografie des Reformpsychiaters und Hauptakteurs der NS-»Euthanasie«« in: Stiftung Sächsische Gedenkstätten (Hrsg.): *Nationalistische Euthanasieverbrechen – Beiträge zur Aufarbeitung ihrer Geschichte in Sachsen*, Dresden 2004, S. 71–104.

Freud, Sigmund: »Die Traumdeutung«, Hamburg 2010.

Friedländer, Albrecht Adolf: »Die Hypnose und die Hypno-Narkose für Medizin-Studierende, Praktische und Fachärzte«, Nachdruck des Buches von 1920, Bremen 2014.

Jürgs, Michael: »Alzheimer – Spurensuche im Niemands-land«, München 1999.

Maurer, Konrad und Ulrike: »Alzheimer – Das Leben eines Arztes und die Karriere einer Krankheit«, München 1998.

Rahming, Detlef Sven: »Alois Alzheimer und seine erste Patientin Auguste D.: medizin-historische gerontostoma-tologische Erforschung eines Krankheitsbildes«, Disser-tation, Johann Wolfgang-Goethe-Universität Frankfurt am Main, 2015.

Städtische Irren-Anstalt Frankfurt am Main: »Ärztliche Akten, Patientenakte Deter, Auguste«, Frankfurt 1906.

Walz, Karl: »Tübinger Spaziergänge u. Ausflüge«, Tübin-gen 1910.

*Weitere Krimis finden Sie auf den
folgenden Seiten und im Internet:*

WWW.GMEINER-SPANNUNG.DE

EVA KRÜGER
Schopenhauers Fluch
. . . .
978-3-8392-2135-8 (Paperback)
978-3-8392-5511-7 (pdf)
978-3-8392-5510-0 (epub)

VERTRAUEN UND VERRAT Als Kommissar Bellinger von der Kripo Frankfurt zu einer Mordermittlung hinzugezogen wird, kann er seinen Augen kaum trauen. Das Mordopfer ist die Frau seines Freundes Daniel Rixen. Rixen ist Sektionsassistent und ein charismatischer Mann mit dunkler Vergangenheit. Alle Indizien deuten auf Rixen als Täter hin, doch Bellinger zweifelt nicht an dessen Unschuld. Lässt er sich von seinem Freund blenden? Weitere Morde an Frauen aus Rixens Vergangenheit geschehen und eine Postkarte mit einem Schopenhauer-Zitat macht die Ermittlungen komplizierter, als sie ohnehin schon sind.

HARALD SCHNEIDER
NAFD
· ·
978-3-8392-2155-6 (Paperback)
978-3-8392-5549-0 (pdf)
978-3-8392-5548-3 (epub)

DEMOKRATIE AUF ABWEGEN Deutschland, kurz nach der Bundestagswahl 2017. Immer wieder brennen auf Autobahnen Lkws einer großen Speyerer Spedition aus, teilweise sind Todesopfer zu beklagen. Nachdem der Privatjet des Speditionsinhabers Herold Blauermann beschossen wurde, ist dieser gezwungen zu reagieren. Denn Blauermann ist oberste Führungspersönlichkeit der neuen Partei NAFD, die überraschend die Bundestagswahl gewonnen hat. Was niemand weiß: Blauermann herrscht im Verborgenen über die Partei wie ein Oligarch. Sein Fernziel, die Demokratie in Deutschland abzuschaffen, wird durch einen Unbekannten torpediert, der ihm keine Ruhe lässt …

HELGE WEICHMANN
Schandglocke
. . . .
978-3-8392-2162-4 (Paperback)
978-3-8392-5563-6 (pdf)
978-3-8392-5562-9 (epub)

GEFÄHRLICHES PUZZLE Ein Geburtstagsbesuch entwickelt sich für die Historikerin Ernestine Nachtigall zu einer mittleren Katastrophe: Ihr ehemaliger Professor, an Demenz erkrankt, schreit wirre Halbsätze und kritzelt ein Symbol auf ihren Arm. Kurz darauf ist er tot, eingesponnen von Seilen und erhängt an einer Kirchenmauer. Tinne und der Lokalreporter Elvis machen sich auf Spurensuche, und plötzlich sind sie mittendrin in einem Puzzle, das zu Napoleons Zeiten seinen Anfang nahm. Doch dann zieht sich die Schlinge zu. Denn das Rätsel, das sie zu lösen versuchen, ist heute noch so tödlich wie vor 200 Jahren.

GMEINER SPANNUNG

WWW.GMEINER-VERLAG.DE
Wir machen's spannend

GABRIELE KEISER
Kaltnacht
. . . .
978-3-8392-2130-3 (Paperback)
978-3-8392-5503-2 (pdf)
978-3-8392-5502-5 (epub)

MÖRDERISCHE SILVESTERNACHT Kriminal-
hauptkommissarin Franca Mazzari ist dünnhäutiger
geworden. Der rätselhafte Doppelmord an einem Ehe-
paar, das in seinem Haus getötet wurde, verfolgt sie bis
in ihre Träume. Musste das Söhnchen der beiden, das
verstört aufgefunden wurde, alles mit ansehen? Zwar
hat der Täter zahllose Spuren hinterlassen, jedoch die
eine, maßgebliche, scheint nicht dabei zu sein. Mit der
Zeit verdichten sich die Hinweise, dass der Migrations-
hintergrund des Polizisten, ein Deutschtürke, etwas
mit der Tat zu tun haben könnte. Oder ist der Täter in
den eigenen Reihen zu finden? Ein Roman um starke
Gefühle, Vertrauen und Verrat und die Sehnsucht nach
etwas ganz Besonderem.

SUSANNE KRONENBERG
Hundswut
. . . .
978-3-8392-2134-1 (Paperback)
978-3-8392-5509-4 (pdf)
978-3-8392-5508-7 (epub)

HINTERHALT Josefine Luven hat ihren Traumjob gefunden. Mit der THermine-Touristikbahn bringt sie Besucher zu Wiesbadens Sehenswürdigkeiten. Alles scheint perfekt, bis sie beinahe einen Mann überfährt. Der Mann wurde vor die Bahn gestoßen, davon ist Josefine überzeugt. Währenddessen ermittelt Privatdetektivin Norma Tann in einem Fall von illegalem Welpenhandel. Dabei ist Bruce, ein beißwütiger Dobermann, noch ihr geringstes Problem. Wer ist der Mann, der vor die Bahn gestoßen wurde, und was hat er mit dem Welpenhandel zu tun?

GMEINER SPANNUNG

WWW.GMEINER-VERLAG.DE
Wir machen's spannend

Das Neueste aus der Gmeiner-Bibliothek

Unser Lesermagazin

Bestellen Sie das
kostenlose Krimi-
Journal in Ihrer
Buchhandlung
oder unter
www.gmeiner-verlag.de

Informieren Sie sich ...

www ... auf unserer Homepage:
www.gmeiner-verlag.de

@ ... über unseren Newsletter:
Melden Sie sich für unseren Newsletter an
unter www.gmeiner-verlag.de/newsletter

f ... werden Sie Fan auf Facebook:
www.facebook.com/gmeiner.verlag

Mitmachen und gewinnen!

Schicken Sie uns Ihre Meinung zu unseren Büchern
per Mail an gewinnspiel@gmeiner-verlag.de
und nehmen Sie automatisch an unserem
Jahresgewinnspiel mit »mörderisch guten« Preisen teil!